KB116341

여자 없는 남자들

여자 없는 남자들

무라카미 하루키 소설
양윤옥 옮김

문학동네

일러두기

1. 본문 중의 주석은 모두 옮긴이주입니다.
2. 방점은 원서의 표시에 따른 것입니다.

차례

드라이브 마이 카

지금까지 여자가 운전하는 차를 적잖이 타보았지만, 가후쿠가 보기에 여자들의 운전습관은 대략 두 가지로 나뉘었다. 지나치다 싶을 만큼 난폭하거나 지나치다 싶을 만큼 신중하거나. 후자가 전자보다—우리는 그 점에 감사해야 할 것이다—훨씬 많았다. 일반론을 말하자면, 여자 운전자는 남자보다 조심스럽고 신중하다. 물론 조심스럽고 신중한 운전에 불만을 제기할 이유는 없다. 그래도 그런 운전은 때로 주위 운전자들을 답답하게 만들지도 모른다.

한편 '난폭한 쪽'에 속하는 여자 운전자는 대부분 '나는 운전을 잘한다'고 믿고 있는 듯 보인다. 그녀들은 대체로 지나치게 신중한 여자 운전자들을 우습게 보고, 자신은 그렇지 않다는 것을 자랑스럽게 여긴다. 하지만 그녀들이 대담하게 차선을 변경할 때 주위 몇몇 운전자들은 한숨을 내쉬며, 혹은 그리 바람직하지 못한 말을 입에 담으며 브레이크 페달을 급하게 밟는다는 건 알아차리지 못하는 것 같다.

물론 둘 중 어디에도 속하지 않는 사람도 있다. 너무 난폭하지도 너무 신중하지도 않게, 극히 평범하게 운전하는 여자들이다. 그중에는 운전에 상당히 능숙한 여자들도 있다. 하지만 그런 경우에도 가후쿠는 왠지 그녀들이 계속 긴장하고 있다는 느낌을 받았다. 뭐가 어떻다고 구체적으로 지적할 수는 없지만, 조수석에 앉아 있으면 그런 '원활하지 않은' 공기가 전해져서 아무래도 마음이 놓이지 않았다. 유난히 목이 타기도 했고, 침묵을 메우려고 괜스레 시시한 얘기를 꺼내기도 했다.

물론 남자들 중에도 운전을 잘하는 사람이 있는가 하면 그렇지 못한 사람도 있다. 하지만 그들이 운전할 때는 대체로 그런 긴장감이 느껴지지 않는다. 딱히 편안하게 운전한다는 건 아니다. 아마도 실제로는 긴장도 할 것이다. 그러나 그들은 그럭저럭 그 긴장감과 자기 자신을 자연스럽게—아마도 무의식적으로—분리할 줄 아는 것 같다. 운전에 신경을 기울이면서도 한편으로는 평상시처럼 대화하고 행동한다. 그건 그거고 이건 이거라는 식으로. 그런 차이가 어디서 나오는 것인지, 가후쿠는 알 수 없었다.

그가 남자와 여자를 구별해서 생각하는 일은 일상적인 레벨에서는 별로 없다. 남녀의 능력차를 느낄 때도 거의 없다. 가후쿠는 직업상 함께 일하는 남녀의 비율이 거의 같고, 여자와 일할 때 오히려 더 편하게 느낄 정도다. 그녀들은 대체로 세세한 부분에 주의깊고, 말귀를 잘 알아듣는다. 하지만 운전에 한해서는, 그는 여자가 운전하는 차에 타면 옆에서 핸들을 쥐고 있는 사람이 여자라는 사실을 매번 의식하지 않을 수 없었다. 하지만 그런 생각을 누군가에게 말한 적은 없다. 남들 앞에서 입에 올리기에 부적절한 화제 같았기 때문이다.

그래서 전속 운전기사를 찾는다는 말에 카센터 사장 오바가 젊은 여자를 추천해줬을 때, 가후쿠는 그다지 달가운 표정을 지을 수 없었다. 오바는 그런 그를 보고 빙긋이 웃었다. 그 마음 잘 안다는 듯이.

"근데요, 가후쿠 씨, 그 아가씨 운전실력 하나는 확실해요. 제가 보장합니다. 괜찮으면 한번 만나보기라도 하시죠."

"그래, 자네가 그렇게 말한다면야." 가후쿠는 말했다. 그는 하루라도 빨리 운전기사를 구해야 했고 오바는 믿을 만한 남자였다. 벌써 십오 년을 알고 지낸 사이다. 머리카락이 철사처럼 뻣

뺏하고 생김새는 꼭 도깨비를 연상시켰지만, 차에 대해서는 그의 의견을 들어서 손해볼 일이 없다.

"확인차 휠얼라인먼트를 점검할 건데요, 그쪽에 별문제가 없으면 모레 두시에는 완벽한 상태로 넘겨드릴 수 있습니다. 그 아가씨도 그때쯤에 맞춰 여기로 오라고 할 테니까 시험 삼아 잠깐이 근처를 같이 돌아보시면 어떨까요? 혹시 마음에 안 들면 말씀해주십쇼. 저한테 미안해하실 건 전혀 없으니까요."

"나이는 몇 살쯤이지?"

"아마 이십대 중반일 겁니다. 제대로 물어본 적은 없지만." 오바가 말했다. 그러고는 약간 얼굴을 찌푸렸다. "다만 아까도 말했듯이 운전실력에는 전혀 문제가 없는데……"

"그런데?"

"그런데 뭐랄까, 약간 삐딱한 데가 있어서요."

"어떻게?"

"무뚝뚝하고, 말수도 적고, 담배를 엄청 피워요." 오바가 말했다. "만나보면 아시겠지만 애교가 있다거나 하는 아가씨는 아니에요. 아예 웃지를 않더라고요. 그리고 솔직히 말해, 좀 못생겼을 수도 있어요."

"그건 상관없어. 너무 미인이면 나도 불안하고, 괜한 소문이라도 나면 곤란하니까."

"그러시다면 딱 좋을 수도 있겠네요."

"어쨌든 운전실력은 확실한 거지?"

"그건 두말할 것 없습니다. 여자치고는 잘한다는 게 아니라, 그냥 무조건 잘해요."

"지금은 무슨 일을 하고 있나?"

"글쎄요, 저도 잘은 모르겠어요. 편의점 일도 하고 택배 트럭 운전도 하고, 주로 단기간 아르바이트로 먹고사는 거 같아요. 더 좋은 자리가 생기면 금세 그만둘 수 있는 일들이죠. 아는 사람 소개로 우리한테 왔었는데, 저희도 별로 경기가 안 좋아 새로 직원을 쓸 만한 여유가 없어서요. 가끔 필요할 때만 부르고 있죠. 아무튼 제 생각에는 아주 또릿또릿한 아이예요. 적어도 술은 한 방울도 입에 안 대고요."

술 얘기가 나오자 가후쿠의 낯빛이 흐려졌다. 오른쪽 손가락이 저절로 입술로 올라갔다.

"그럼 모레 두시에 만나보지." 가후쿠는 말했다. 무뚝뚝하고 말수가 적고 애교가 없다는 점이 그의 흥미를 끌었다.

이틀 뒤 오후 두시, 노란색 사브 900 컨버터블은 수리가 끝나 있었다. 오른쪽 앞면의 우그러진 부분은 원래대로 돌아왔고 도장도 경계를 거의 알아볼 수 없게 꼼꼼히 마감했다. 엔진을 정비

했고 기어를 재조정했고 브레이크 패드와 와이퍼 블레이드도 새 것으로 교체했다. 세차하고 휠을 닦고 왁스칠까지 마쳤다. 언제나처럼 오바의 작업에는 빈틈이 없었다. 가후쿠는 벌써 십이 년째 그 사브를 몰았고, 주행거리는 십만 킬로미터를 넘어섰다. 캔버스 지붕도 점점 추레해져갔다. 비가 세차게 내리는 날에는 틈새로 물이 새지 않는지 살펴봐야 한다. 하지만 아직은 새 차를 살 마음이 없었다. 지금까지 큰 말썽도 없었고, 무엇보다 그는 이 차에 개인적인 애착을 갖고 있었다. 겨울이든 여름이든 차 지붕을 열고 운전하는 게 좋았다. 겨울에는 두툼한 코트에 머플러를 목에 두르고, 여름에는 모자와 짙은 선글라스를 쓰고 핸들을 잡았다. 기어를 올리고 내리는 것을 즐기며 도쿄 시내를 이동하고, 신호를 기다리는 동안 느긋하게 하늘을 바라보았다. 흘러가는 구름이며 전깃줄에 앉은 새들을 관찰했다. 그런 일들은 이제 그의 라이프 스타일에서 빠뜨릴 수 없는 일부였다. 가후쿠는 사브 주위를 천천히 한 바퀴 돌며, 레이스 전에 말의 컨디션을 확인하는 사람처럼 여기저기 꼼꼼하게 점검했다.

사브를 새 차로 구입했을 때 아내는 아직 살아 있었다. 노란 보디컬러는 그녀가 고른 것이다. 처음 몇 년 동안은 곧잘 둘이서 드라이브를 했다. 아내는 운전을 하지 않았기 때문에 핸들을 잡는 건 언제나 가후쿠의 몫이었다. 먼 여행도 몇 번 했다. 이즈, 하코네, 나스에 갔었다. 하지만 그뒤 십 년 가까이는 거의 항상 그 혼자서 탔다. 아내가 죽은 뒤 몇 명의 여자를 사귀었지만 이상하게 그녀들을 조수석에 앉힐 기회는 한 번도 없었다. 교외로 나가는 일도 업무상 필요한 때를 제외하고는 완전히 없어졌다.

"역시 여기저기 조금씩 상한 곳은 있지만 아직은 괜찮습니다." 오바는 대형견의 목을 쓰다듬듯이 대시보드를 손바닥으로 부드럽게 문지르며 말했다. "믿을 만한 차예요. 이 시절의 스웨덴 차들이 제법 튼튼하게 나왔죠. 전기 계통에 신경을 써야 하지만 기본 메커니즘에는 아무 문제 없습니다. 정비도 제때제때 착실히 해오셨고요."

가후쿠가 필요한 서류에 사인하고 청구서의 각 항목에 대한 설명을 듣고 있을 때 그 아가씨가 왔다. 키는 165센티미터 정도, 뚱뚱하지는 않지만 어깨가 넓고 몸이 탄탄해 보였다. 목덜미 오른쪽에 큼직한 올리브만한 보라색 타원형 반점이 있었지만 본인은 그게 남들 눈에 띄는 것에 딱히 저항감이 없는 모양이었다. 숱 많은 검은 머리는 걸리적거리지 않게 뒤로 묶었다. 어느 모로 보더라도 미인이라고는 할 수 없었고, 오바가 말했듯이 몹시 퉁명스러운 인상이었다. 뺨에는 여드름 자국이 조금 남아 있었다. 눈은 크고 눈동자가 또렷했지만 어딘지 모르게 의심 많은 듯한 빛을 띠었다. 눈이 큰 만큼 그 색깔도 짙어 보였다. 두 귀는 넓고 커서 마치 산간벽지에 세워둔 수신기 같았다. 5월에 입기에는 좀 두툼하다 싶은 남성용 헤링본 재킷에 갈색 면바지를 입고 검정 컨버스 스니커즈를 신었다. 재킷 안에는 흰색 긴소매 티셔츠, 가슴은 상당히 큰 편이다.

오바가 가후쿠를 소개했다. 그녀의 이름은 와타리라고 했다. 와타리 미사키.

"미사키는 한자가 아니라 히라가나로 써요. 필요하시면 이력서를 준비하겠습니다만." 그녀는 어딘가 도전적으로 들리는 투로 그렇게 말했다.

가후쿠는 고개를 저었다. "아직 이력서까지는 필요 없어. 수동도 운전할 줄 알지?"

"수동, 좋아하죠." 그녀는 차가운 목소리로 말했다. 마치 심지 굳은 채식주의자가 양상추를 먹을 줄 아느냐는 질문을 받았을 때처럼.

"오래된 차라서 내비게이션도 없는데."

"필요 없어요. 한동안 택배 일을 했거든요. 도쿄 시내 지도는 머릿속에 다 들어 있어요."

"그럼 시험 삼아 이 근처를 좀 돌아볼까? 날씨가 좋으니까 지붕은 열고 가지."

"어디로 가죠?"

가후쿠는 잠시 생각했다. 지금 서 있는 곳은 시노하시 근처다. "덴겐지 사거리에서 우회전해서 메이지야 지하주차장에 차를 세우고, 거기서 잠깐 쇼핑한 다음에 아리스가와 공원 쪽으로 언덕길을 올라서 프랑스 대사관 앞을 지나 메이지 거리로. 그리고 이곳으로 돌아오지."

"알겠습니다." 그녀가 말했다. 일일이 경로를 확인하지도 않았다. 그리고 오바에게서 열쇠를 받고는 운전석 위치와 미러를 재빠르게 조정했다. 어디에 어떤 스위치가 있는지 이미 다 알고 있는 것 같았다. 클러치를 밟고 기어를 한차례 시험했다. 재킷 가슴팍 호주머니에서 초록색 레이밴 선글라스를 꺼내 썼다. 그러고는 가후쿠를 향해 슬쩍 고개를 끄덕였다. 준비가 다 되었다는 뜻이다.

"카세트테이프." 그녀가 카오디오를 보며 혼잣말처럼 중얼거렸다.

"카세트테이프를 좋아해." 가후쿠가 말했다. "CD보다 다루기 쉬워. 대사 연습하기에도 좋고."

"오랜만에 보네요."

"내가 운전을 시작하던 무렵에는 8트랙이었어." 가후쿠는 말했다.

미사키는 아무 말도 하지 않았지만 표정을 보아하니 8트랙이 뭔지도 모르는 것 같았다.

오바가 보장했던 대로 그녀는 뛰어난 드라이버였다. 조작 하나하나가 매끄럽고, 어색한 데가 전혀 없었다. 도로가 혼잡해서 종종 신호에 걸릴 때도 그녀는 엔진 회전수를 일정하게 유지하려고 유의하는 것 같았다. 시선의 움직임을 지켜보면 알 수 있었다. 하지만 일단 눈을 감으면 가후쿠는 기어가 거듭 변속된다는 걸 거의 느끼지 못했다. 엔진 소리의 변화에 귀를 기울이고서야 겨우 기어비의 차이를 알아챌 정도였다. 액셀이나 브레이크를 밟을 때도 부드럽고 신중했다. 또한 무엇보다 다행인 건 이 아가씨가 시종 편안하게 운전한다는 점이었다. 그녀는 차를 운전하지 않을 때보다 오히려 운전할 때 더 긴장이 풀리는 것 같았다. 퉁명스럽던 표정이 누그러들고 눈매도 얼마간 온화해졌다. 다만 말수가 적은 것은 여전했다. 질문을 받지 않으면 입을 열지 않았다.

하지만 가후쿠는 그것이 딱히 신경쓰이지 않았다. 그도 일상적인 대화를 그리 잘하는 편이 못 된다. 서로 속속들이 잘 아는 상대와의 내실 있는 대화는 싫지 않지만, 그게 아니라면 오히려 입을 다물고 있는 편이 좋았다. 그는 조수석에 몸을 묻고 스쳐지나가는 거리 풍경을 멍하니 바라보았다. 항상 운전석에서 핸들을 잡았던 그에게는 그 시점에서 바라보는 거리 풍경이 신선하게 느껴졌다.

교통량이 많은 가이엔니시 거리에서 시험 삼아 몇 번 평행주차를 시켜보자 그녀는 요령 있고 적확하게 해냈다. 감이 좋은 아가씨다. 운동신경도 뛰어나다. 신호를 오래 기다리는 동안에는 담배를 피웠다. 좋아하는 브랜드는 말보로인 모양이었다. 신호가 파란색으로 바뀌면 곧바로 담배를 껐다. 차가 달리는 동안에는 담배를 피우지 않았다. 꽁초에는 립스틱이 묻어 있지 않았다. 손톱에 매니큐어도 바르지 않았다. 화장이라는 걸 거의 하지 않는 것 같았다.

"몇 가지 물어볼 게 있는데." 아리스가와 공원 근처에서 가후쿠가 말했다.

"말씀하세요." 와타리 미사키가 말했다.

"운전은 어디서 배웠지?"

"홋카이도 산속에서 자랐어요. 십대 중반부터 차를 몰았죠. 차가 없으면 살 수 없는 곳이거든요. 골짜기에 있는 동네라 해가 잘 들지 않아서 일 년의 절반은 도로가 동결돼요. 싫더라도 운전 실력이 좋아지죠."

"하지만 산속에서 평행주차를 연습할 수는 없었을 텐데."

그녀는 그 말에는 대답하지 않았다. 대답할 필요도 없는 우문이라는 뜻일 것이다.

"갑자기 운전기사가 필요해진 사정은 오바 씨에게서 들었나?"

미사키는 정면을 똑바로 바라보며 악센트 없는 목소리로 말했다. "가후쿠 씨는 배우고, 요즘 일주일에 엿새는 연극 무대에 서고 있다. 공연장까지 직접 운전해서 간다. 지하철도 택시도 좋아하지 않는다. 차 안에서 대사 연습을 하려고. 그런데 얼마 전에 접촉사고를 내서 면허가 정지됐어요. 술을 좀 마셨고, 시력에 문제가 있었기 때문이라던데요."

가후쿠는 고개를 끄덕였다. 꼭 남이 꾼 꿈 이야기를 듣는 기분이었다.

"경찰이 지정한 안과에서 검사를 받았는데 녹내장 징후가 발견됐어. 시야결손이 있다는 거야. 오른쪽 구석에. 여태까지 전혀 느끼지 못했는데."

음주운전은 알코올 수치가 그리 높지 않았기 때문에 조용히 처리할 수 있었다. 매스컴에 새나가지 않게 조치도 했다. 하지만 시력 문제는 소속사에서도 그냥 넘어갈 수 없었다. 지금대로라면 오른쪽 뒤에서 차가 다가와도 사각에 걸려 보이지 않을 가능성이 있다. 재검사에서 좋은 결과가 나올 때까지 절대로 운전하지 말라는 지시를 받았다.

"가후쿠家福 씨." 미사키가 물었다. "가후쿠 씨라고 불러도 되나요? 본명이에요?"

"본명이야." 가후쿠가 말했다. "복이 많을 것 같은 성씨지만 아무래도 별 효험이 없는 모양이야. 일가친척 중에 부자라고 할 만한 사람이 한 명도 없으니까."

잠시 침묵이 이어졌다. 그러고 가후쿠는 그녀에게 전속 운전기사 급여로 한 달에 얼마를 지불할 수 있는지 말했다. 그다지 큰 금액은 아니다. 하지만 그것이 가후쿠의 소속사에서 지출 가능한 한도였다. 가후쿠는 어느 정도는 세간에 이름이 알려졌지만 영화나 드라마에서 주연을 맡는 배우는 아니고 연극 무대에서 벌 수 있는 돈은 한정되어 있다. 가후쿠 급의 배우에게는 몇 달뿐이라 해도 전속 운전기사를 쓴다는 것 자체가 예외적인 호사였다.

"근무시간은 스케줄에 따라 달라지겠지만, 요즘에는 연극이 중심이니까 오전중에는 거의 일이 없어. 점심때까지 푹 자도 돼. 밤에는 늦어도 열한시에는 퇴근할 수 있게 하지. 더 늦은 시간에 차가 필요할 경우는 택시를 타고. 되도록 일주일에 하루는 휴일을 준다."

"그거면 됐어요." 미사키는 지극히 간단하게 말했다.

"일 자체는 그리 힘들지 않을 거야. 오히려 아무것도 하지 않고 대기하는 시간이 더 고역일지도 모르지."

미사키는 거기에 대해서는 아무 말도 하지 않았다. 그냥 입을 꾹 다물고 있었다. 그보다 힘든 일을 지금까지 산더미처럼 경험해왔다는 표정이었다.

"지붕을 열었을 때는 담배를 피워도 괜찮아. 하지만 닫았을 때는 피우지 말았으면 해." 가후쿠는 말했다.

"알았어요."

"자네가 바라는 건?"

"딱히 없어요." 그녀는 눈을 가느스름하게 뜨고 천천히 숨을 들이쉬면서 기어를 저속으로 바꿨다. 그리고 말했다. "이 차가 마음에 들었거든요."

그 이후의 시간을 두 사람은 침묵으로 보냈다. 카센터에 돌아가자 가후쿠는 오바를 곁으로 불러 말했다. "저 아가씨를 쓸게."

다음날부터 미사키는 가후쿠의 전속 운전기사가 되었다. 그녀는 오후 세시 반 에비스에 있는 가후쿠의 맨션에 도착해 지하주차장에서 노란색 사브를 끌고 나와 그를 긴자의 극장까지 태워다주었다. 비가 내리지 않으면 지붕은 내내 열어두었다. 가는 길에 가후쿠는 항상 카세트테이프를 틀어놓고 조수석에서 거기에 맞춰 대사를 읊었다. 메이지 시대 일본으로 무대를 옮겨 번안한 안톤 체호프의 「바냐 아저씨」였다. 그는 바냐 아저씨 역을 맡았다. 대사는 전부 완벽하게 암기했지만 그래도 마음을 안정시키기 위해 날마다 따라 읠 필요가 있었다. 오랜 습관이었다.

집으로 돌아오는 길에는 곧잘 베토벤의 현악사중주를 들었다. 그가 베토벤의 현악사중주를 좋아하는 것은 기본적으로 싫증나지 않는 음악인데다 들으면서 이런저런 생각을 하기에, 혹은 아무것도 생각하지 않기에 적합했기 때문이다. 좀더 가벼운 음악을 듣고 싶을 때는 오래된 아메리칸 록을 들었다. 비치 보이스, 래스컬스, 크리던스, 템프테이션스. 가후쿠의 젊은 시절에 유행한 음악이다. 미사키는 가후쿠가 트는 음악에 대해 딱히 감상을 말하지 않았다. 그녀가 그런 음악을 좋아하는지, 듣고 있기 괴롭다고 생각하는지, 혹은 전혀 듣지 않는지, 가후쿠는 어느 쪽이라고 판단할 수 없었다. 감정의 움직임이 겉으로 드러나지 않는 아가씨였다.

다른 때는 옆에 누가 있으면 긴장해서 도저히 소리 내어 대사 연습을 할 생각도 못 하지만, 미사키의 경우에는 그 존재가 신경 쓰이지 않았다. 그런 의미에서 가후쿠는 그녀의 무표정하고 무뚝뚝한 면이 감사했다. 그가 옆에서 아무리 큰 소리로 대사를 읊어대도 그녀는 마치 아무것도 귀에 들어오지 않는 것처럼 굴었다. 어쩌면 정말로 아무것도 귀에 들어가지 않는지도 모른다. 그녀는 항상 운전에 신경을 집중했다. 혹은 운전이 가져다주는 특수한 선禪의 경지에 빠져 있었다.

미사키가 자신을 개인적으로 어떻게 생각하는지도 가후쿠는 짐작이 가지 않았다. 조금쯤은 호의를 품고 있는지, 아무 흥미도 관심도 없는지, 혹은 신물이 날 만큼 역겨운 걸 그저 일자리가 필요해서 꾹 참고 있는지, 그것조차 알 수 없었다. 하지만 그녀가 어떻게 생각하든 가후쿠는 딱히 신경쓰이지 않았다. 그는 이 아가씨의 매끈하고 확실한 운전솜씨가 마음에 들었고, 쓸데없는 말을 하지 않고 감정을 겉으로 드러내지 않는 점도 마음에 들었다.

무대에서 내려오면 가후쿠는 곧바로 분장을 지우고 옷을 갈아입고서 빠르게 극장을 뒤로했다. 뭉그적거리고 앉아 있는 것은 좋아하지 않는다. 배우들과의 개인적인 교제도 거의 없다. 휴대전화로 미사키에게 연락해 대기실 입구에 차를 대라고 한다. 그가 나가면 노란색 사브 컨버터블이 기다리고 있다. 그리고 열시 반이 좀 넘어 에비스의 맨션에 도착한다. 그것이 거의 매일 되풀이되었다.

다른 일이 생길 때도 있었다. 텔레비전 연속극 녹화를 위해 일주일에 한 번은 도쿄 시내의 방송국에 나가야 한다. 평범한 형사물이지만 시청률이 꽤 높고 개런티도 쏠쏠했다. 그는 주인공 여형사를 도와주는 점술가 역이었다. 배역을 완벽하게 소화하기 위해 그는 변장을 하고 몇 차례 직접 거리에 나가 진짜 점술가인 척 지나가는 사람들의 점을 쳐주었다. 제법 잘 맞힌다는 소문까지 났다. 저녁때는 녹화를 마치고 그길로 서둘러 긴자의 극장으로 향했다. 이 시간이 가장 아슬아슬했다. 주말에는 낮 공연을 끝내고 연기학원에서 야간반 수업을 했다. 가후쿠는 젊은 친구들을 가르치는 게 좋았다. 거기 데려다주고 데려오는 것도 모두 미사키의 몫이었다. 그녀는 아무 문제 없이 예정대로 그를 여기저기로 태워다주었고, 가후쿠도 그녀가 운전하는 사브의 조수석에 앉아 있는 것에 익숙해져갔다. 때로는 깊이 잠들 때도 있었다.

날이 따뜻해지자 미사키는 남성용 헤링본 재킷을 벗고 얇은 여름 재킷으로 갈아입었다. 운전할 때 그녀는 반드시 두 재킷 중 하나를 챙겨 입었다. 아마 기사 제복 대신인 모양이다. 장마철이 되자 차 지붕을 닫는 날이 많아졌다.

조수석에 앉아 있는 동안 가후쿠는 죽은 아내에 대해 자주 생각했다. 미사키가 운전을 맡아준 이후로 왜 그런지 아내 생각이 자주 났다. 아내 역시 배우로 그보다 두 살 아래였고 얼굴이 아름다웠다. 가후쿠는 '성격배우'로 통했고, 들어오는 배역도 약간 괴팍한 조연인 경우가 많았다. 얼굴은 좀 지나치게 긴 편이고 머리칼은 젊은 시절부터 이미 헤싱헤싱해지기 시작했다. 주연배우에는 맞지 않는다. 그에 비해 아내는 전형적인 미녀 배우였고, 주어지는 역할이나 수입도 그에 걸맞았다. 하지만 나이가 들면서 가후쿠가 오히려 개성 있는 연기파 배우로 점점 높은 평가를 받았다. 그래도 두 사람은 서로의 포지션을 인정했고, 인기나 수입의 격차가 그들 사이에서 문제되는 일은 한 번도 없었다.

가후쿠는 그녀를 사랑했다. 처음 만났을 때부터(그는 스물아홉 살이었다) 강하게 마음을 빼앗겼고, 아내가 죽을 때까지(그때 그는 마흔아홉 살이었다) 그 마음은 변하지 않았다. 결혼생활 동안 아내가 아닌 다른 여자와 잔 적은 한 번도 없었다. 그럴 기회가 없었던 건 아니지만, 딱히 그러고 싶은 마음이 들지 않았다.

하지만 아내는 이따금 다른 남자와 잤다. 가후쿠가 아는 한, 상대는 모두 네 명이었다. 최소한 정기적으로 성적인 관계를 가졌던 남자가 네 명이었다는 얘기다. 물론 아내는 그런 얘기를 입도 뻥긋하지 않았지만, 그녀가 다른 장소에서 다른 남자에게 안겼다는 것을 그는 금세 알 수 있었다. 가후쿠는 그런 쪽의 감이 원래 좋은 편이고, 상대를 진심으로 사랑하면 그 정도 기미는 싫더라도 느껴지게 마련이다. 상대가 누구인지도 그녀의 말투를 통해 쉽게 알 수 있었다. 그녀가 자는 상대는 언제나 영화에 함께 출연하는 배우였다. 그것도 연하인 경우가 많았다. 관계는 영화 촬영이 진행되는 몇 달 동안 이어지다가 대개는 촬영이 끝나면서 자연스럽게 소멸하는 듯했다. 똑같은 상황이 똑같은 패턴으로 네 번 반복되었다.

왜 그녀가 다른 남자들과 자야 하는지 가후쿠는 이해할 수 없었다. 그리고 지금도 이해하지 못한다. 두 사람은 결혼한 이래 부부로서, 또한 생활의 파트너로서 항상 좋은 관계를 유지했었기 때문이다. 시간이 나면 다양한 문제에 대해 솔직한 의견을 열성적으로 나누었고 서로를 신뢰하고자 노력했다. 우리 부부는 정신적으로나 성적으로나 잘 맞는 편이라고 그는 생각했다. 주위 사람들도 그들을 사이좋은 이상적인 커플로 인정해주었다.

그런데도 왜 다른 남자들과 잠자리를 함께했는지, 아내가 살아 있는 동안 그 이유를 마음먹고 물어봤더라면 좋았을 것이다. 그는 자주 그렇게 생각했다. 실제로 그 질문을 입 밖에 낼 뻔한 적도 있었다. 당신은 대체 그들에게서 뭘 원했어? 도대체 내가 뭐가 부족했어? 그녀가 죽기 몇 달 전의 일이었다. 하지만 극심한 고통에 시달리며 죽음과 싸우는 아내를 향해 차마 그런 말을 할 수는 없었다. 그리고 그녀는 어느 것 하나 설명해주지 않은 채 가후쿠가 사는 세계에서 사라졌다. 하지 못한 질문과 듣지 못한 대답. 그는 화장터에서 아내의 뼈를 수습하면서 말없이 그런 생각에 잠겼다. 누군가가 귀에 대고 건네는 소리도 듣지 못할 만큼 깊이.

아내가 다른 남자의 품에 안겨 있는 모습을 상상하는 것은 가후쿠에게는 물론 괴로운 일이었다. 괴롭지 않을 리 없다. 눈을 감으면 이런저런 구체적인 이미지가 머릿속에 떠올랐다가 사라졌다. 상상하고 싶지 않았지만 상상하지 않을 도리가 없었다. 상상은 예리한 칼날처럼, 시간을 들여 사정없이 그를 저몄다. 끝까지 아무것도 몰랐더라면 얼마나 좋았을까 생각할 때도 있었다. 하지만 어떤 경우에도 아는 것이 모르는 것보다 낫다는 것이 그의 기본적인 사고방식이자 삶의 자세였다. 설령 아무리 극심한 고통이 닥친다 해도 나는 그것을 알아야 한다. 아는 것을 통해서만 인간은 강해질 수 있으니까.

하지만 상상보다 더 괴로운 것은, 아내가 품고 있는 비밀을 알고 있으면서도 자신이 안다는 걸 아내가 눈치채지 못하도록 아무렇지 않게 생활하는 것이었다. 가슴이 갈기갈기 찢겨 속으로는 보이지 않는 피를 흘리면서도 얼굴에는 항상 온화한 미소를 짓는 것. 아무 일도 없었던 것처럼 크고 작은 일상의 일들을 하고, 별 내용 없는 대화를 나누고, 침대에서 아내를 품에 안는 것. 그것은 살아 있는 몸뚱이를 지닌 평범한 인간이 할 수 있는 일이 아니었다. 하지만 가후쿠는 프로 배우였다. 자신의 몸에서 벗어나 타인을 연기하는 것이 그의 생업이다. 그리고 그는 있는 힘을 다해 연기했다. 관객이 없는 연기를.

하지만 그것만 제외하면—그녀가 이따금 몰래 다른 남자에게 안긴다는 사실만 묻어둔다면—두 사람은 대체로 만족스럽고 파란 없는 결혼생활을 보냈다. 둘 다 일이 순조롭게 풀렸고 경제적으로도 안정되었다. 이십 년 가까운 결혼생활 동안 그들은 셀 수 없을 만큼 많은 섹스를 했고, 적어도 가후쿠의 관점에서는 만족스러운 것이었다. 아내가 자궁암에 걸려 눈 깜짝할 사이에 죽어버린 뒤, 그는 몇몇 여자들을 만났고 자연스레 잠자리도 함께했다. 하지만 아내와의 관계에서 느낀 친밀한 기쁨을 맛볼 수는 없었다. 전에 경험한 일을 다시 되풀이하는 듯한 마일드한 기시감이 있었을 뿐.

소속사에서 급여 지급을 위해 정식 서류가 필요하다고 해서 그는 미사키에게 현주소와 본적지, 생년월일, 운전면허증 번호를 적어달라 했다. 그녀는 도쿄 기타 구 아카바네의 연립주택에 살고 있고, 본적은 홋카이도 ○○군 가미주니타키초, 얼마 전에 만 스물네 살이 되었다. 가미주니타키초라는 곳이 홋카이도 어디쯤인지, 어느 정도 크기의 마을이고 어떤 사람들이 살고 있는지 가후쿠는 짐작도 가지 않았다. 그러나 스물네 살이라는 점은 마음에 걸렸다.

가후쿠에게는 딱 사흘을 살다 간 아이가 있었다. 딸아이였는데, 사흘째 날 밤중에 병원 신생아실에서 죽었다. 아무런 징후도 없이 심장이 갑자기 움직임을 멈춰버린 것이다. 날이 밝았을 때 아기는 이미 죽은 뒤였다. 심장판막에 선천적으로 문제가 있었다는 게 병원 측의 설명이었다. 하지만 그런 건 이쪽에서 확인할 도리가 없다. 또한 진짜 원인을 알았다 한들 아이가 살아 돌아오는 것도 아니다. 다행인지 불행인지 아직 이름은 짓기 전이었다. 그 아이가 살아 있다면 올해로 정확히 스물네 살이다. 그 이름 없는 아이의 생일에 가후쿠는 늘 혼자 두 손을 모았다. 그리고 살아 있으면 몇 살이 되었을지 생각했다.

아이를 그렇게 갑작스레 잃고 나서 두 사람은 깊은 상처를 입었다. 그곳에 생겨난 공백은 무겁고 어두웠다. 마음을 추스르기까지 오랜 기간이 필요했다. 두 사람은 집안에 틀어박혀 많은 시간을 대부분 침묵 속에서 지냈다. 입을 열면 뭔가 뻔한 소리를 해버릴 것 같았기 때문이다. 그녀는 와인을 자주 마셨다. 그는 한동안 이상할 만큼 열성적으로 서예에 몰두했다. 흰 종이 위에 까맣게 붓을 내달려 온갖 한자를 쓰다보면 자기 마음속의 모습이 훤히 들여다보이는 것 같았다.

하지만 서로를 의지하면서 두 사람은 조금씩 상처의 아픔을 극복하고 그 위태로운 시기를 넘어섰다. 그리고 이전보다 더 깊이 각자의 일에 집중했다. 그들은 자신에게 주어진 배역의 캐릭터 연구에 탐욕스러울 만큼 빠져들었다. "미안하지만 이제 아이는 갖고 싶지 않아." 그녀가 말했고 그도 동의했다. 알았어, 이제 아이는 갖지 말자. 당신 좋을 대로 하면 돼.

돌이켜 생각하면 아내가 다른 남자와 성적 관계를 가지게 된 것은 그 이후부터였다. 어쩌면 아이를 잃은 일이 그녀 안의 그런 욕구를 눈뜨게 했는지도 모른다. 하지만 그건 어디까지나 그의 억측에 지나지 않는다. *그럴지도 모른다*는 것일 뿐이다.

"질문 하나 해도 돼요?" 미사키가 말했다.

생각에 빠져 멍하니 주위 풍경을 바라보던 가후쿠는 퍼뜩 놀라 그녀의 얼굴을 보았다. 두 달여 동안 긴 시간 함께 차를 타면서 미사키가 먼저 입을 여는 일은 극히 드물었기 때문이다.

"물론이지." 가후쿠는 말했다.

"가후쿠 씨는 왜 배우가 됐어요?"

"대학생 때, 여자 친구 권유로 연극부에 들어갔어. 연극에 원래부터 관심이 있었던 건 아니야. 사실은 야구부에 들어가고 싶었지. 고등학교 때 붙박이 유격수여서 수비에는 자신이 있었거든. 하지만 내가 들어간 대학의 야구부는 나한테는 약간 수준이 높았어. 그래서 그냥 한번 해보자는 가벼운 기분으로 연극부에 들어갔지. 여자 친구와 함께 있고 싶기도 했고. 그런데 하다보니 내가 연기를 즐긴다는 걸 점점 깨달았어. 연기를 하면 내가 아닌 다른 것이 될 수 있어. 그리고 끝나면 다시 나 자신으로 돌아오지. 그게 좋았어."

"내가 아닌 것이 되는 게 좋아요?"

"다시 원래로 돌아갈 수 있다는 걸 안다면."

"원래로 돌아가고 싶지 않았던 적은 없어요?"

가후쿠는 잠시 생각했다. 그런 질문을 받은 건 처음이었다. 도로는 정체되고 있었다. 그들은 수도고속도로에서 다케바시 출구로 향하는 참이었다.

"그런다고 달리 돌아갈 데도 없잖아." 가후쿠는 말했다.

미사키는 그 말에 의견을 말하지 않았다.

잠시 침묵이 이어졌다. 가후쿠는 쓰고 있던 야구모자를 벗어 모양새를 점검하고 다시 썼다. 셀 수 없을 만큼 많은 타이어가 달린 대형 트레일러 옆에서 노란색 사브 컨버터블은 그야말로 보잘것없어 보였다. 마치 거대한 유조선 옆에 떠 있는 관광용 소형 보트 같다.

"괜한 소리인지도 모르지만." 미사키가 조금 뒤에 말했다. "궁금한 게 있는데 물어봐도 돼요?"

"좋아." 가후쿠는 말했다.

"가후쿠 씨는 왜 친구를 안 만들죠?"

가후쿠는 미사키의 옆얼굴에 호기심 어린 눈빛을 던졌다. "내가 친구가 없다는 걸 어떻게 알지?"

미사키는 살짝 어깨를 움츠렸다. "두 달 가까이 날마다 차로 모시다보면 그 정도는 알죠."

가후쿠는 트레일러의 거대한 타이어를 흥미로운 듯 잠시 바라보았다. 그러고는 말했다. "듣고 보니 옛날부터 친구라고 할 만한 사람이 별로 없었네."

"어릴 때부터 그랬어요?"

"아니, 어릴 때야 물론 친한 친구가 있었지. 함께 야구도 하고 수영도 하고. 그런데 어른이 된 뒤로는 친구가 필요하다는 생각을 별로 하지 않게 됐어. 특히 결혼한 뒤로는."

"부인이 있어서 친구는 별로 필요하지 않았다는 말인가요?"

"그럴 수도 있겠다. 우리는 좋은 친구이기도 했으니까."

"몇 살 때 결혼했어요?"

"서른 살 때. 같은 영화에 출연하면서 만났어. 그때 그녀는 주연급 조연이고 나는 단역이었지만."

차는 정체된 도로에서 조금씩 나아갔다. 수도고속도로를 탈 때면 항상 그러듯이 지붕은 닫아놓았다.

"자네는 술은 전혀 안 마시나?" 가후쿠는 화제를 바꾸려고 그렇게 물었다.

"체질적으로 알코올이 안 받나봐요." 미사키가 말했다. "엄마가 술 때문에 말썽이 많던 사람이라서 그거랑 관계가 있을지도 모르겠어요."

"어머니는 요즘도 그러셔?"

미사키는 몇 번 고개를 저었다. "돌아가셨어요. 술에 취해 운전하다 핸들을 잘못 돌리는 바람에, 차체가 돌다가 도로 밖으로 튕겨나가 나무에 부딪혔죠. 거의 즉사였어요. 제가 열일곱 살 때."

"저런, 딱하게도." 가후쿠는 말했다.

"자업자득이죠." 미사키는 딱 잘라 말했다. "언젠가는 분명히 일어날 일이었어요. 빠르냐 늦냐, 그 차이뿐이지."

잠시 침묵이 흘렀다.

"아버지는?"

"어디 사는지도 몰라요. 제가 여덟 살 때 집을 나가서 그뒤로 한 번도 못 봤어요. 연락도 없어요. 그거 때문에 엄마가 맨날 저를 들볶았죠."

"왜?"

"제가 외동이거든요. 네가 좀 귀엽고 예뻤으면 네 아빠가 집을 나가지 않았을 거라고, 엄마는 늘 그렇게 말했어요. 제가 못생기게 태어나서 버리고 갔다고요."

"자네는 못생기지 않았어." 가후쿠는 조용한 목소리로 말했다. "어머니가 그렇게 생각하고 싶었던 것뿐이겠지."

미사키는 다시 어깨를 살짝 움츠렸다. "평소에는 안 그러는데 술만 들어가면 그 소리를 늘어놨어요. 똑같은 말을 끝도 없이 되풀이하고. 당연히 상처받았죠. 미안한 말이지만, 돌아가셨을 때는 솔직히 홀가분했을 정도예요."

그다음 침묵은 아까보다 길게 이어졌다.

"자네는 친구가 있나?" 가후쿠가 물었다.

미사키는 고개를 저었다. "없어요."

"왜?"

그녀는 대답하지 않았다. 눈을 가늘게 뜨고 그저 가만히 앞을 바라보았다.

가후쿠는 잠깐 눈을 붙여보려 했지만 잠이 오지 않았다. 차가 조금씩 가다 서기를 반복하고, 그녀는 그때마다 꼼꼼하게 기어를 바꿨다. 옆 차선의 트레일러가 커다란 숙명의 그림자처럼 사브와 앞서거니 뒤서거니 하고 있었다.

"내가 마지막으로 친구를 사귄 건 거의 십 년 전이야." 가후쿠는 잠을 포기하고 눈을 뜨고 말했다. "친구 비슷한 사이라고 하는 게 더 정확할지도 모르겠다. 나보다 예닐곱 살 아래였는데, 꽤 괜찮은 사람이었어. 술을 좋아해서 나도 같이 한잔하면서 많은 이야기를 나눴지."

미사키는 가만히 고개를 끄덕이며 이어질 말을 기다렸다. 가후쿠는 잠깐 망설이다가 마음먹고 그 얘기를 꺼냈다.

"실은 그 친구, 한동안 내 아내와 잤어. 내가 그 사실을 안다는 걸 그 친구는 몰랐지."

미사키는 그 말의 의미를 이해하기까지 조금 시간이 걸렸다. "그러니까, 그 사람이 가후쿠 씨 부인과 섹스를 했다는 거예요?"

"그래. 석 달이나 넉 달쯤 만나면서 내 아내와 여러 차례 섹스했던 걸로 알고 있어."

"그걸 가후쿠 씨가 어떻게 알았어요?"

"아내는 물론 숨겼지만, 난 그냥 알았어. 설명하자면 얘기가 길어져. 하지만 틀림없어. 괜한 지레짐작이 아니라."

미사키는 차가 멈춘 사이에 두 손으로 백미러 위치를 조정했다. "부인과 그 사람이 잤다는 게, 가후쿠 씨가 그 사람과 친구로 지내는 데 방해가 되지 않았어요?"

"오히려 그 반대야." 가후쿠는 말했다. "내가 그 남자와 친구가 된 건 내 아내가 그와 잤기 때문이었어."

미사키는 잠자코 있었다. 설명을 기다리는 것이다.

"어떻게 말해야 할까…… 나는 이해하고 싶었어. 왜 내 아내가 그 남자와 자게 되었는가, 왜 그와 자야 했는가. 적어도 맨 처음 동기는 그거였어."

미사키는 크게 심호흡을 했다. 재킷 아래에서 가슴이 천천히 부풀어올랐다가 가라앉았다. "그런 거 마음이 괴롭지 않아요? 부인과 잤다는 걸 아는데, 그 사람과 함께 술 마시고 얘기하는 게."

"괴롭지 않을 리 없지." 가후쿠는 말했다. "생각하기 싫은 것까지 나도 모르게 생각하게 돼. 떠올리고 싶지 않은 일도 떠오르고. 하지만 나는 연기를 했어. 말하자면 그게 내 직업이니까."

"다른 인격이 된다." 미사키가 말했다.

"그렇지."

"그리고 다시 원래 인격으로 돌아온다."

"그렇지." 가후쿠가 말했다. "싫더라도 원래로 되돌아와. 하지만 돌아왔을 때는 그전과 조금 위치가 달라져 있지. 그게 룰이야. 그전과 완전히 똑같을 수는 없어."

가랑비가 내리기 시작하자 미사키는 몇 번 와이퍼를 작동시켰다. "그래서 가후쿠 씨는 이해했어요? 부인이 왜 그 사람과 잤는지."

가후쿠는 고개를 저었다. "아니, 이해하지 못했어. 그는 가졌고 나는 갖지 못한 것이 몇 가지 있었을 거야. 아니, 아마 많이 있었겠지. 하지만 그중에 어떤 것이 아내의 마음을 사로잡았는지, 그것까지는 모르겠어. 인간이 그렇게 세세한 핀포인트 수준에서 행동하지는 않으니까. 사람과 사람이 관계를 맺는다는 건, 특히 남자와 여자가 관계를 맺는다는 건, 뭐랄까, 보다 총체적인 문제야. 더 애매하고, 더 제멋대로고, 더 서글픈 거야."

미사키는 잠시 그 말에 대해 생각했다. 그러고는 말했다. "하지만 이해는 못 했어도 그 사람과는 계속 친구로 지냈군요?"

가후쿠는 다시 한번 야구모자를 벗어서 이번에는 무릎 위에 얹었다. 그리고 손바닥으로 정수리를 쓱쓱 문질렀다. "뭐라고 해야 좋을까. 일단 진지하게 연기를 시작하면 그만둘 계기를 찾기가 어려워. 아무리 정신적으로 힘들다 해도, 그 연기의 의미가 마땅한 형태를 이루기 전에는 흐름을 멈출 수가 없거든. 음악이 어떤 특정한 화음에 도달하지 않고서는 올바른 결말을 맞을 수 없는 것처럼…… 무슨 말인지 알겠어?"

미사키는 담뱃갑에서 말보로 한 개비를 꺼내 입에 물었지만 불은 붙이지 않았다. 차 지붕이 닫혔을 때는 담배를 절대 피우지 않는다. 단지 입에 물고 있을 뿐이다.

"그러는 동안에도 그 사람은 가후쿠 씨 부인과 잤어요?"

"아니, 안 잤어." 가후쿠는 말했다. "그렇게까지 나가면, 뭐랄까…… 너무 기교적인 일이 돼버리지. 내가 그 사람과 친구가 된 건 아내가 죽고 조금 지난 뒤였어."

"그 사람과 진짜 친구가 된 거예요? 아니면 어디까지나 연기였어요?"

가후쿠는 그에 대해 생각했다. "둘 다. 그 경계선을 나도 점점 알 수 없어졌어. 진지하게 연기한다는 건 말하자면 그런 거니까."

가후쿠는 그 남자를 처음 만났을 때부터 호감 비슷한 것을 느꼈다. 이름은 다카쓰키, 키가 크고 잘생긴 이른바 미남 배우였다. 사십대 초반, 딱히 연기를 잘하는 건 아니다. 존재만으로 매력이 느껴지는 것도 아니다. 배역도 한정되어 있다. 대개는 서글서글하고 깔끔한 중년 남자 역이었다. 늘 웃는 낯이지만 이따금 옆얼굴에서 우수가 묻어났다. 중년 여성들 사이에서 꾸준히 인기가 있었다. 가후쿠는 방송국 대기실에서 우연히 그와 마주쳤다. 아내가 죽고 반년 뒤의 일이었다. 다카쓰키는 그에게 다가와 자기소개를 하고 조의를 표했다. 딱 한 번이었지만 부인과 영화를 함께한 적이 있습니다, 그때 도움을 많이 받았습니다, 하고 다카쓰키는 공손한 얼굴로 말했다. 가후쿠는 답례의 말을 했다. 시간순으로 보자면, 그가 아는 한 다카쓰키는 아내가 성적인 관계를 가진 남자들의 목록에서 맨 끝에 있었다. 그와의 관계가 끝나고 얼마 뒤에 그녀는 병원에서 검진을 받았고, 자궁암이 이미 상당히 진행된 것을 발견했다.

"한 가지 실례되는 부탁이 있는데." 가후쿠는 한차례 인사가 오간 뒤에 말을 꺼냈다.

"무슨 일이신지?"

"괜찮다면 나한테 시간을 좀 내줄 수 있을까요? 술 한잔 하면서 집사람에 대한 추억을 이야기할 수 있었으면 해서요. 집사람이 자주 당신 얘기를 했었거든요."

갑작스러운 말에 다카쓰키는 놀란 기색이었다. 충격을 받았다고 하는 게 더 정확한 표현일지도 모른다. 그는 단정한 눈썹을 살짝 찡그리고 조심스럽게 가후쿠의 표정을 살폈다. 뭔가 다른 속내가 있는 건 아닌가 의심하듯이. 하지만 특별한 의도는 아무것도 읽히지 않는다. 가후쿠는 누가 봐도 오랜 세월 함께해온 아내를 잃은 지 얼마 안 된 남자가 지을 법한 고요한 표정이었다. 더는 파문이 일지 않는 연못의 수면 같은 표정.

"그저 아내 얘기를 함께 나눌 말벗이 있었으면 해서요." 가후쿠는 덧붙여 말했다. "집에서 가만히 혼자 있다보면 솔직히 이따금 힘들어요. 다카쓰키 씨에게는 귀찮은 일이겠지만."

그 말에 다카쓰키는 얼마간 안도한 것 같았다. 아무래도 관계를 의심하는 것으로 보이지는 않는다고.

"아닙니다, 귀찮긴요. 그런 시간이라면 기꺼이 만들어야죠. 저처럼 재미없는 말벗이라도 괜찮으시다면." 그렇게 말하고 그는 입가에 가벼운 미소를 띠었다. 눈초리에 선해 보이는 주름이 잡혔다. 상당히 차밍한 미소다. 만일 자신이 중년 여자였다면 이쯤에서 분명 얼굴이 빨갛게 달아올랐을 거라고 가후쿠는 생각했다.

다카쓰키는 머릿속에서 빠르게 일정표를 넘겼다. "내일 밤이면 느긋하게 뵐 수 있을 것 같은데, 가후쿠 씨 일정은 어떠십니까?"

내일 밤은 자기도 괜찮다고 가후쿠는 말했다. 그나저나 감정을 읽기가 무척 쉬운 사내다 싶어 가후쿠는 감탄했다. 두 눈을 똑바로 들여다보면 그 건너편까지 훤히 보일 것 같다. 뒤틀린 부분도, 심술궂은 부분도 없다. 한밤중에 깊은 함정을 파놓고 누군가 지나가기를 기다릴 타입은 아니다. 배우로서는 아마 그리 대성하지 못하겠지만.

"장소는 어디가 좋을까요?" 다카쓰키가 물었다.

"장소는 좋으실 대로. 어디든 정해주면 그쪽으로 가지요." 가후쿠는 말했다.

다카쓰키는 긴자의 유명한 바 이름을 댔다. 그곳 박스석을 예약해두면 다른 사람 신경쓸 것 없이 편하게 대화할 수 있다고 말했다. 가후쿠는 그 바의 위치를 알고 있었다. 그리고 두 사람은 악수를 하고 헤어졌다. 다카쓰키의 손은 부드럽고 손가락은 길고 가늘었다. 손바닥은 따스하고 약간 땀이 밴 것 같았다. 긴장한 탓인지도 모른다.

그가 떠난 뒤, 가후쿠는 대기실 의자에 앉아 그와 악수한 손바닥을 펴고 찬찬히 바라보았다. 그곳에는 다카쓰키의 손의 감촉이 생생하게 남아 있었다. 그 손이, 그 손가락이 아내의 벗은 몸을 쓰다듬었다, 고 가후쿠는 생각했다. 시간을 들여, 구석구석.

가후쿠는 눈을 감고 깊은 한숨을 내쉬었다. 대체 나는 무얼 하려는 것일까 생각했다. 하지만 어찌됐건 그는 *그것*을 하지 않을 수 없었다.

바의 조용한 박스석에서 몰트위스키 잔을 기울이며 가후쿠는 한 가지를 알 수 있었다. 그건 다카쓰키의 마음이 아직도 아내에게 깊이 빠져 있는 듯하다는 것이었다. 그녀의 죽음을, 그 육체가 태워져 뼈와 재가 되었다는 사실을 다카쓰키는 아직 잘 받아들이지 못하는 것 같았다. 그 심정은 가후쿠도 이해할 수 있었다. 아내에 대한 추억을 이야기하면서 다카쓰키는 이따금 눈시울을 적시기도 했다. 바라보고 있자니 저절로 손을 내밀어주고 싶은 기분이 들 정도였다. 이 남자는 자기 감정을 잘 숨기지 못하는 것이다. 슬며시 떠보면 금세 모든 것을 고백해버릴 것 같다.

다카쓰키의 말하는 태도로 보아, 둘의 관계를 끊자고 통보한 건 아내인 모양이었다. 아마도 그녀는 다카쓰키에게 "우리 더이상 만나지 않는 게 좋겠어"라고 고했으리라. 그리고 실제로 만나주지 않았다. 몇 달쯤 관계를 지속하고, 어느 시점에 딱 잘라 끝맺는다. 질질 끌지 않는다. 가후쿠가 알기로 그것이 그녀의 정사(라고 해도 좋을까) 패턴이었다. 하지만 다카쓰키는 그렇게 깨끗이 그녀와 헤어질 각오가 되어 있지 않았던 듯했다. 그는 그녀와 좀더 오래 관계가 지속되기를 원했으리라.

암 말기에 이르러 시내 병원의 호스피스에 들어간 아내에게 다카쓰키는 병문안을 가고 싶다고 연락했지만 그것도 일언지하에 거절당했다. 입원한 뒤로 아내는 거의 아무도 만나지 않았다. 의료 관계자 외에 그녀의 병실에 들어갈 수 있는 사람은 그녀의 어머니와 여동생, 그리고 가후쿠 세 사람뿐이었다. 다카쓰키는 한 번도 그녀의 병문안을 가지 못한 게 못내 아쉬운 것 같았다. 아내가 암에 걸렸다는 사실을 다카쓰키가 안 것은 그녀가 죽기 몇 주 전이었다. 그것은 그에게 그야말로 아닌 밤중에 홍두깨 같은 소식이었고, 아직도 온전히 받아들일 수 없는 사실이었다. 그 심정을 가후쿠는 이해할 수 있었다. 그러나 그들이 품고 있는 감정이 완전히 똑같다는 뜻은 물론 아니다. 가후쿠는 여윌 대로 여윈 아내의 마지막 모습을 하루하루 지켜보았고, 화장터에서 그녀의 흰 뼈를 수습했다. 그 나름대로 수용의 단계를 통과해왔다. 그것은 상당히 큰 차이다.

내가 도리어 이 남자를 위로하는 것 같군. 둘이서 아내에 대한 추억을 나누며 가후쿠는 그렇게 생각했다. 만약 아내가 이런 광경을 본다면 과연 어떤 느낌일까. 그렇게 생각하니 가후쿠는 이상한 기분이 들었다. 하지만 아마 죽은 사람은 아무것도 생각하지 않고 아무것도 느끼지 않을 것이다. 그것은 가후쿠의 관점에서 볼 때, 죽음이 지닌 미덕 중 하나였다.

또하나 알게 된 사실이 있었다. 다카쓰키가 과음하는 경향이 있다는 것이었다. 가후쿠는 직업상 수많은 술꾼을 만나왔지만(왜 배우들은 그토록 열심히 술을 마시는지), 다카쓰키는 어떻게 봐도 건전하고 건강한 부류에 속하는 술꾼이라고는 할 수 없었다. 가후쿠가 보기에, 세상에는 크게 두 종류의 술꾼이 있다. 하나는 자신에게 뭔가를 보태기 위해 술을 마셔야 하는 사람들이고, 또하나는 자신에게서 뭔가를 지우기 위해 술을 마셔야 하는 사람들이다. 그리고 다카쓰키는 분명 후자였다.

그가 지우려는 것이 무엇인지 가후쿠는 알 수 없었다. 단지 심약한 성격일 수도 있고 과거에 받은 마음의 상처일 수도 있다. 어쩌면 지금 현실적으로 떠안고 있는 골칫거리일 수도 있다. 그런 모든 것의 혼합물일 수도 있다. 하지만 뭐가 됐건 그의 내면에는 '가능하면 잊고 싶은 무언가'가 있고, 그것을 잊기 위해, 혹은 그것이 자아내는 아픔을 누그러뜨리기 위해 술을 입에 털어넣지 않을 수 없는 것이다. 가후쿠가 한 잔 마시는 사이에 다카쓰키는 같은 술을 두 잔 반 마셨다. 상당한 하이페이스다.

어쩌면 술 마시는 페이스가 빠른 것은 정신적 긴장 때문인지도 모른다. 어쨌든 자신이 예전에 은밀히 동침한 여자의 남편과 단둘이 마주앉아 술을 마시는 자리다. 긴장하지 않는 게 이상하다. 하지만 그 이유만은 아닐 거라고 가후쿠는 생각했다. 애초에 그런 식으로밖에 술을 마실 줄 모르는 남자인 것이다.

상대의 상태를 살펴가며 가후쿠는 자신의 페이스대로 신중히 술을 마셨다. 술이 몇 잔 들어가고 상대의 긴장이 좀 풀린 참에 그는 다카쓰키에게 결혼은 했느냐고 물었다. 결혼한 지 십 년이 되었고 일곱 살 난 아들이 있다고 다카쓰키는 대답했다. 하지만 사정이 있어서 작년부터 별거중이라고. 아마도 머지않아 이혼하겠지만 아이의 친권이 어떻게 될지가 문제다. 아이를 자유롭게 만나지 못하게 되는 사태만은 어떻게든 피하고 싶다. 자신에게 없어서는 안 될 존재니까. 그는 아이 사진을 보여주었다. 잘생긴 얼굴에 얌전해 보이는 사내아이였다.

상습적인 술꾼이 대부분 그렇듯이 다카쓰키는 알코올이 들어가자 입이 가벼워졌다. 아마도 말해서는 안 될 것까지, 묻지도 않았는데 자진해서 말했다. 가후쿠는 거의 들어주는 입장이 되어 따뜻하게 맞장구치고 위로해야 할 때는 말을 가려가며 위로했다. 그리고 그에 관한 정보를 최대한 많이 끌어모았다. 가후쿠는 자신이 다카쓰키에게 호감을 갖고 있는 것처럼 행동했다. 그건 결코 어려운 일이 아니었다. 그는 애초에 남의 말을 잘 들어주는 사람이고, 또한 실제로 다카쓰키에게 호감을 갖고 있었기 때문이다. 그에 더해 두 사람에게는 한 가지 커다란 공통점이 있었다. 죽어버린 한 아름다운 여자에게서 아직 헤어나지 못했다는 것. 입장은 다르지만 두 사람 모두 그 결핍을 메우지 못하고 있었다. 그래서 이래저래 얘기가 잘 통했다.

"다카쓰키 씨, 괜찮으면 다음에 또 만날까요? 당신과 얘기하면서 무척 즐거웠어요. 이런 기분 참 오랜만이오." 가후쿠는 헤어지는 참에 말했다. 술값은 가후쿠가 미리 계산했다. 어쨌거나 누군가는 그 자리의 술값을 계산해야 한다는 생각을 다카쓰키는 떠올리지도 못한 것 같았다. 알코올은 그에게 많은 것을 잊어버리게 했다. 아마도 몇 가지 중요한 것들을.

"물론 좋습니다." 다카쓰키는 술잔에서 고개를 들고 말했다. "꼭 다시 뵙고 싶어요. 가후쿠 씨와 얘기했더니 저도 답답했던 가슴이 얼마간 풀린 것 같습니다."

"이렇게 만난 것도 인연이겠죠." 가후쿠는 말했다. "세상 떠난 아내가 이어준 건지도 모르겠군요."

그것은 어떤 의미에서는 진실이었다.

두 사람은 휴대전화 번호를 교환했다. 그리고 악수를 하고 헤어졌다.

그렇게 두 사람은 친구가 되었다. 마음 맞는 술친구 정도였다. 두 사람은 서로 연락해서 얼굴을 보고 시내 곳곳의 바에서 술을 마시고 두서없는 이야기를 나누었다. 식사를 함께 한 적은 없었다. 가는 곳은 늘 술집이었다. 가후쿠는 다카쓰키가 가벼운 안주 말고는 다른 음식을 입에 넣는 것을 본 적이 없다. 어쩌면 이 남자는 식사라는 걸 거의 하지 않는지도 모르겠다고 생각했을 정도다. 그리고 어쩌다 맥주를 마실 때를 빼고는 위스키 외의 술을 주문한 적도 없다. 싱글 몰트가 그의 취향이었다.

주고받는 이야기의 내용은 다양했지만, 결국에는 꼭 가후쿠의 죽은 아내 이야기로 흘러갔다. 그녀가 아직 젊었던 시절의 일화를 가후쿠가 이야기하면 다카쓰키는 진지한 표정으로 귀를 기울였다. 마치 타인의 기억을 수집하고 관리하는 사람처럼. 문득 깨닫고 보니 가후쿠 자신도 그런 대화를 즐기고 있었다.

그날 밤은 아오야마의 작은 바에서 술을 마셨다. 네즈 미술관 뒷골목의 눈에 띄지 않는 가게였다. 마흔 안팎의 말수 적은 남자가 항상 바텐더로 있고, 구석 장식장 위에서는 비쩍 마른 회색 고양이가 동그랗게 몸을 말고 자고 있었다. 이 바에 붙어사는 근처 길고양이인 모양이었다. 오래된 재즈 레코드가 턴테이블 위에서 돌아갔다. 그런 분위기가 맘에 들어 전에도 둘이서 몇 번 찾아갔던 가게였다. 그들이 만날 때는 왜 그런지 비가 내릴 때가 많았는데, 그날도 가랑비가 흩뿌렸다.

"정말 멋진 여자였어요." 다카쓰키는 테이블 위에 올려둔 양손을 보며 말했다. 중년에 접어든 남자치고는 아름다운 손이었다. 눈에 띄는 주름도 없고 손톱도 잘 손질되어 있었다. "그런 분과 인연을 맺고, 함께 살고, 가후쿠 씨는 정말 행복하셨겠어요."

"그랬지." 가후쿠는 말했다. "당신 말이 맞아. 분명 행복했다고 생각해. 하지만 행복했던 만큼 괴로운 일도 있었어."

"이를테면 어떤 일이죠?"

가후쿠는 온더록스 잔을 들어 커다란 얼음을 빙글 돌렸다. "언젠가 그녀를 잃을지도 모른다, 그런 상상을 하면 그것만으로도 가슴이 아팠어."

"그 기분, 저도 잘 압니다." 다카쓰키는 말했다.

"어떻게?"

"그러니까 말하자면……" 다카쓰키는 운을 떼고 적절한 말을 찾았다. "그렇게 멋진 사람을 잃는다는 것에 대해서."

"일반론으로?"

"그렇죠." 다카쓰키는 말했다. 그리고 스스로를 납득시키듯이 몇 번 고개를 끄덕였다. "어디까지나 상상해볼 수밖에 없는 일이지만."

가후쿠는 잠시 침묵을 지켰다. 가능한 한 길게, 아슬아슬할 때까지 끌었다. 그러고는 말했다.

"하지만 결국 나는 그녀를 잃었어. 살아 있을 때부터 조금씩

잃다가 결국에는 모조리 잃고 말았어. 침식으로 깎여가던 것이 마침내 큰 파도에 송두리째 뽑혀나가는 것처럼…… 내 말 무슨 뜻인지 알겠어?"

"알 것 같아요."

아니, 넌 그런 건 알지 못해. 가후쿠는 마음속으로 말했다.

"무엇보다 괴로운 것은." 가후쿠는 말했다. "내가 그녀를―적어도 중요한 일부를―진정으로 이해하지 못했다는 거야. 그리고 그녀가 죽어버린 지금, 그건 아마도 영원히 이해되지 못한 채 끝나겠지. 깊은 바다 밑에 가라앉은 작고 단단한 금고처럼. 그 생각을 하면 가슴이 미어지는 것 같아."

다카쓰키는 그 말을 잠시 생각했다. 그러고는 입을 열었다.

"하지만 가후쿠 씨, 우리가 누군가를 완전히 이해한다는 게 과연 가능할까요? 설령 그 사람을 깊이 사랑한다 해도."

가후쿠는 말했다. "우리는 이십 년 가까이 함께 살았고, 친밀한 부부이자 서로 신뢰할 수 있는 친구라고 생각했어. 어떤 일이든 솔직하게 이야기한다고 말이야. 적어도 나는 그렇게 생각했어. 하지만 사실은 그렇지 않았는지도 모르지. 뭐라고 말해야 좋을까…… 나에게 치명적인 맹점 같은 게 있었는지도 몰라."

"맹점." 다카쓰키가 말했다.

"나는 그녀 안에 있는 무언가 중요한 것을 놓쳤는지도 몰라. 아니, 눈으로 뻔히 보면서도 실제로는 그걸 보지 못했는지도 몰라."

다카쓰키는 잠시 입술을 깨물었다. 그러고는 남아 있던 술을 비우고 바텐더에게 한 잔 더 주문했다.

"그 기분, 뭔지 압니다." 다카쓰키는 말했다.

가후쿠는 다카쓰키의 눈을 빤히 보았다. 다카쓰키는 잠시 그 시선을 맞받다가 이윽고 눈을 피했다.

"알다니, 어떻게?" 가후쿠는 조용히 물었다.

바텐더가 온더록스를 새로 가져와 젖어서 부푼 종이받침도 새것으로 바꿨다. 그동안 두 사람은 침묵을 지켰다.

"알다니, 어떻게?" 바텐더가 가자 가후쿠는 다시 물었다.

다카쓰키는 생각을 굴리고 있었다. 그의 눈 속에서 무언가가 미세하게 흔들렸다. 이 남자는 망설이고 있다, 가후쿠는 그렇게 추측했다. 여기서 뭔가를 털어놓고 싶은 마음과 격렬하게 싸우고 있는 것이다. 결국 그는 그 흔들림을 제 안에서 어찌어찌 진정시켰다. 그리고 말했다.

"여자가 무슨 생각을 하는지, 우리가 속속들이 안다는 건 불가능한 일 아닐까요? 제가 하고 싶은 얘기는 그거예요. 상대가 어떤 여자든 그렇습니다. 그러니까 그건 가후쿠 씨만의 고유한 맹점이 아닐 거예요. 만일 그게 맹점이라면 우리는 모두 비슷한 맹점을 안고서 살아가고 있는 거겠죠. 그러니까 너무 그렇게 자책

하지 않는 게 좋겠어요."

가후쿠는 그의 말에 대해 잠시 생각했다. 그러고는 말했다. "그런데 그건 어디까지나 일반론이지."

"맞습니다." 다카쓰키는 인정했다.

"나는 지금 죽은 아내와 나의 이야기를 하고 있어. 그렇게 간단히 일반론으로 몰아가지 말았으면 좋겠는데."

다카쓰키는 꽤 오랫동안 침묵했다. 그러고는 말했다.

"내가 아는 한, 가후쿠 씨 부인은 정말로 멋진 여자였어요. 물론 내가 안다고 해봐야 가후쿠 씨가 아는 것의 백분의 일에도 못 미치겠지만, 그래도 나는 그렇게 확신해요. 그런 멋진 사람과 이십 년이나 함께할 수 있었던 걸 가후쿠 씨는 뭐가 어찌됐건 감사해야 한다, 나는 진심으로 그렇게 생각합니다. 하지만 아무리 잘 안다고 생각한 사람이라도, 아무리 사랑하는 사람일지라도, 타인의 마음을 속속들이 들여다본다는 건 불가능한 얘깁니다. 그런 걸 바란다면 자기만 더 괴로워질 뿐이겠죠. 하지만 나 자신의 마음이라면, 노력하면 노력한 만큼 분명하게 들여다보일 겁니다. 그러니까 결국 우리가 해야 하는 일은 나 자신의 마음과 솔직하게 타협하는 것 아닐까요? 진정으로 타인을 들여다보고 싶다면 나 자신을 깊숙이 정면으로 응시하는 수밖에 없어요. 나는 그렇게 생각합니다."

그 말들은 다카쓰키라는 인간 안의 어떤 깊고 특별한 장소에서 떠오른 것 같았다. 아주 잠깐일지라도 그 감춰진 문이 열렸던 것이다. 그의 말은 티 없는 진심에서 우러나온 것으로 와 닿았다. 적어도 연기가 아니라는 건 분명했다. 그렇게 연기에 능한 남자가 아니다. 가후쿠는 말없이 상대의 눈을 들여다보았다. 다카쓰키도 이번에는 눈을 피하지 않았다. 두 사람은 오랫동안 상대의 눈을 똑바로 응시했다. 그리고 서로의 눈동자에서, 저멀리 떨어진 항성 같은 반짝임을 알아보았다.

헤어지는 참에 두 사람은 다시 악수를 했다. 밖으로 나오자 비가 약하게 내리고 있었다. 베이지색 레인코트를 입은 다카쓰키가 우산도 쓰지 않고 그 빗속으로 사라진 뒤, 가후쿠는 여느 때처럼 자신의 오른쪽 손바닥을 한참 바라보았다. 그리고 그 손이 아내의 벗은 몸을 쓰다듬었다, 고 생각했다.

하지만 그날은 이상하게 그런 생각을 해도 가슴이 답답하지 않았다. 그런 일도 있는 거지, 라고 생각할 뿐이었다. 아마 그런 일도 있는 것이리라. 아니, 그건 그냥 육체잖아. 가후쿠는 스스로에게 되뇌었다. 끝내는 작은 뼈와 재가 될 뿐인 것을. 그것 말고 더 중요한 것이 분명 있을 터였다.

만일 그게 맹점이라면 우리는 모두 비슷한 맹점을 안고서 살아가고 있는 거겠죠. 그 말이 가후쿠의 귀에 오래도록 남았다.

"그 사람이랑 친구로 오래 만났어요?" 미사키가 앞쪽 차들을 바라보며 물었다.

"그럭저럭 반년 가까이 친구처럼 지내면서 한 달에 두어 번 어딘가의 술집에서 만나 술을 마셨지." 가후쿠는 말했다. "그러다가 어느 순간 뚝 끊어버렸어. 만나자는 전화가 와도 무시했어. 내가 연락하지도 않았고. 나중에는 그쪽에서도 전화하지 않더군."

"그 사람은 이상하게 생각했겠네요."

"아마도."

"상처받았을 수도 있어요."

"그럴지도 모르지."

"왜 갑자기 끊어버렸어요?"

"연기할 필요가 없어졌으니까."

"연기할 필요가 없어져서 친구할 필요도 없어졌다는 건가요?"

"그런 이유도 있지." 가후쿠는 말했다. "하지만 다른 이유도 있어."

"뭔데요?"

가후쿠는 오랫동안 침묵했다. 미사키는 불을 붙이지 않은 담배를 입에 문 채 흘끗 가후쿠의 얼굴을 보았다.

"피우고 싶으면 피워도 돼." 가후쿠가 말했다.

"네?"

"거기, 불붙여도 된다고."

"지붕이 닫혀 있는데요."

"괜찮아."

미사키는 차창을 내리고 시가 라이터로 말보로에 불을 붙였다. 그리고 연기를 깊이 들이마시고 맛있다는 듯 눈을 가늘게 떴다. 잠시 폐에 머금고 있다가 창밖으로 길게 토해냈다.

"명줄 줄이는 짓이야." 가후쿠가 말했다.

"사는 것 자체가 명줄 줄이는 거잖아요." 미사키가 말했다.

가후쿠는 웃었다. "그것도 하나의 견해이긴 하지."

"가후쿠 씨가 웃는 거 처음 봐요." 미사키가 말했다.

듣고 보니 그런 것도 같다고 가후쿠는 생각했다. 연기가 아닌 웃음은 꽤 오랜만인지도 모른다.

"전부터 말하려고 했는데." 그는 말했다. "가만 보면 자네, 꽤 귀여워. 전혀 못생기지 않았어."

"고마워요. 저도 못생겼다고는 생각하지 않아요. 그냥 좀 떨어지는 편이죠. 소냐처럼."

가후쿠는 조금 놀라서 미사키를 보았다. "「바냐 아저씨」를 읽었구나?"

"날마다 대사를 토막토막, 순서도 뒤죽박죽인 걸 듣다보니까 어떤 이야기인지 궁금해졌어요. 저도 호기심이란 게 있거든요." 미사키는 말했다. "'아아, 싫다. 미치겠어. 난 왜 이렇게 떨어지는 얼굴로 태어났을까. 정말 지겨워 죽겠어.' 슬픈 연극이더군요."

"암울한 이야기지." 가후쿠는 말했다. "'아아, 서글프다. 무슨 수가 없을까. 나는 이제 마흔일곱이야. 예순에 죽는다 해도 앞으로 십삼 년이나 더 살아야 해. 너무 길어. 그 십삼 년을 대체 어떻게 살아야 하나? 뭘 하면서 하루하루를 메꿔나가지?' 그 당시 사람들은 대개 예순 살에 죽었어. 바냐 아저씨는 이 시대에 태어나지 않은 게 그나마 다행이었는지도 모르지."

"알아봤는데, 가후쿠 씨랑 저희 아버지가 동갑이더라고요."

가후쿠는 그 말에는 대답하지 않았다. 말없이 카세트테이프를 몇 개 집어들고 라벨에 적힌 곡목을 살펴보았다. 하지만 음악은 틀지 않았다. 미사키는 불이 붙은 담배를 왼손에 들고 창밖으로 내놓고 있었다. 차들이 슬슬 앞으로 나아가서 기어를 바꿀 때만 양손을 쓰기 위해 잠깐 입에 담배를 물었다.

"실은 그자를 어떻게든 혼내줄 생각이었어." 가후쿠는 털어놓듯이 말했다. "내 아내와 잔 그자를." 그리고 카세트테이프를 원래 자리에 내려놓았다.

"혼을 내요?"

"뭔가 따끔한 맛을 보여줄 생각이었어. 친구인 척해서 안심하게 만들고 그사이 치명적인 약점 같은 걸 찾아내서, 그걸 이용해 타격을 줄 작정이었지."

미사키는 미간을 모으고 그 말뜻을 생각했다. "약점이라니, 이를테면 어떤 거요?"

"그것까지는 모르겠어. 하지만 술이 들어가면 영 허술해지는 남자였으니까 분명 뭔가 찾아낼 수 있었겠지. 그걸 꼬투리 삼아 사회적 신용을 실추시킬 만한 스캔들을 터뜨리는 건 그리 어려운 일이 아냐. 그렇게 되면 이혼 조정에서 아이의 친권을 받아낼 수 없었을 테고, 그건 그에게 견디기 힘든 일이 되었겠지. 아마도 다시 일어설 수 없었을 거야."

"칙칙하네요."

"그래, 칙칙한 얘기지."

"그 사람이 가후쿠 씨 부인하고 잔 걸 복수하고 싶어서요?"

"복수하고는 약간 달라." 가후쿠는 말했다. "어쨌든 나는 아무래도 그 사실을 잊을 수 없었어. 잊으려고 꽤 노력했지. 하지만 소용없었어. 내 아내가 다른 남자 품에 안겨 있는 정경이 머릿속을 떠나지 않는 거야. 항상 그 장면이 되살아났어. 마치 갈 곳 없는 영혼이 천장 구석에 달라붙어 계속 나를 지켜보는 것처럼. 아내가 죽고 시간이 흐르면 그런 것도 이윽고 사라질 줄 알았어.

하지만 아니었어. 오히려 전보다 기척이 더 강해졌을 정도야. 나는 그걸 어딘가로 던져버릴 필요가 있었어. 그러려면 내 안에 있는 분노를 해소해야만 했지."

홋카이도 가미주니타키초에서 온 딸뻘의 여자아이를 상대로 왜 이런 이야기를 하는 걸까, 가후쿠는 생각했다. 하지만 일단 꺼낸 이야기를 멈출 수가 없었다.

"그래서 그 사람을 혼내주려고 했다." 미사키가 말했다.

"응."

"하지만 실제로는 아무것도 안 했죠?"

"그래, 안 했지." 가후쿠는 말했다.

미사키는 그 말에 조금 안심한 듯했다. 가만히 짧은 숨을 내쉬고 불붙은 담배를 그대로 창밖으로 튕겨버렸다. 가미주니타키초에서는 다들 아무렇지도 않게 그러는 것인지.

"잘 설명은 못 하겠지만, 어느 순간 갑자기, 모든 것이 어찌되었건 상관없다는 심정이 됐어. 내게 씌었던 것이 순식간에 떨어져나간 것처럼." 가후쿠는 말했다. "더는 분노도 느끼지 않았고. 어쩌면 그건 분노가 아니라 다른 무엇이었는지도 모르지."

"그래도 그렇게 된 게 분명 가후쿠 씨에게는 다행이었을 거예요. 어떻든 남에게 상처를 주지 않은 게요."

"나도 그렇게 생각해."

"하지만 부인이 왜 그 사람과 섹스를 했는지, 왜 그 사람이 아니면 안 되었는지, 가후쿠 씨는 아직 모르는 거죠?"

"그래, 모르지. 그건 아직 내 안에 물음표가 붙은 채 남아 있어. 그 남자는 겉과 속이 다르지 않고 괜찮은 사람이었어. 내 아내를 진심으로 좋아했던 것 같아. 그저 한때 즐길 생각으로 아내와 잔 게 아니었어. 그녀의 죽음에 진심으로 충격을 받았고. 죽기 전에 병문안을 거절당한 것도 상처로 남아 있었어. 나는 그에게 호감을 느끼지 않을 수 없었고, 정말로 친구가 되어도 괜찮겠다고 생각할 정도였지."

가후쿠는 거기서 이야기를 멈추고 마음의 흐름을 더듬었다. 조금이라도 더 사실에 가까운 말을 찾아보았다.

"하지만 분명히 말해 그리 대단한 놈은 아니었어. 성격은 좋은지 모르지. 핸섬하고, 웃는 얼굴도 근사해. 적어도 약아빠진 인간은 아니었고. 하지만 경의를 품을 만한 인간도 아니야. 솔직하지만 깊이가 부족해. 약점이 있고, 배우로서도 이류였어. 그에 비해 내 아내는 의지가 강하고 속 깊은 여자였지. 시간을 들여 차근차근 조용하게 생각할 줄 아는 사람이었어. 그런데 왜 그런 아무것도 아닌 사내에게 마음을 빼앗겨 그 품에 안겼는지, 그 의문이 지금도 가시처럼 마음을 찔러."

"그것이 어떤 의미에서는 가후쿠 씨 자신에 대한 모욕으로도 느껴진다, 그런 말인가요?"

가후쿠는 잠시 생각하고 솔직하게 인정했다. "그런 건지도 모르겠다."

"부인은 그 사람에게 애당초 마음을 빼앗기지 않았던 게 아닐까요?" 미사키는 매우 간결하게 말했다. "그러니까 잤죠."

가후쿠는 먼 풍경을 보듯이 미사키의 옆얼굴을 한참이나 바라보았다. 그녀는 몇 번 와이퍼를 빠르게 움직여 앞유리에 묻은 물방울을 닦아냈다. 새로 바꾼 한 쌍의 블레이드가 툴툴대는 쌍둥이처럼 빽빽하게 삐걱이는 소리를 냈다.

"여자한테는 그런 게 있어요." 미사키가 덧붙였다.

아무 말이 떠오르지 않았다. 그래서 가후쿠는 침묵을 지켰다.

"그건 병 같은 거예요, 가후쿠 씨. 생각한다고 어떻게 되는 게 아니죠. 아버지가 우리를 버리고 간 것도, 엄마가 나를 죽어라 들볶았던 것도, 모두 병이 한 짓이에요. 머리로 아무리 생각해봤자 별거 안 나와요. 혼자 이리저리 굴려보다가 꿀꺽 삼키고 그냥 살아가는 수밖에요."

"그리고 우리는 모두 연기를 한다." 가후쿠가 말했다.

"그럴 거예요. 많든 적든."

가후쿠는 가죽시트 깊숙이 몸을 묻고, 눈을 감고서 신경을 한곳에 집중해 그녀가 기어를 변속하는 순간을 감지하려고 노력했다. 하지만 역시 불가능했다. 모든 게 너무도 매끄럽고 비밀스러웠다. 귀에 와 닿는 엔진 회전음이 아주 조금 달라질 뿐이다. 오가는 벌레의 날갯짓처럼. 가까이 다가오고, 그리고 멀어진다.

좀 자야겠다고 가후쿠는 생각했다. 한숨 푹 자고 눈을 뜬다. 십 분이나 십오 분, 그쯤이다. 그리고 다시 무대에 서서 연기를 한다. 조명을 받고 주어진 대사를 한다. 박수를 받고 막이 내려진다. 일단 나를 벗어났다가 다시 나로 되돌아온다. 하지만 돌아온 곳은 정확하게는 이전과 똑같은 장소가 아니다.

"잠깐 잘게." 가후쿠는 말했다.

미사키는 대답하지 않았다. 그대로 말없이 운전을 계속했다. 가후쿠는 그 침묵에 감사했다.

예스터데이

내가 아는 한, 비틀스의 〈예스터데이〉에 일본어로(그것도 간사이 사투리로) 가사를 붙인 인간은 기타루 한 사람밖에 없다. 그는 목욕할 때면 곧잘 큰 소리로 그 노래를 불렀다.

어제는/내일의 그저께고
그저께의 내일이라네

첫 소절이 그랬던 것으로 기억하는데, 상당히 오래전 일이라 정말로 그런지는 가물가물하다. 어쨌든 그 가사는 처음부터 끝까지 난센스랄까, 거의 아무런 의미도 없고 원래 가사와 비슷한 구석도 전혀 없었다. 귀에 익은 멜랑콜릭하고 아름다운 멜로디

와 다소 태평한—혹은 '비非감상적'이라고 해야 할까—간사이 사투리의 울림이 대담할 정도로 유익성이 배제된 기묘한 콤비네이션을 만들어냈다. 적어도 내 귀에는 그렇게 들렸다. 나는 그걸 그냥 웃어넘길 수도 있었고, 뭔가 거기에 감춰진 정보를 읽어낼 수도 있었다. 하지만 그때는 그저 어이없어하면서 그 노래를 들었을 뿐이다.

기타루는 내가 듣기로는 거의 완벽한 간사이 사투리를 썼지만, 태어난 곳도 자란 곳도 도쿄 오타 구 덴엔초후였다. 나는 태어난 곳도 자란 곳도 간사이지만 거의 완벽한 표준어(도쿄 말)를 썼다. 그렇게 보면 우리는 꽤 이색적인 조합이었는지도 모른다.

그를 알게 된 것은 와세다 대학 정문 근처 찻집에서 아르바이트를 할 때였다. 나는 주방에서 일했고 기타루는 웨이터였다. 손님이 없을 때는 둘이서 곧잘 수다를 떨었다. 우린 스무 살 동갑이고 생일도 겨우 일주일 차이였다.

"기타루는 희귀 성이지?" 내가 말했다.

"그래, 희귀한 편이지." 기타루는 말했다.

"롯데에 같은 성의 투수가 있었는데."

"아, 그 사람은 우리집이랑 상관없어. 뭐, 드문 성씨니까 따져보면 먼 친척뻘일 수도 있겠지만."

그때 나는 와세다 대학 문학부 2학년이었다. 그는 삼수생이고 입시학원 와세다 대비반에 다녔다. 그러나 삼수까지 하면서도 공부를 열심히 하는 기색은 전혀 보이지 않았다. 틈이 나면 입시와 거의 관계없는 책만 읽었다. 지미 헨드릭스 전기나 장기 외통수 풀이 책이나 『우주는 어디에서 탄생했는가』 같은 책. 학원은 오타 구의 부모님 집에서 다닌다고 그는 말했다.

"부모님 집?" 나는 말했다. "당연히 간사이 사람인 줄 알았는데?"

"에이, 아냐. 덴엔초후에서 태어나 내내 거기서 컸어."

나는 그 말에 크게 당황했다.

"그럼 왜 간사이 사투리를 쓰는데?" 내가 물었다.

"후천적으로 배웠어. 일념발기一念發起해서."

"후천적으로 배워?"

"한마디로, 죽자사자 공부했지. 동사며 명사며 악센트까지 모조리 외웠어. 영어나 프랑스어 배우는 거랑 원리적으로는 똑같아. 간사이로 실습도 몇 번 다녀왔어."

나는 감탄하고 말았다. 영어나 프랑스어를 배우듯이 '후천적으로' 간사이 사투리를 습득하는 인간이 있다는 건 금시초문이었다. 역시 도쿄는 넓은 동네구나 싶었다. 어째 꼭 『산시로』* 같은 소리지만.

"내가 어릴 적부터 한신 타이거스 광팬이라서 도쿄에서 한신 시합이 있으면 꼭 보러 갔는데, 세로줄무늬 한신 유니폼 입고 외야 응원석에 가봤자 도쿄 말을 써버리면 아무도 상대를 안 해주더라고. 커뮤니티에 낄 수가 없는 거야. 그래서 이거 간사이 사투리를 배워야지 안 되겠다 싶어서, 그야말로 피눈물 나게 고생해가면서 공부했지."

"오로지 그 이유만으로 간사이 사투리를 배웠다고?" 나는 어이가 없어서 물었다.

"그래. 그만큼 한신 타이거스는 내 전부였어. 그후로 집에서나 학교에서나 철저하게 간사이 사투리만 써. 잠꼬대까지 간사이 사투리라고." 기타루는 말했다. "어때, 내 사투리 거의 완벽하지?"

"진짜, 완전 간사이 사람으로 보여." 내가 말했다. "그런데 한신칸** 쪽 사투리는 아니네. 오사카 시내, 그것도 완전 본바닥 말투야."

"오호, 잘 아는구나. 고등학교 여름방학 때 오사카 덴노지에서 잠깐 홈스테이를 했어. 정말 별난 데더라. 동물원도 걸어서 갈

---

* 나쓰메 소세키의 소설. 대학 진학을 위해 구마모토에서 도쿄로 온 오가와 산시로가 주인공이다.

** 오사카와 고베 사이 연안 지역. 한신 타이거스의 홈구장인 고시엔 야구장이 위치한 니시노미야가 이에 속한다.

수 있고."

"홈스테이?" 나는 감탄해서 말했다.

"사투리 배우는 정성으로 입시공부를 했으면 삼수까지는 안 했을 텐데." 기타루가 말했다.

정말이지 맞는 소리라고 나도 생각했다. 제가 말해놓고 제가 딴죽을 거는 점도 그야말로 간사이 사람다웠다.

"그래서, 너는 어디서 왔어?"

"고베 근처."

"고베 근처 어디쯤?"

"아시야." 나는 말했다.

"완전 좋은 동네잖아? 처음부터 똑 부러지게 아시야라고 말하면 될 것을. 복잡하게 에두를 거 없이."

나는 설명했다. 누가 출생지를 물었을 때 아시야라고 대답하면 아무래도 유복한 집 자식이라는 이미지를 주게 된다. 그러나 똑같은 아시야라도 실상은 각양각색이다. 우리집은 딱히 유복하지 않다. 아버지는 제약회사에 다니고 어머니는 도서관 사서로 일한다. 집도 작고, 차는 크림색 도요타 코롤라다. 그래서 누가 출생지를 물으면 쓸데없는 선입견을 주지 않도록 항상 '고베 근처'라고 대답하는 것이다.

"뭐야, 내 경우랑 완전히 똑같네." 기타루는 말했다. "우리도 주소로 따지면 덴엔초후지만, 우리집은 덴엔초후에서 제일 후진 동네야.* 집도 완전 후졌고. 한번 구경 와. 에이 설마, 이게 덴엔초후라고? 그럴 테니까. 그치만 그런 거 일일이 신경쓸 것 없잖아? 그건 그냥 주소일 뿐인데. 그래서 나는 아예 첨부터 치고 나가기로 했어. 그래, 난 덴엔초후에서 나고 자랐다, 뭐 불만 있냐, 하는 식으로."

나는 감탄했다. 그리고 우리는 친구 비슷한 사이가 되었다.

내가 도쿄에 올라온 뒤로 간사이 사투리를 전혀 쓰지 않는 데는 몇 가지 이유가 있었다. 나는 고등학교 졸업 때까지 줄곧 간사이 사투리를 썼고 도쿄 말은 한 번도 해본 적이 없었다. 그런데 도쿄에 와서 한 달여 만에 나도 모르는 사이 내가 그 새로운 말을 유창하게 구사하고 있는 걸 깨닫고 깜짝 놀랐다. 나는 (스스로도 잘 알지 못했었지만) 원래부터 카멜레온 같은 성격인지도 모른다. 아니면 언어감각이 남들보다 뛰어난지도. 어쨌든 아무리 간사이 출신이라고 말해도 주위에서 아무도 믿어주지 않았다.

또 한 가지, 지금까지와 다른 인간으로 다시 태어나고 싶다는

* 아시야와 덴엔초후 모두 일본의 고급주택가로 유명한 지역이다.

것이 내가 간사이 사투리를 쓰지 않게 된 큰 이유일 것이다.

도쿄의 대학에 들어가게 되어 신칸센을 타고 상경하는 동안 내내 혼자 생각한 것인데, 그때까지의 십팔 년 인생을 되돌아보니 내게 있었던 일 대부분이 실로 창피한 것들뿐이었다. 과장해서 하는 말이 아니다. 실제로, 다시 떠올리기도 싫을 만큼 한심한 일들뿐이었다. 생각하면 할수록 내가 나라는 게 너무도 싫었다. 물론 멋진 추억도 몇 가지는 있다. 겸연쩍을 만큼 자랑스러운 경험도 없지는 않다. 그건 인정한다. 하지만 수치로 따지면, 생각만 해도 낯뜨거운 일, 나도 모르게 머리를 쥐어뜯고 싶어지는 일이 훨씬 많았다. 그때까지 지나온 내 삶이나 내 생각도 돌이켜보니 참으로 범속하고 한심하기 짝이 없었다. 대개는 상상력이 부족한 미들클래스 잡동사니였다. 죄다 한데 뭉쳐 큼직한 서랍 깊숙이 넣어버리고 싶었다. 아니면 불을 붙여 연기로 만들어버리고 싶었다(어떤 연기가 날지는 모르겠으나). 아무튼 전부 없었던 일로 돌리고 완전히 새로운 인간으로 도쿄에서 새 출발을 하고 싶었다. 나라는 인간의 새로운 가능성을 시험해보고 싶었다. 그리고 내게 간사이 사투리를 버리고 새로운 말을 익히는 것이란, 그러기 위한 실제적인 (또한 상징적인) 수단이었다. 결국 내가 하는 말이 나라는 인간을 형성하는 것이니까. 적어도 열여덟 살의 나는 그렇게 생각했다.

"창피하다니, 뭐가 그렇게 창피한데?" 기타루가 내게 물었다.

"전부 다."

"식구들과 사이가 안 좋은 거야?"

"안 좋을 것도 없어." 나는 말했다. "그래도 창피해. 아무튼 같이 있는 것만으로도 창피해."

"이상한 놈이네." 기타루는 말했다. "식구들이랑 있는 게 뭐가 창피하냐? 나도 그럭저럭 잘 지내는데."

나는 입을 다물었다. 잘 설명할 수 없었다. 크림색 도요타 코롤라가 뭐 어떠냐고 한다면 달리 할말이 없다. 그저 집 앞 도로가 좁고, 부모님이 겉치레에 별 관심이 없었을 뿐이다.

"공부 좀 하라고 아버지 어머니한테 날마다 잔소리 듣는 게 당연히 지겹기는 하다만, 그거야 별수없잖아. 그게 두 분 일이니까. 최대한 넓은 마음으로 봐드려야지."

"너는 속 편해서 좋겠다." 나는 감탄하며 말했다.

"여자친구는 있냐?" 기타루가 물었다.

"지금은 없어."

"전에는 있었고?"

"얼마 전까지는."

"헤어진 거야?"

"응." 나는 말했다.

"왜 헤어졌는데?"

"얘기하자면 길고, 지금은 하고 싶지 않다."

"아시야 사는 애야?" 기타루가 물었다.

"아니, 아시야는 아냐. 슈쿠가와에 살았어. 거기서 거기지만."

"끝까지 갔냐?"

나는 고개를 저었다. "아니, 끝까지는 안 갔어."

"그래서 헤어졌어?"

나는 잠시 생각했다. "그것도 있지."

"끝 바로 전까지는 갔고?"

"응, 바로 전까지는."

"구체적으로 어디까지 갔는데?"

"그 얘기는 하고 싶지 않아." 나는 말했다.

"그것도 네가 말하는 '창피한 일' 중 하나인 모양이네."

"그래." 나는 말했다. 그것도 내가 다시 떠올리고 싶지 않은 일 중 하나였다.

"너도 참 어지간히 복잡한 놈이다." 기타루는 감탄하는 투로 말했다.

〈예스터데이〉에 괴상한 가사를 붙인 기타루의 노래를 내가 처음 들은 것은 덴엔초후에 있는 그의 집 욕실에서였다. (막상 가

보니 그의 말처럼 후진 동네도, 후진 집도 아니었다. 극히 평범한 동네의 극히 평범한 집이다. 오래되기는 했지만 아시야에 있는 우리집보다는 컸다. 으리으리하지 않았을 뿐이다. 참고로 차는 한 단계 전 모델의 남색 폭스바겐 골프였다.) 그는 집에 가면 만사 제쳐놓고 우선 목욕부터 했다. 한번 욕실에 들어가면 어지간해서는 나오지 않았다. 그래서 나는 옷을 벗는 공간에 작고 둥근 의자를 들고 가서 앉아 욕실 문틈으로 그와 이야기를 했다. 그곳으로 도망치지 않으면 그의 어머니의 기나긴 이야기(대부분 제대로 공부하지 않는 괴팍한 아들에 대한 끝없는 하소연이었다)를 들어야 했기 때문이다. 그리고 그때 그가 엉뚱한 가사를 붙인 그 노래를 나를 위해서—인지 아닌지는 모르겠으나—큰 소리로 불러주었던 것이다.

"그 가사, 아무 의미도 없잖아." 나는 말했다. "〈예스터데이〉라는 노래를 비꼬는 걸로밖에 안 들리는데."

"무슨 소리. 비꼬기는 뭘 비꽈? 그리고 설령 그렇대도 난센스는 원래 존 레넌이 좋아하던 거잖아."

"〈예스터데이〉를 작사 작곡한 건 폴 매카트니야."

"그래?"

"틀림없어." 나는 잘라 말했다. "폴이 곡을 쓰고 자기 혼자 스튜디오에 들어가 기타 치면서 노래했다고. 거기에다 나중에 현악사중주단 반주를 붙였어. 다른 멤버들은 일절 관여하지 않았지. 그 셋은 이 노래가 비틀스라는 그룹에 좀 약한 편이라고 생각했어. 명의는 일단 레넌-매카트니로 되어 있지만."

"그래? 내가 그런 심오한 지식에는 영 어두워서."

"심오한 지식이 아냐. 전 세계에 널리 알려진 사실이야." 나는 말했다.

"야, 됐다. 그런 자잘한 건 아무 상관 없어." 기타루가 수증기 속에서 느긋한 목소리로 말했다. "내 집 욕실에서 내 맘대로 부르는 거야. 무슨 음반을 낸 것도 아니잖아. 저작권을 침해하는 것도 아니고 누구한테 피해를 주는 것도 아냐. 일일이 시비 걸 거 없어."

그러고는 후렴구를 그야말로 쩌렁쩌렁한 목소리로 불렀다. 고음부까지 매우 기분좋게. "바로 어제까지 그애도/거기 있었건만……"이라나 뭐라나. 그리고 두 손으로 물을 가볍게 치며 참방참방 천하태평한 물소리 반주를 곁들였다. 나도 뭐라고 장단을 맞춰주면 좋았을 테지만 도저히 그럴 기분이 들지 않았다. 남이 목욕하는 동안 한 시간씩 옆에 붙어서 유리문 너머로 두서없는 이야기를 나누는 것은 그리 즐거운 일이 못 된다.

"그나저나 뜨거운 물에 어떻게 그리 오래 앉아 있지? 몸이 퉁퉁 붇지 않냐?" 내가 말했다.

나는 옛날부터 욕조에 앉아 있는 시간이 짧았다. 뜨거운 물속에 가만히 앉아 있는 걸 견디지 못하기 때문이다. 욕조 안에서는 책도 읽을 수 없고 음악도 들을 수 없다. 나는 그런 것들 없이는 시간을 잘 때우지 못한다.

"뜨끈한 물속에 몸을 푹 담그고 있으면 머리가 릴랙스 돼서 제법 쏠쏠한 아이디어가 떠올라. 불쑥불쑥." 기타루는 말했다.

"아이디어라면, 그 〈예스터데이〉 가사 같은 거?"

"뭐, 그것도 그중 하나지." 기타루는 말했다.

"쏠쏠한 아이디어고 뭐고, 그럴 시간에 좀더 착실히 공부하는 게 좋지 않을까?" 나는 말했다.

"야, 너도 참 재미없는 놈이다. 우리 어머니랑 아주 똑같은 소리를 하네. 아직 새파란 게 세상 다 아는 것처럼 얘기하지 마."

"그래도 삼수까지 하다보면 슬슬 이 생활이 지겹지 않아?"

"당연히 지겹지. 나도 얼른 대학생이 돼서 느긋이 맘 편하게 살고 싶다. 여자친구랑 데이트다운 데이트도 하고."

"그럼 좀더 열심히 공부하면 되잖아."

"그런데 그게." 기타루가 느릿느릿 말했다. "그게 내 맘대로 되는 일이면 진작 그렇게 했지."

"대학은 시시한 데야." 나는 말했다. "들어와보면 실망할 거다. 틀림없어. 근데 그런 데조차 들어가지 못하는 건 더 시시하잖아."

"지당하신 말씀." 기타루는 말했다. "너무 지당하신 말씀이라 할말이 없네."

"그런데 왜 공부를 안 하느냐고."

"모티베이션이 없어서 그래."

"모티베이션?" 나는 말했다. "여자친구와 데이트다운 데이트를 하고 싶다는 건 훌륭한 모티베이션 같은데."

"그런데 그게." 기타루는 말했다. 그리고 반은 한숨 같고 반은 신음 같은 소리를 목안 깊숙이에서 쥐어짜냈다. "얘기하자면 길어지는데, 내 안에는 분열 같은 게 있어."

기타루에게는 초등학교 때부터 사귄 여자친구가 있었다. 소꿉친구 걸프렌드라고나 할까. 같은 학년이지만 그녀는 고등학교 졸업 후 곧바로 조치 대학에 들어갔다. 불문과고 테니스 동아리 회원이었다. 사진을 보여줬는데 휘파람이 절로 나올 만큼 예쁜 여자애였다. 몸매도 좋고 표정에 생기가 있었다. 하지만 요즘에는 잘 만나지 않는다고 했다. 기타루가 대학에 합격할 때까지 공부에 방해되지 않도록 남녀로서의 교제는 삼가기로 둘이 합의한 것이다. 먼저 제안한 것은 기타루였다. 그녀는 "뭐, 네가 그렇게 말한다면"이라는 식으로 동의했다. 전화 통화는 자주 하지만 직접 만나는 건 기껏해야 일주일에 한 번, 그것도 데이트라기보다 '면회'에 가깝다. 함께 차를 마시며 각자의 근황을 얘기한다. 손을 잡는다. 가벼운 키스도 한다. 하지만 그 이상의 선은 넘지 않는다. 상당히 고풍스럽다.

기타루도 아주 잘생겼다고 할 정도는 아니어도 얼굴은 멀끔하니 괜찮은 편이었다. 키는 크지 않지만 호리호리하고 머리 모양이나 옷 입는 취향도 깔끔하고 세련됐다. 입만 다물고 있으면 좋은 집안에서 자란 감수성 예민한 도시 청년처럼 보인다. 그녀와 나란히 놓고 봐도 제법 잘 어울리는 커플이라고 할 만하다. 굳이 단점을 들자면 전체적으로 이목구비가 가녀려서 '이 남자는 개성이나 자기주장이 좀 부족하겠다'는 인상을 줄 수도 있다는 정도다. 그러나 일단 입을 벌렸다 하면 그런 첫인상은 씩씩한 래브라도 레트리버에게 짓밟힌 모래성처럼 맥없이 무너진다. 간사이 사투리를 좔좔 쏟아내는 말투와 쩌렁쩌렁 낭랑한 목소리에 사람들은 얼떨떨해지고 만다. 아무튼 겉모습과의 미스매치가 극심했다. 그 격차에 나도 처음에는 무척 당황스러웠다.

"근데, 여자친구 없으면 하루하루가 쓸쓸하지 않나?" 기타루가 어느 날 내게 말했다.

쓸쓸하지 않은 건 아니지, 라고 나는 말했다.

"야, 다니무라. 그럼 내 여자친구랑 한번 사귀어볼래?"

무슨 얘기인지 선뜻 이해가 되지 않았다. "사귀어보라니, 무슨 소리야?"

"아주 괜찮은 애야. 얼굴 예쁘지, 성격 참하지, 머리도 제법 좋다니까. 그건 내가 보장해. 사귀어서 손해볼 거 하나도 없어." 그는 말했다.

"딱히 손해볼 것 같진 않다만." 나는 이야기의 요지를 제대로 파악하지 못한 채 말했다. "그런데 대체 내가 왜 네 여자친구하고 사귀어야 하는데? 이유를 모르겠다."

"네가 제법 괜찮은 놈이니까." 기타루는 말했다. "안 그러면 내가 이런 소리 하겠냐."

아무 설명도 되지 않는 말이었다. 내가 괜찮은 놈(만일 정말 그렇다면 말이지만)인 것과 내가 기타루의 여자친구와 사귀는 것에 대체 무슨 인과관계가 있다는 건가.

"에리카(그 여자친구의 이름이다)랑 나는 같은 동네에서 초등학교부터 중고등학교까지 전부 같이 다녔어." 기타루는 말했다. "한마디로 지금까지의 인생 대부분을 함께 보낸 셈이지. 저절로 커플처럼 됐고, 우리 사이를 다들 인정해줬어. 친구들도 그렇고 부모님도 선생님도 말이야. 이렇게 둘이 사이좋게 딱 붙어 다녔어."

기타루가 자신의 양 손바닥을 찰싹 맞댔다.

"그대로 둘이 나란히 대학에 척 붙었으면 아무 문제 없이 만사 해피엔드였을 텐데, 내가 입시에 보기 좋게 미끄러지고 이 모양이 꼴이잖냐. 어디서 어떻게 잘못됐는지는 모르겠다만, 이래저래 조금씩 내 마음과는 다르게 흘러가더라고. 물론 다른 누구 탓도 아니고 전적으로 내 탓이긴 하다만."

나는 잠자코 듣고 있었다.

"그래서 내가, 말하자면 자아가 둘로 갈라진 거야." 기타루는 말했다. 그리고 맞대고 있던 손바닥을 뗐다.

자아가 둘로 갈라졌다? "어떻게?" 나는 물었다.

기타루는 잠시 자신의 양 손바닥을 빤히 바라보았다. 그러고는 말했다. "말하자면, 한쪽의 나는 안달복달 속을 끓이는 거야. 내가 개떡같은 입시학원에 다니고 개떡같은 수험공부를 하는 동안 에리카는 대학생활을 만끽하고 있잖냐. 테니스도 팡팡 치면서 아주 재미있게 말이지. 새로운 친구도 생기고, 아마 딴 놈이랑 데이트도 하지 않을까. 그런 생각을 하면 나만 자꾸 뒤처지는 것 같아서 머리에서 김이 폴폴 난단 말이야. 그런 기분, 알겠니?"

"알 것 같다." 나는 말했다.

"그런데, 또 한쪽의 나는 반대로 마음이 턱 놓이기도 하는 거야. 이대로 우리가 아무 문제 없고 아무 어려움도 없는 다정한 커플로 무사태평하게 인생을 걸어간다면 앞으로 대체 어떻게 되겠느냐고. 그보다는 이쯤에서 한번 각자 다른 길을 걸어보고, 그러다가 역시 서로가 필요하다는 걸 깨달으면 그때 다시 합치면 되지 않을까, 그런 선택지도 있지 않을까, 하는 생각이 들더란 말이지. 어때, 알겠냐?"

"알 듯 모를 듯하다." 나는 말했다.

"그러니까 무사히 대학 졸업하고, 어디 회사에 취직하고, 그대로 에리카랑 결혼해서 모두의 축복 속에 잘 어울리는 부부가 되고, 아이도 둘쯤 낳고, 어릴 때부터 익숙한 오타 구립 덴엔초후 초등학교에 보내고, 일요일에는 온 가족이 다마가와 강변에 가서 놀고, 오블라디 오블라다*…… 물론 그런 인생도 전혀 나쁠 것 없다고 생각해. 하지만 인생이란 게 그렇게 미끈하니, 걸리는 것 하나 없이 편안해도 괜찮을까. 그런 불안도 내 안에 없지 않더란 말이야."

"자연스럽고 원활하고 편안한 게 지금 문제다, 그런 얘기야?"

"뭐, 그런 얘기지."

자연스럽고 원활하고 편안한 게 왜 문제라는 것인지 나는 영 알 수 없었지만, 얘기가 길어질 것 같아서 더는 따지지 않기로

* 비틀스의 노래 제목. 나이지리아 부족의 말로 '인생은 그렇게 흘러가는 거야'라는 뜻이라고 한다.

했다.

"그건 그렇다 치고, 왜 내가 네 여자친구랑 사귀어야 하는데?" 나는 물었다.

"어차피 딴 놈을 만날 거라면 너를 만나는 게 좋잖아. 너라면 내가 훤히 잘 알고 있으니까. 게다가 너한테서 에리카의 근황도 들을 수 있고."

도무지 앞뒤가 안 맞는 소리였지만, 기타루의 연인을 만나보는 것에는 흥미가 있었다. 사진으로 본 그녀는 시선을 끄는 미인이었고, 그런 여자가 기타루처럼 괴상한 녀석의 어디가 좋다고 사귀고 있는지 궁금하기도 했다. 나는 옛날부터 낯가림이 심한데도 호기심은 제법 왕성했다.

"그래서 그애랑은 어디까지 갔어?" 나는 물어보았다.

"섹스 얘기야?" 기타루가 말했다.

"그래. 끝까지 갔어?"

기타루는 고개를 저었다. "그게 잘 안 되더라. 어려서부터 알고 지내던 사이잖냐. 옷을 벗기고, 몸을 만지고 더듬고, 새삼스럽게 그런 짓을 하기가 어째 거북하더라고. 다른 여자랑은 그런 생각이 안 들 텐데. 팬티 속에 손을 넣다니, 에리카를 상대로 그런 상상을 하는 것 자체가 할 짓이 아니라는 생각이 자꾸 드는 거야. 무슨 말인지 알겠냐?"

나는 잘 알 수 없었다.

기타루는 말했다. "물론 키스도 하고 손도 잡아. 옷 위로 가슴을 더듬은 적도 있고. 근데 그런 것도 어째 반은 농담이고 장난이야. 아무리 분위기가 잡혀도 거기서 더 나갈 기미가 없는 거야."

"기미고 뭐고, 그런 흐름은 어느 정도 네가 적극적으로 만들어가야 하는 거잖아?" 나는 말했다. 사람들은 그것을 성욕이라고 부른다.

"아니, 그게 그렇지가 않아. 나는 도통 그렇게 안 되더라니까. 뭐라고 설명은 못 하겠지만." 기타루는 말했다. "예를 들어 마스터베이션을 할 때, 구체적인 누군가를 머릿속에 떠올리고 그러잖아."

그야 그렇지, 라고 나는 말했다.

"그런데 그럴 때도 도저히 에리카를 떠올릴 수가 없는 거야. 그래서는 안 된다는 생각이 앞서버려. 그래서 대신에 다른 여자를 생각해. 별로 좋아하지도 않는 애를. 이런 걸 어떻게 생각하냐?"

나는 잠시 생각해봤지만 결론은 나오지 않았다. 남의 마스터베이션에 대해 이해하기란 그리 쉬운 일이 아니다. 나 자신에 대한 것조차 영 이해되지 않는 부분이 있다.

"어쨌거나 한번 시험 삼아 셋이서 만나보는 게 어때?" 기타루는 말했다. "그다음에 찬찬히 생각해보면 되잖아."

나와 기타루와 그의 여자친구(풀 네임은 구리야 에리카)가 만난 것은 일요일 오후, 덴엔초후 역 근처 찻집에서였다. 그녀는 기타루와 비슷한 키에 피부가 보기 좋게 그을렸고, 깨끗이 다림질한 흰색 반소매 블라우스에 남색 미니스커트를 입고 있었다. 좋은 집안에서 자란 야마노테 출신 여대생의 표본 같았다. 사진에서 본 대로 멋진 여자였지만 실물을 마주하니 얼굴보다도 온몸에 넘치는 순수한 생명력 같은 것이 주의를 끌었다. 어딘지 모르게 선이 가는 인상의 기타루와 대조적이었다.

기타루가 나와 그녀를 서로에게 소개했다.

"아키한테 친구가 생겨서 다행이다." 구리야 에리카가 말했다. 기타루의 이름은 아키요시였다. 그를 아키라고 부르는 건 세상에서 그녀 한 사람뿐이었다.

"왜 오버하고 그래? 나도 친구 같은 건 얼마든지 있는데." 기타루는 말했다.

"거짓말이야." 구리야 에리카는 서슴없이 말했다. "보다시피 얘가 이런 사람이라서 친구가 안 생겨. 도쿄에서 자랐으면서 간사이 사투리만 쓰고, 입만 열면 심술부리듯이 한신 타이거스랑 장기 외통수 얘기나 하고, 그렇게 삐딱한 사람이 평범한 사람들하고 친해질 수 있겠니?"

"그렇게 말하면 얘도 상당히 이상한 녀석인데?" 기타루가 나를 가리키며 말했다. "아시야 사람이면서 도쿄 사투리만 쓰니까."

"그건 그래도 일반적이지 않나?" 그녀는 말했다. "적어도 그 반대보다는."

"야, 그건 문화 차별이지." 기타루가 말했다. "모든 문화는 동등한 가치가 있는 거야. 도쿄 사투리가 간사이 사투리보다 더 우월하다는 법이 어딨냐?"

"그래, 가치는 동등할지 모르지만 메이지유신 이래 일본어의 표준은 도쿄 말로 정해져 있어." 구리야 에리카는 말했다. "그 증거로, 예를 들어 샐린저의 『프래니와 주이』 간사이어 번역판은 안 나오잖아?"

"나오면 나는 살 거야." 기타루가 말했다.

나도 살 거라고 생각했지만 아무 말 하지 않았다. 쓸데없는 말참견은 삼가는 게 좋다.

"아무튼 그게 일반적인 상식이라는 거야." 그녀는 말했다. "아키의 뇌 속에 비뚤어진 편견이 심어져 있을 뿐이지."

"비뚤어진 편견이라니? 내 생각엔 문화 차별이 훨씬 유해한 편견 같은데?" 기타루는 말했다.

구리야 에리카는 현명하게도 그 논점을 피해 화제를 바꾸는 것을 택했다.

"우리 테니스 동아리에도 아시아에서 온 여학생이 있어." 그녀는 나를 보고 말했다. "사쿠라이 에이코라는 앤데, 알아?"

"알아." 나는 말했다. 사쿠라이 에이코. 코 모양이 특이하고 멀쑥하게 키가 큰 여자애인데 부모님이 큰 골프장을 갖고 있다. 잘난 척하고 성격도 별로 좋지 않다. 가슴도 거의 밋밋하다. 다만 테니스는 옛날부터 잘해서 대회에 자주 출전했다. 가능하면 두 번 다시 만나고 싶지 않은 상대였다.

"얘가 제법 괜찮은 놈인데, 지금은 여자친구가 없어." 기타루가 구리야 에리카에게 말했다. 내 얘기다. "얼굴은 그냥저냥 봐줄 만한 정도지만 매너도 좋고 나하곤 달리 생각이 반듯해. 아는 것도 많고, 어렵게 생긴 책도 읽어. 겉모습이 멀끔한 걸 보면 몹쓸 병 같은 것도 없을 거야. 내 생각에는 전도유망하고 참한 청년인데 말이야."

"알았어." 구리야 에리카가 말했다. "우리 동아리에도 꽤 귀여운 신입생이 몇 명 있으니까 소개해줄게."

"아니, 그런 얘기가 아니라." 기타루는 말했다. "너, 얘랑 개인적으로 좀 만나줄 수 없겠냐? 나는 삼수생 처지니까 너랑 마음껏 만날 수가 없잖아. 그 대신이라고 하면 좀 그렇지만, 이 녀석이라면 너한테 좋은 교제상대가 될 것 같고, 나도 안심이 되니까."

"안심이 되다니, 무슨 뜻이야?" 구리야 에리카는 말했다.

"말하자면 너희 둘은 내가 잘 알고, 네가 혹시 생판 모르는 놈이랑 사귀는 것보다야 나도 한결 마음이 놓인다는 뜻이야."

구리야 에리카는 실눈을 뜨고 원근법이 잘못된 풍경화를 보듯이 기타루의 얼굴을 빤히 바라보았다. 그리고 천천히 입을 열었다. "그러니까 내가 여기 다니무라와 사귀면 좋겠다는 거야? 꽤 괜찮은 사람이니까 우리더러 남자 대 여자로 교제해보라고, 지금 진지하게 권하는 거야?"

"그리 나쁜 생각은 아니잖아. 아니면 벌써 누구 사귀는 사람이라도 있냐?"

"없어, 그런 사람." 구리야 에리카는 조용히 말했다.

"그럼 이 녀석하고 만나봐. 문화 교류 같은 느낌으로."

"문화 교류." 구리야 에리카가 말했다. 그러고서 내 얼굴을 보았다.

어떤 말도 좋은 효과를 내지 못할 것 같아 나는 침묵을 지켰다. 커피스푼을 들고 그 자루의 무늬를 흥미롭다는 듯 살펴보았다. 이집트 고분의 출토품을 정밀조사하는 박물관 학예사처럼.

"문화 교류라니, 무슨 뜻이야?" 그녀는 기타루에게 물었다.

"말하자면 이쯤에서 조금 다른 시점을 도입해보는 것도 우리에게 그리 나쁜 일은 아니지 않겠냐는……" 기타루가 말했다.

"그게 네가 생각하는 문화 교류야?"

"그러니까 내가 하고 싶은 말은……"

"알았어." 구리야 에리카가 딱 잘라 말했다. 눈앞에 연필이 있었다면 그것도 딱 잘라 두 동강 냈을지도 모른다. "아키가 그렇게 말한다면, 좋아, 해보자. 그 문화 교류."

그녀는 홍차를 한 모금 마시고 잔을 받침접시 위에 내려놓더니 나를 바라보았다. 그리고 미소지었다. "다니무라, 아키도 이렇게 권하는데 다음에 우리 둘이서 데이트하자. 재미있을 거 같은데? 언제가 좋을까?"

선뜻 말이 나오지 않았다. 중요한 때에 적절한 말이 나오지 않는다는 것도 내가 가진 문제점 중 하나였다. 사는 장소가 달라져도, 쓰는 말이 달라져도, 이런 근본적인 문제는 좀처럼 해결되지 않는다.

구리야 에리카는 가방에서 빨간색 가죽수첩을 꺼내 펼쳐들고 일정을 확인했다. "이번주 토요일에 시간 있어?"

"토요일에 별다른 일이 없긴 한데." 나는 말했다.

"그럼 이번 토요일로. 어디 갈까, 우리?"

"얘는 영화를 좋아해." 기타루가 구리야 에리카에게 말했다. "영화 시나리오를 쓰는 게 꿈이래. 시나리오 연구회라는 동아리에도 들었어."

"그럼 영화 보러 가자. 어떤 영화가 좋을까? 음, 그건 다니무라가 알아서 결정해. 나는 공포영화는 못 보지만 그거 말고는 뭐든 괜찮으니까."

"얘가 엄청 겁이 많아." 기타루가 나에게 말했다. "어릴 적에 같이 고라쿠엔 귀신의 집에 가서 손을 잡고 있었는데……"

"영화 본 다음에 천천히 식사나 하자." 구리야 에리카가 기타루의 말을 가로막으며 내게 말했다. 그리고 메모지에 전화번호를 적어 건네주었다. "우리집 전화번호야. 만날 장소나 시간이 정해지면 전화해줄래?"

나는 그때 전화가 없었기 때문에(이건 아직 휴대전화라는 것의 개념조차 없던 시절의 이야기이니 이해해주길) 아르바이트하던 찻집의 전화번호를 그녀에게 알려주었다. 그러고는 손목시계로 눈길을 돌렸다.

"미안하지만 나 먼저 실례할게." 나는 가능한 한 밝은 목소리로 말했다. "내일까지 마무리해야 할 리포트가 있어서."

"그딴 게 뭐가 중요해." 기타루는 말했다. "모처럼 이렇게 한자리에 모였는데 찬찬히 얘기 좀 하다 가야 할 거 아냐. 이 근처에 제법 괜찮은 메밀국숫집도 있고……"

구리야 에리카는 딱히 의견을 말하지 않았다. 나는 내가 마신 커피 값을 테이블에 올려놓고 자리에서 일어났다. 좀 중요한 리포트라서, 미안해, 라고 말했다. 사실은 아무래도 상관없었지만.

"내일이나 모레쯤 전화할게." 나는 구리야 에리카에게 말했다.

"응, 기다릴게." 그녀는 그렇게 말하고 무척이나 다정한 미소를 지었다. 내 느낌에 그건 진짜라기에는 좀 지나치게 다정한 미소였다.

둘을 남겨두고 찻집을 나와 역 쪽으로 걸으면서, '나는 대체 여기서 뭘 하는 걸까' 하고 스스로에게 물었다. 어떤 일이 결정된 뒤에야 왜 이렇게 되어버렸는지 고민에 빠지는 것도 내가 가진 문제점 중 하나다.

그주 토요일에 구리야 에리카와 시부야에서 만나 뉴욕을 무대로 한 우디 앨런의 영화를 보았다. 그녀와 대화하던 중 분명 우디 앨런 영화 같은 게 취향에 맞겠다는 느낌이 들었기 때문이다. 그리고 내 생각에 기타루가 그녀에게 그런 영화를 보자고 하는 일은 거의 없을 터였다. 다행히 영화가 나쁘지 않아서 영화관을 나설 때는 둘 다 기분이 좋았다.

해질녘 거리를 잠시 산책한 뒤에 사쿠라가오카에 있는 작은 이탤리언 레스토랑에 들어가 피자를 주문하고 키안티 와인을 마셨다. 캐주얼한 분위기에 가격대도 그리 높지 않은 가게였다. 조도는 낮추고 테이블 위에 양초 불을 밝혀놓았다(그 당시 이탤리언 레스토랑들은 거의 다 양초를 켜놓았다. 테이블보는 깅엄체

크였다). 그곳에서 우리는 여러 이야기를 나누었다. 대학교 2학년생이 첫 데이트에서(아마 데이트라고 해도 좋으리라) 나눔직한 대화였다. 방금 본 영화 얘기, 서로의 대학생활 얘기, 취미 얘기. 예상 이상으로 말이 잘 통해서 그녀는 몇 번이나 소리 내어 웃었다. 내 입으로 말하기는 좀 그렇지만, 나에게는 여자를 자연스럽게 웃게 하는 재능이 있는 것 같다.

"아키한테서 잠깐 들었는데, 너 고등학교 때부터 사귄 여자친구랑 얼마 전에 헤어졌다면서?" 그녀가 내게 물었다.

"응." 나는 말했다. "삼 년쯤 사귀었는데, 그렇게 됐어. 안타깝지만."

"아키는 너희 사이가 틀어진 원인이 섹스 때문이라고 하던데. 그러면, 뭐랄까…… 네가 원하는 걸 그애가 주지 못한 거야?"

"그런 것도 있어. 하지만 꼭 그것만은 아냐. 만약 내가 진심으로 그애를 좋아했다면 그런 건 참을 수 있었겠지. 정말로 좋아한다는 확신이 있었다면 말이야. 그런데 그렇지 않았어."

구리야 에리카는 고개를 끄덕였다.

"만일 끝까지 갔다 해도 결과는 마찬가지였을 거야." 나는 말했다. "도쿄에 올라와서 그애와 떨어져 있다보니까 점점 그런 것들이 느껴졌어. 헤어지게 된 건 안타깝지만, 어쩔 수 없지, 뭐."

"그런 거 힘들어?" 그녀가 물었다.

“그런 거라니?”

“지금까지 쭉 둘이었는데 갑자기 혼자가 되는 거.”

“가끔은.” 나는 솔직하게 말했다.

“하지만 젊을 때 그런 외롭고 혹독한 시기를 경험하는 것도 어느 정도 필요하지 않을까? 말하자면 인간이 성장하는 과정으로.”

“넌 그렇게 생각해?”

“나무가 늠름하게 자라나려면 혹독한 겨울을 통과해야 하는 것처럼. 항상 따뜻하고 온화한 기후에선 나이테도 안 생기겠지.”

나는 내 안에 있는 나이테를 상상했다. 그것은 먹다 남긴 지 사흘은 지난 바움쿠헨처럼 보였다. 내가 그렇게 말하자 그녀는 웃었다.

“하긴 그런 시기도 인간에게 필요할 수 있겠네.” 나는 말했다. “그게 언젠가 끝나리라는 걸 미리 안다면 더 좋겠지만.”

그녀는 미소지었다. “괜찮아. 너라면 곧 좋은 사람을 만날 거야.”

“그러면 좋겠다만.” 나는 말했다. 그러면 좋겠다만.

구리야 에리카는 잠시 무언가 혼자만의 생각에 잠겼다. 그동안 나는 점원이 날라온 피자를 혼자 먹고 있었다.

“저기, 다니무라에게 상의하고 싶은 게 있는데, 좀 들어줄래?”

“물론이지.” 나는 말했다. 그리고 이거 좀 난처해지겠다고 생각했다. 사람들이 자꾸 나한테 중요한 상의를 하려 드는 것도 내가 가진 사라지지 않는 문제점 중 하나였다. 그리고 구리야 에리카가 하려는 이야기가 내게 그다지 달갑지 않은 종류의 '상담'이리라는 것도 상당히 높은 확률로 짐작이 갔다.

"나 요즘 좀 고민이 많아." 그녀는 말했다.

그녀의 눈이 뭔가를 찾는 고양이처럼 천천히 좌우를 오갔다.

"너도 지켜봐서 알겠지만, 아키는 삼수까지 하면서도 입시공부는 사실상 거의 안 하고 있어. 학원에도 제대로 안 가. 그러니 아마 내년에도 합격 못 하지 싶어. 물론 눈높이를 낮추면 어딘가에는 들어가겠지만, 그애 머릿속에는 왜 그런지 와세다밖에 없는 거야. 와세다 아니면 안 가겠다고 아예 작정을 했어. 정말 아무 의미도 없는 고집인데, 내가 아무리 말해도, 부모님이랑 선생님이 아무리 말해도, 전혀 귀를 기울이지 않아. 그렇다면 와세다에 들어갈 수 있도록 열심히 공부하면 좋을 텐데 그러지도 않잖아."

"왜 그렇게 공부를 안 하는 걸까."

"아키는 대입시험 따위 운만 좋으면 다 붙는다고 진심으로 믿고 있어." 구리야 에리카는 말했다. "입시공부는 하면 할수록 시간낭비고 인생의 소모라나. 어쩌면 그런 이상한 생각을 하는지, 정말 이해가 안 돼."

그것도 하나의 견해일 수 있다고 나는 생각했지만 물론 입 밖에는 내지 않았다.

구리야 에리카는 한 차례 한숨을 내쉬고 말했다. “걔가 초등학교 때는 굉장히 공부를 잘했어. 성적도 반에서 톱클래스였고. 그런데 중학교 들어간 뒤로 내리막길 구르듯이 성적이 뚝뚝 떨어지더라고. 약간 천재성 같은 게 있고 타고난 머리는 좋은 것 같은데, 아무래도 꾸준히 공부하는 성격은 아닌가봐. 학교라는 시스템에 적응하질 못하고 혼자서 뚱딴지같은 짓만 했어. 나랑 반대야. 나는 타고난 머리는 그리 좋지 않지만 꼬박꼬박 착실하게 공부했는데.”

나는 딱히 열심히 공부하진 않았지만 대학에는 별문제 없이 붙었다. 그저 운이 좋았던 건지도 모른다.

“난 아키를 정말 좋아하고, 인간적으로 뛰어난 면이 많다고 생각해. 하지만 가끔은 그 극단적인 고집을 따라가기가 힘들어. 간사이 사투리만 해도 그래. 도쿄에서 나고 자란 사람이 왜 굳이 고생해가며 간사이 사투리를 써야 해? 대체 뭐하자는 건지 모르겠어. 처음에는 그냥 장난인 줄 알았는데, 아니야. 걔는 정말 진지하게 그러는 거야.”

“어쩌면 지금까지의 자신과 다른, 별개의 인격이 되고 싶었던 게 아닐까?” 나는 말했다. 즉, 나와 반대되는 짓을 하고 있다는 것이다.

“그래서 간사이 사투리만 쓴다고?”

"확실히 꽤 극단적인 발상이긴 하지만."

구리야 에리카는 피자를 집어들고 끄트머리를 큼직한 기념우표만큼 베어물었다. 그리고 신중하게 꼭꼭 씹은 뒤에 말했다.

"저기, 다니무라. 너 말고는 이런 얘기를 할 만한 사람이 주위에 없어서 그러는데, 한 가지 물어봐도 괜찮을까?"

"응, 괜찮아." 나는 말했다. 다른 대답을 할 수도 없다.

"일반적으로 말인데, 오랫동안 가까운 사이로 지내다보면 남자는 여자의 몸을 원하게 되지?"

"일반적으로, 아마 그렇게 되겠지."

"키스를 하면 그보다 더 진도를 나가고 싶어지는 거지?"

"보통은 뭐 그렇지."

"너도 그랬어?"

"물론이지." 내가 말했다.

"그런데 아키는 안 그래. 아무리 단둘이 있어도 그애는 그 이상을 원하지 않아."

어떻게 대답해야 할지, 말을 고르는 데 조금 시간이 걸렸다. 이윽고 나는 입을 열었다. "그런 문제는 어디까지나 개인적인 거고, 그 방식도 사람에 따라 많이 다르지 않을까? 기타루는 물론 너를 좋아하지만 지금까지 너를 너무 가깝고 자연스러운 존재로 느껴왔으니까, 그런 일반적인 방향으로 선뜻 못 나가는 것일 수도 있어."

"정말로 그렇게 생각해?"

나는 고개를 저었다. "내가 단정할 순 없지. 그런 경험이 없었으니까. 단지 그럴 수도 있겠다는 것뿐이야."

"그애가 나한테 성적인 욕망을 느끼지 않는 것 같다는 생각이 들 때도 있어."

"틀림없이 느낄 거야. 그저 그걸 인정하기가 부끄러운 거 아닐까?"

"우린 스무 살이야. 그런 게 부끄럽다느니 뭐라느니 할 나이는 아니잖아."

"시간의 속도는 사람에 따라 조금씩 어긋날 수도 있어." 나는 말했다.

구리야 에리카는 그 말에 대해 생각했다. 그녀는 어떤 생각을 할 때면 그게 무엇이든 정면으로 부딪혀 진지하게 생각하는 것 같았다.

"기타루는 아마 뭔가를 진지하게 찾고 있는 걸 거야." 나는 말을 이었다. "여느 사람과 다른 자신만의 방식으로, 그 자신만의 시간 속에서, 매우 순수하고 정직하게. 하지만 자기가 뭘 찾고 있는지 스스로도 아직 파악하지 못한 거겠지. 그래서 여러 가지 것들을 주위에 맞춰 앞으로 척척 끌고 나갈 수가 없어. 무엇을 찾고 있는지 스스로도 잘 알지 못하면서 그 무엇을 찾아다닌다는 건 몹시 어려운 작업일 테니까."

구리야 에리카는 고개를 들고 잠시 아무 말 없이 내 눈을 똑바로 바라보았다. 그녀의 검은 눈동자에 양초의 불꽃이 선명하고 아름다운 작은 점으로 비쳤다. 나는 시선을 돌릴 수밖에 없었다.

"물론 그애에 대해서는 나보다 네가 훨씬 잘 알겠지만." 나는 변명하듯이 말했다.

그녀는 다시 한번 한숨을 쉬었다. 그리고 말했다.

"사실은 나, 아키 말고 따로 사귀는 사람이 있어. 같은 테니스 동아리 한 학년 선배야."

이번에는 내가 입을 다물 차례였다.

"나는 아키를 진심으로 좋아하고, 그애를 대할 때처럼 깊고 자연스러운 마음은 아마 다른 누구에게도 가질 수 없을 것 같아. 아키와 떨어져 있으면 꼭 가슴속 한구석이 욱신거려. 충치처럼. 정말이야. 내 마음에는 그애를 위해 따로 떼어둔 부분이 있어. 하지만 동시에 내 안에는, 뭐랄까, 좀더 다른 무언가를 찾아보고 싶다는, 좀더 많은 것들을 접해보고 싶다는 강한 바람도 있어. 호기심이랄까, 탐구심이랄까, 가능성이랄까. 그것 역시 매우 자연스러운 것이라서 억누르려 해도 채 억눌러지지가 않아."

화분이 채 감당하지 못하는 강한 식물처럼, 나는 생각했다.

"고민이라고 한 건 그거야." 구리야 에리카는 말했다.

"그렇다면 그런 마음을 기타루에게 솔직하게 털어놓는 게 좋아." 나는 주의깊게 단어를 골라가며 말했다. "다른 사람과 만난다는 걸 비밀로 했다가 기타루가 알기라도 하면 역시 상처받을 거고, 여러모로 안 좋지 않을까?"

"하지만 그애가 받아들일 수 있을까? 내가 다른 사람을 만난다는 걸."

"네 마음은 기타루도 이해할 것 같은데." 나는 말했다.

"그렇게 생각해?"

"응, 그럴 거야." 나는 말했다.

그녀의 그런 감정의 동요를, 혹은 고민을, 기타루는 아마 이해할 것이다. 그 역시 똑같은 것을 느끼고 있으니까. 그런 의미에서 그들은 분명 공감하는 커플이었다. 그러나 그녀의 구체적인 행동(할지도 모르는 행동)을 기타루가 평정심을 갖고 받아들일 수 있을지, 나로서는 약간 자신이 없었다. 내가 보기에 기타루는 그렇게까지 강한 인간이 아니었다. 하지만 그는 그녀가 비밀을 가지는 것을, 거짓말을 하는 것을 훨씬 더 견디지 못할 터였다.

구리야 에리카는 에어컨 바람에 일렁일렁 흔들리는 양초 불꽃을 말없이 바라보았다. 그러고는 말했다.

"나는 자주 똑같은 꿈을 꿔. 나와 아키가 배에 타고 있어. 기나

긴 항해를 하는 커다란 배야. 우리는 단둘이 작은 선실에 있고, 밤늦은 시간이라 둥근 창 밖으로 보름달이 보여. 그런데 그 달은 투명하고 깨끗한 얼음으로 만들어졌어. 아래 절반은 바다에 잠겨 있고. '저건 달처럼 보이지만 실은 얼음으로 되어 있고, 두께는 한 이십 센티미터쯤이야.' 아키가 내게 알려줘. '그래서 아침이 와서 해가 뜨면 녹아버려. 이렇게 바라볼 수 있는 동안 잘 봐두는 게 좋아.' 그런 꿈을 몇 번이나 되풀이해서 꿨어. 무척 아름다운 꿈이야. 언제나 똑같은 달. 두께는 언제나 이십 센티미터. 아래 절반은 바다에 잠겨 있어. 나는 아키에게 몸을 기대고 있고, 달은 아름답게 빛나고, 우리 단둘이고, 부드러운 파도 소리가 들려. 하지만 잠에서 깨면 항상 몹시 슬픈 기분이 들어. 얼음 달은 이미 어디에도 보이지 않고."

구리야 에리카는 잠시 침묵했다. 그러고는 말했다.

"나와 아키 단둘이서 그런 항해를 계속할 수 있다면 얼마나 멋질까 생각해. 우리는 매일 밤 둘이서 나란히, 둥근 창으로 얼음 달을 보는 거야. 달은 아침이 오면 녹아버리지만 밤에는 다시 그곳에 모습을 드러내. 하지만 그렇지 않을지도 몰라. 어느 날 밤, 달은 더이상 나오지 않을지도 몰라. 달이 더이상 나오지 않는 밤을 상상하면 너무 무서워. 내일 내가 어떤 꿈을 꿀지 생각하면, 몸이 소리를 내며 오그라들 것처럼 무서워."

다음날 아르바이트하는 찻집에서 기타루를 만나자 그는 내게 데이트에 대해 물었다.

"키스 같은 거 했냐?"

"할 리가 있냐." 나는 말했다.

"했어도 화 안 내." 그는 말했다.

"아무튼 안 했어."

"손도 안 잡았어?"

"손도 안 잡았어."

"그러면 뭘 했냐?"

"영화 보고, 산책하고, 밥 먹고, 이야기했어." 나는 말했다.

"그것뿐이야?"

"일반적으로 첫 데이트에선 지나치게 적극적인 건 안 하지."

"그런 거야?" 기타루가 말했다. "난 일반적인 데이트 같은 건 별로 해본 적이 없어서. 잘 모르겠네."

"아무튼 그애랑 같이 있어서 즐거웠어. 그런 애가 내 연인이라면 무슨 사정이 있건 그 곁을 떠나지 않을 텐데."

기타루는 그 말에 대해 잠시 생각했다. 뭔가 얘기하려 했지만 마음을 바꾸고 꿀꺽 삼켰다. 그러고는 말했다. "그래서, 뭐 먹었냐?"

나는 피자와 키안티 와인 이야기를 했다.

"피자랑 키안티 와인?" 기타루는 놀란 듯이 말했다. "피자 좋아하는 줄은 전혀 몰랐네. 우리는 메밀국숫집이나 그 비슷한 정식집밖에 간 적이 없어. 와인 같은 걸 마시다니. 걔가 술을 마신다는 것조차 몰랐는데."

기타루는 술을 전혀 입에 대지 않았다.

"네가 알지 못하는 면이 아마 이것저것 있겠지." 나는 말했다.

나는 기타루가 묻는 대로 데이트에 대해 상세히 알려주었다. 우디 앨런의 영화(줄거리까지 시시콜콜 얘기해야 했다), 식사(돈은 얼마가 나왔는지, 더치페이를 했는지), 그녀가 입었던 옷(흰색 면 원피스, 머리는 올렸다), 무슨 속옷을 입었는지(그걸 내가 어찌 알겠나), 무슨 대화를 나누었는지. 그녀가 남자 선배를 한번 만나보고 있다는 얘기는 물론 하지 않았다. 얼음 달이 나오는 꿈 얘기도 하지 않았다.

"다음 데이트 약속은 했냐?"

"아니, 안 했어." 나는 말했다.

"왜? 걔가 마음에 들었다며."

"그래, 엄청 멋진 애였어. 그렇지만 이런 짓을 계속할 수는 없어. 그애는 네 연인이잖아. 아무리 네가 개의치 않는다 해도 키스 같은 걸 할 수 있겠느냐고."

기타루는 그 말에 대해 잠시 생각에 잠겼다. 그리고 말했다. "사실 난 중학교 졸업할 무렵부터 정기적으로 세러피스트한테 다녔어. 부모님이랑 선생님이 하도 가라고 해서. 학교에서 그런 쪽의 문제를 간간이 일으켰거든. 말하자면 일반적이지 않다는 거지. 그래서 세러피스트한테 상담 받으러 다녀서 뭐가 좀 나아졌는가 하면, 그런 느낌은 전혀 없어. 세러피스트라는 게 듣기에만 그럴싸하지 정말로 엉터리들이라니까. 그냥 다 안다는 얼굴로 남의 얘기를 끄덕끄덕 들어주는 게 다인데, 야, 그런 건 나도 하겠다."

"지금도 세러피스트한테 다녀?"

"그래. 요즘은 한 달에 두 번꼴로. 정말로 돈을 도랑에 내다버리는 짓이라니까. 에리카가 너한테 그 얘기는 안 하디?"

나는 고개를 저었다.

"내 사고방식의 어디가 일반적이지 않다는 건지, 솔직히 나는 잘 모르겠어. 내 눈으로 보면 나는 지극히 일반적인 일을 일반적으로 해나갈 뿐이야. 그런데 사람들은 내가 하는 짓의 대부분이 일반적이지 않다는 거야."

"아닌 게 아니라, 그다지 일반적이지 않은 부분도 있는 것 같아." 나는 말했다.

"이를테면 뭐가?"

"이를테면 너의 간사이 사투리는 도쿄 사람이 후천적으로 학습한 것치고는 이상할 정도로 완벽해."

기타루는 그에 대해서는 내 의견을 인정했다. "그래, 그건 좀 일반적이지 않을 수도 있겠다."

"일반인이라면 조금 뜨악할 수도 있어."

"뭐 그럴지도."

"일반적인 신경을 가진 인간이라면 웬만해서는 그렇게까지 안 한다고."

"하긴 그럴지도."

"하지만 내가 보기엔, 내가 아는 한, 비록 그다지 일반적이라고는 할 수 없어도, 네가 그렇다고 해서 딱히 누구한테 구체적인 피해를 끼친 건 아니야."

"지금 당장은."

"그럼 된 거 아냐?" 나는 말했다. 나는 아마 그때 (누구에 대해서인지는 모르겠지만) 좀 화가 났었는지도 모른다. 말투가 약간 거칠어졌음을 스스로도 느꼈다. "그게 대체 뭐가 잘못인데? 지금 당장은 어느 누구에게도 피해를 주지 않는다, 그러면 된 거 아니야? 어차피 우린 지금 당장 말고는 한 치 앞도 모르잖아. 간사이 사투리를 쓰고 싶으면 마음껏 써. 죽도록 쓰라고. 입시공부하기 싫으면 하지 마. 구리야 에리카의 팬티에 손을 넣고 싶지 않다면 안 넣으면 돼. 네 인생이야. 뭐든 너 하고 싶은 대로 해.

다른 누구한테도 신경쓸 거 없어."

기타루는 감탄한 듯 입을 반쯤 벌리고 내 얼굴을 찬찬히 바라보았다. "야, 다니무라. 넌 정말로 좋은 놈이다. 가끔 좀 지나치게 일반적인 데가 있긴 하다만."

"어쩔 수 없어." 나는 말했다. "인격을 바꿀 수는 없으니까."

"지당하신 말씀. 인격을 바꿀 수야 없지. 내가 하고 싶은 말도 바로 그거야."

"하지만 구리야 에리카는 정말 괜찮은 애야." 나는 말했다. "널 아주 진지하게 생각해. 뭐가 어찌됐든 그애는 놓치지 않는 게 좋아. 그렇게 멋진 애는 두 번 다시 찾지 못할 테니까."

"알아. 그건 나도 잘 알지." 기타루는 말했다. "그런데 알기만 해서야 뭐가 달라지겠느냐고."

"야, 네 말에 네가 딴죽 좀 걸지 마." 나는 말했다.

그로부터 이 주일쯤 지나 기타루는 찻집 아르바이트를 그만두었다. 아니, 그렇다기보다 어느 날 갑자기 나타나지 않았다. 쉬겠다는 연락도 없었다. 안 그래도 바쁜 시기였기 때문에 찻집 주인은 "진짜 제멋대로네" 하고 몹시 화를 냈다. 일주일 치 급여가 남은 상태였는데 그걸 받으러 오지도 않았다. 주인은 내게 기타루의 연락처를 아느냐고 물었지만 나는 모른다고 말했다. 실제로 나는 그의 집 전화번호도 주소도 알지 못했다. 아는 것은 덴엔초후에 있는 집 위치와 구리야 에리카의 연락처뿐이었다.

기타루는 내게 아르바이트를 그만두겠다는 얘길 한마디도 하지 않았고, 일을 나오지 않게 된 뒤로도 연락 한 번 없었다. 그저 내 앞에서 깨끗이 자취를 감췄다. 나는 그것에 적잖이 상처받았던 것 같다. 내 딴에는 기타루와 꽤 친해졌다고 생각했었기 때문이다. 그가 나를 그렇게 간단하게 끊어낸 것은 내게 꽤 힘든 일이었다. 도쿄에서 그 말고는 딱히 친구라 할 사람이 없었으니까.

다만 한 가지 마음에 걸린 것은, 기타루가 마지막 이틀 동안 상당히 말수가 적었다는 사실이다. 내가 말을 걸어도 대답도 제대로 하지 않았다. 그리고 그대로 사라져버렸다. 구리야 에리카에게 전화해서 소식을 물어볼 수도 있었지만 그건 왠지 내키지 않았다. 두 사람 문제는 이제 그 두 사람의 몫이다. 나는 그렇게 생각했다. 그들의 복잡 미묘한 관계에 더이상 깊이 말려드는 것은 그다지 건전한 일이 못 된다. 나는 내가 속한 자그마한 세계에서 어떻게든 살아남아야 한다.

그런 일이 있은 뒤에 이상하게도 헤어진 여자친구가 자꾸 생각났다. 아마 기타루와 구리야 에리카를 보고 뭔가 느낀 바가 있었던 것이리라. 어느 날 그녀에게 긴 편지를 써서 내가 잘못했다고 사과했다. 나는 그녀에게 좀더 다정하게 대해줄 수도 있었던 것이다. 하지만 그 편지에 답장은 오지 않았다.

*

그녀가 구리야 에리카라는 것은 한눈에 알아보았다. 내가 그녀를 만난 건 딱 두 번이었고, 그로부터 벌써 십육 년이란 세월이 흐른 뒤였다. 그렇지만 잘못 봤을 리는 없었다. 옛날과 마찬가지로 그녀는 표정에 생기가 넘치고 아름다웠다. 검은색 레이스 원피스에 검은색 하이힐, 가는 목에는 두 줄짜리 진주목걸이를 걸었다. 그녀도 나를 금방 기억해주었다. 장소는 와인 테이스팅 파티가 열린 아카사카의 한 호텔이었다. 블랙타이 행사라고 해서 나도 다크 슈트 차림에 넥타이를 매고 있었다. 내가 왜 그런 자리에 갔는지 설명하자면 얘기가 꽤 길어진다. 그녀는 그 파티를 주최한 홍보대행사 담당자였다. 매우 유능해 보이는 모습이었다.

"다니무라, 왜 그뒤로 연락 안 했어? 너하고 좀더 얘기하고 싶었는데."

"넌 나한테 좀 지나치게 아름다웠으니까." 나는 말했다.

그녀는 웃었다. "입에 발린 말이라도 듣기 좋은걸."

"입에 발린 말은 태어나 지금까지 해본 적 없어." 나는 말했다.

그녀의 미소가 보다 깊어졌다. 하지만 내가 한 말은 거짓말도 아니고 입에 발린 말도 아니었다. 그녀는 내가 진지하게 관심을 갖기에는 너무 아름다웠다. 예전에도, 그리고 지금도. 게다가 그녀의 미소는 진짜라기에는 좀 지나치게 멋있었다.

"그러고 조금 뒤에 네가 아르바이트하던 찻집에 전화했었는데, 이제 안 나온다고 하더라." 그녀는 말했다.

기타루가 사라진 뒤 일이 지독히 따분하게 느껴져서, 나도 이 주일 뒤에 아르바이트를 그만뒀었다.

구리야 에리카와 나는 각자가 걸어온 십육 년간의 인생을 서로에게 짧게 요약해주었다. 나는 대학을 졸업하고 작은 출판사에 취직했지만 삼 년 뒤에 그만두고, 그뒤로는 쭉 혼자서 글 쓰는 일을 하고 있다. 스물일곱 살 때 결혼했다. 아이는 없다. 그녀는 아직 독신이었다. 일이 바빠서, 회사에서 엄청 부려먹어서 도무지 결혼할 틈이 없다고 그녀는 농담조로 말했다. 아마 그후로 수많은 사랑을 경험했을 거라고 나는 추측했다. 그녀가 풍기는 분위기가 그랬다. 기타루 이야기를 먼저 꺼낸 것은 그녀였다.

"아키는 지금 덴버에서 초밥 요리사를 하고 있어." 구리야 에리카는 말했다.

"덴버?"

"콜로라도 주 덴버. 적어도 두 달 전에 온 엽서에는 그렇게 적혀 있었어."

"왜 하필 덴버래?"

"모르지." 구리야 에리카는 말했다. "그전 엽서는 시애틀에서 왔고, 거기서도 초밥 요리사였어. 그게 일 년 전쯤 일이네. 가끔 생각난 것처럼 엽서를 보내와. 항상 유치한 그림엽서에, 내용은 아주 짧게만 쓰고. 보내는 사람 주소를 안 쓸 때도 있어."

"초밥 요리사라." 나는 말했다. "결국 기타루는 대학에 안 간 거야?"

그녀는 고개를 끄덕였다. "여름이 끝날 무렵이었나, 입시공부는 이제 관두겠다고 갑자기 선언했어. 한도 끝도 없이 이러고 있어봤자 시간낭비라고. 그러고는 오사카에 있는 요리학교에 들어갔어. 간사이 요리를 본격적으로 연구해보고 싶고, 고시엔 야구장도 가깝다면서. '그렇게 중요한 일을 너 혼자 결정하고, 오사카에 가버리고, 나랑은 대체 어쩔 작정이냐'고 따졌지, 당연히."

"기타루는 뭐라고 했어?"

그녀는 대답이 없었다. 그냥 입을 꾹 다물고만 있었다. 뭔가 말하고 싶기는 한데 그걸 입 밖에 꺼내면 그대로 눈물이 흐를 것 같은 눈치였다. 아무리 그래도 저 섬세한 눈화장을 망칠 수는 없다. 나는 바로 화제를 바꿨다.

"너랑 만났을 때 시부야의 이탤리언 레스토랑에서 싸구려 키안티를 마셨지? 그리고 오늘은 나파 밸리 와인 테이스팅이고. 생각해보니 신기한 인연이네."

"그걸 기억하고 있었어?" 그녀는 말했다. 그리고 가까스로 마음을 추슬렀다. "그때 같이 우디 앨런 영화를 봤잖아. 제목이 뭐였더라?"

나는 제목을 알려주었다.

"맞아, 꽤 재미있는 영화였는데."

나도 동의했다. 우디 앨런의 최고 걸작 중 하나다.

"그나저나 그때 만난다던 동아리 선배랑은 잘됐어?" 나는 물었다.

그녀는 고개를 저었다. "안타깝지만 별로 잘 안 됐어. 뭐랄까, 어쩐지 마음이 맞질 않더라. 반년쯤 사귀다 헤어졌어."

"한 가지 물어봐도 될까?" 나는 말했다. "상당히 개인적인 질문인데."

"좋아. 내가 대답할 수 있는 거라면."

"이런 걸 묻는다고 기분 상하지 않으면 좋겠는데."

"노력해볼게."

"너, 그 사람하고 잤지?"

구리야 에리카는 깜짝 놀란 듯이 내 얼굴을 보았다. 양쪽 뺨이 살짝 붉어졌다.

"다니무라, 왜 여기서 그런 얘기를 꺼내는 거야?"

"왜일까." 나는 말했다. "전부터 그게 좀 마음에 걸렸어. 이상한 소릴 해서 미안. 사과할게."

구리야 에리카는 가만히 고개를 저었다. "괜찮아. 기분이 상한 건 아니야. 그냥 너무 갑작스럽게 그런 얘기가 나와서 조금 놀랐어. 엄청 옛날 일이잖아."

나는 주위를 천천히 둘러보았다. 정장 차림의 사람들이 여기저기서 테이스팅 잔을 기울이고 있었다. 고급 와인의 마개가 차례차례 뽑혔다. 젊은 여자 피아니스트가 〈Like Someone in Love〉를 연주하고 있었다.

"대답은 예스." 구리야 에리카가 말했다. "그 사람과 몇 번 섹스를 했어."

"호기심과 탐구심과 가능성." 나는 말했다.

그녀는 살짝 미소지었다. "그래, 호기심과 탐구심과 가능성."

"그렇게 우리는 나이테를 만들어가지."

"네가 그렇게 말한다면 그런 거겠지?" 그녀는 말했다.

"그리고 혹시 네가 그 사람과 처음 그런 관계를 가진 게, 나랑 시부야에서 데이트하고 얼마 안 돼서 아니야?"

그녀는 머릿속 기록의 책장을 넘겼다. "그러네, 그 일주일쯤 뒤였던 거 같아. 그때 전후의 일은 비교적 또렷하게 기억하고 있어. 나한테는 그런 쪽으로 첫 경험이었으니까."

"그리고 기타루는 감이 좋은 녀석이고." 나는 그녀의 눈을 보며 말했다.

그녀는 눈길을 떨구고 목걸이의 진주를 잠시 한 알 한 알 손끝으로 만지작거렸다. 그것이 아직 제자리에 잘 달려 있는지 확인하듯이. 그러고는 어떤 생각에 다다른 듯 작게 한숨을 쉬었다.
"그래, 네 말이 맞아. 아키는 상당히 예리한 직관력이 있었어."

"하지만 결국 그 동아리 선배와도 잘되지 않았고."

그녀는 고개를 끄덕였다. 그리고 말했다. "안타깝게도 나는 머리가 별로 좋지 않아. 그래서 그렇게 멀리 길을 돌아갈 필요가 있었어. 아직도 한참 그러고 있는지 모르지만."

우리는 누구나 끝없이 길을 돌아가고 있어. 그렇게 말하고 싶었지만 가만있었다. 좀 있어 보이는 말을 너무 자주 하는 것도 내가 가진 문제점 중 하나다.

"기타루는 결혼했어?"

"내가 알기로는 아직 혼자야." 구리야 에리카는 말했다. "적어도 결혼했다는 엽서는 받은 적 없어. 어쩌면 우리 둘 다 결혼이 어려운 사람이 됐는지도 모르겠어."

"아니면 그저 서로 각자의 길을 멀리 돌아가고 있는지도 모르지."

"그럴 수도 있겠지."

"너희가 어딘가에서 다시 만나 재결합할 가능성은 없을까?"

그녀는 웃으면서 고개를 떨구고 살짝 저었다. 그 동작이 무엇을 의미하는지 나는 잘 알 수 없었다. 그럴 가능성은 없다는 뜻인지도 모른다. 그런 생각을 해봤자 부질없다는 뜻인지도.

"요즘도 얼음 달 꿈을 꿔?" 나는 물었다.

그녀는 무언가에 튕겨진 듯이 번쩍 고개를 들고 나를 보았다. 이윽고 미소가 그녀의 얼굴에 퍼져나갔다. 매우 온화하게, 필요한 만큼의 시간을 들여서. 그리고 그것은 진심에서 우러나온 자연스러운 미소였다.

"그 꿈 얘기를 아직도 기억하고 있구나?"

"왜 그런지 똑똑하게 기억이 나."

"남의 꿈 얘기가?"

"꿈이라는 건 필요에 따라 빌리고 빌려줄 수 있는 거야, 분명히." 나는 말했다. 정말 나는 좀 있어 보이는 말을 너무 자주 하는지도 모른다.

"멋진 생각이네." 구리야 에리카는 말했다. 아직 얼굴에 미소가 남아 있었다.

누군가가 등뒤에서 그녀를 불렀다. 슬슬 다시 일하러 가야 할 시간인 모양이었다.

"이젠 그런 꿈 안 꿔." 그녀는 마지막으로 말했다. "하지만 그 꿈은 지금도 생생하게 기억해. 그곳의 정경, 그때의 느낌, 그런 게 쉽게 잊히지가 않아. 아마도 영원히 그럴 거야."

그리고 구리야 에리카는 잠시 내 어깨 너머 어딘가 먼 곳을 바라보았다. 마치 밤하늘에서 얼음 달을 찾는 것처럼. 그러고는 휙 돌아서서 빠른 걸음으로 어딘가로 가버렸다. 아마 화장실에 눈 화장을 고치러 갔으리라.

이를테면 운전중에 라디오에서 비틀스의 〈예스터데이〉가 흘러나오거나 하면, 기타루가 욕실에서 부르던 그 괴상한 가사가 문득 머릿속에 떠오른다. 그리고 그걸 전부 어디다 메모해둘걸 그랬다는 후회가 든다. 하도 희한한 가사라서 한동안은 상당히 정확하게 기억하고 있었는데, 점점 아리송해지더니 이윽고 거의 다 잊어버렸다. 생각나는 건 단편적인 부분뿐이고 그것도 정확히 기타루가 부르던 그대로인지 어떤지 확실치 않다. 기억이란 피할 수 없이 새로 만들어져가는 것이니까.

스무 살 전후의 나날, 나는 일기를 쓰려고 몇 번 노력해봤지만 영 잘되지 않았다. 당시 내 주위에는 너무 많은 일들이 쉴새없이 일어났고, 그걸 따라잡기에도 벅찼다. 도저히 날마다 멈춰 서서 그날 일어난 일들을 일일이 노트에 적어둘 여유가 없었다. 그리고 대부분은 '이건 꼭 적어둬야지' 하고 생각할 만한 사건도 아니었다. 나로서는 거센 맞바람 속에서 가까스로 눈을 뜨고, 호흡을 가다듬고, 앞으로 한 걸음 한 걸음 나아가는 게 고작이었다.

하지만 기타루 일은 신기할 만큼 똑똑히 기억하고 있다. 겨우 몇 달 동안을 친구로 지냈지만 라디오에서 흘러나오는 〈예스터데이〉를 들을 때마다 그에 얽힌 여러 정경이며 대화가 머릿속에 저절로 되살아난다. 덴엔초후의 그의 집 욕실에서 둘이 오랫동안 이런저런 이야기를 나누었던 것. 한신 타이거스 타선의 문제점과, 섹스를 포함한 연애의 번다한 요소들, 입시공부가 얼마나 시시한 짓인지에 대해, 그리고 오타 구립 덴엔초후 초등학교의 설립과정, 간사이식과 간토식 어묵요리의 사상적 차이, 간사이 사투리 어휘에 담긴 감정적 풍요로움에 대해 나누었던 이야기들. 그리고 그의 권유에 못 이겨 구리야 에리카와 딱 한 번 기묘한 데이트를 했던 것. 구리야 에리카가 이탤리언 레스토랑의 양초 불꽃 너머에서 내게 털어놓았던 이야기까지. 그럴 때, 그것들은 말 그대로 바로 어제 일어난 일처럼 다가온다. 음악에는 그렇듯 기억을 생생하게, 때로는 가슴 아플 만큼 극명하게 환기해내는 효용성이 있다.

하지만 스무 살이던 시절을 돌아보면 떠오르는 것은 내가 외톨이고 한없이 고독했다는 느낌뿐이다. 나에게는 몸과 마음을 따스하게 해줄 연인도 없었고, 흉금을 터놓고 대화할 친구도 없었다. 하루하루 뭘 해야 좋을지도 알지 못했고, 마음속에 그리는 장래의 비전도 없었다. 대부분의 시간을 내 안에 깊이 틀어박혀 있었다. 일주일 동안 거의 아무와도 말을 나누지 않은 때도 있었다. 그런 생활이 일 년쯤 이어졌다. 긴 일 년이었다. 그런 시기가 혹독한 겨울이 되어 나라는 인간의 내면에 귀중한 나이테를 남겼을지, 그것까지는 나도 잘 모르겠지만.

그 시절 나도 매일 밤 둥근 선창으로 얼음 달을 보고 있었던 것 같다. 두께 이십 센티미터에, 단단히 얼어붙은 투명한 달을. 하지만 내 곁에는 아무도 없었다. 그 달의 아름다움이나 차가움을 누군가와 공유하지 못한 채 나는 혼자서 그것을 바라보고 있었다.

어제는/내일의 그저께고
그저께의 내일이라네

덴버에서 (혹은 어딘가 또다른 먼 도시에서) 기타루가 행복하게 살고 있기를 나는 기도한다. 행복하다고까지는 못 하더라도 적어도 오늘 하루를 부족함 없이, 건강하게 보내기를. 내일 우리가 어떤 꿈을 꿀지, 그건 어느 누구도 알지 못하는 것이니까.

독립기관

내적인 굴곡이나 고뇌가 너무도 부족한 탓에, 그 몫만큼 놀랍도록 기교적인 인생을 걷게 되는 부류의 사람들이 있다. 그 수는 그리 많지는 않지만 우연한 기회에 눈에 띄곤 한다. 도카이 의사도 그중 한 사람이었다.

그 같은 사람들은 굴곡진 주위 세계에 (말하자면) 올곧은 자신을 끼워맞춰 살아가기 위해 많든 적든 저마다 조정작업을 요구받게 되는데, 대부분 본인은 자신이 얼마나 번거로운 기교를 부리며 하루하루를 살아가고 있는지 깨닫지 못한다. 자신이 지극히 자연스럽게, 숨기는 것도 없고 꾸미는 것도 없이 있는 그대로 살아가고 있다고 믿어 의심치 않는다. 그리고 어느 순간 어디선가 꽂혀들어온 특별한 햇빛을 받아 그들이 자기 삶의 인공성을,

혹은 비자연성을 퍼뜩 깨달았을 때, 사태는 때로는 비통하고 또한 때로는 희극적인 국면을 맞이한다. 물론 죽을 때까지 그런 빛을 목도하지 않는, 혹은 목도하더라도 딱히 별다른 느낌을 받지 않는 축복받은(이라고밖에 말할 도리가 없다) 사람들도 허다하게 존재하지만.

일단 내가 도카이라는 인물에 대해 당초 알고 있었던 것들을 대강 서술하고자 한다. 대부분은 내가 그의 입을 통해 직접 들은 것이지만, 그와 친밀한—또한 신뢰할 만한—사람들에게서 수집한 이야기도 군데군데 섞여 있다. 혹은 내가 관찰한 그의 평소 언행을 통해 '분명 이러이러할 것이다'라고 개인적으로 추측한 내용도 다소 포함되어 있다. 마치 사실과 사실의 틈새를 메우는 보드라운 퍼티처럼. 즉 내가 말하고 싶은 점은, 이 포트레이트가 완전히 순수하고 객관적인 사실만으로 완성된 건 아니라는 얘기다. 그러니 독자 여러분이 이 글의 내용을 재판 증거물로 제출하거나, 혹은 상거래를 위한 참고자료로(어떤 상거래일지는 짐작도 가지 않지만) 사용하는 것은 필자로서 권하기 어렵다.

하지만 그대로 몇 걸음 뒤로 물러서서(등뒤가 절벽이 아닌지 미리 확인하기 바란다) 적절한 거리를 두고 이 포트레이트를 바라본다면, 세부의 미묘한 진위 여부는 그다지 중요한 문제가 아님을 아마 알 수 있을 것이다. 그리고 그곳에 도카이 의사라는 하나의 캐릭터가 입체적으로 선명하게 떠오를 것이다—적어도 필자는 그렇게 기대하고 있다. 그는 한마디로, 어떻게 표현해야 할까, '오해를 부를 만한 스페이스'가 그리 넉넉하지 않은 인물이었다.

그가 이해하기 쉽고 단순한 인물이었다고 말하려는 게 아니다. 그는 적어도 어떤 부분에서는 매우 복잡하고 복합적인, 쉽게 파악하기 어려운 인물이었다. 잠재의식에 어떤 어둠을 껴안고 있었고 등에는 어떤 원죄를 짊어지고 있었는지, 그런 건 물론 내가 알 턱이 없다. 하지만 그 행동양식의 일관성이라는 맥락에서 보면 그는 전체적인 인물상을 묘사하기가 비교적 용이한 경우라고 말할 수 있지 않을까. 글쓰기가 직업인 사람으로서, 조금 주제넘은 말인지도 모르지만, 나는 당시에 그런 인상을 받았다.

도카이는 쉰두 살이지만 그때까지 결혼한 적이 없었다. 동거 경험도 없다. 아자부의 세련된 맨션 6층의 투 베드룸 아파트먼트에서 혼자 살고 있었다. 심지 굳은 독신주의자라 해도 무방할 것이다. 식사 준비와 빨래, 다림질, 청소 등의 집안일은 별문제 없이 소화했고, 한 달에 두 번은 전문 하우스클리닝을 부른다. 본래 깔끔한 성격이라 집안일이 크게 힘들진 않다. 필요할 때면 맛있는 칵테일도 만들 줄 알고, 고기감자조림에서부터 농어 카르

토초까지 웬만한 요리도 척척 해낸다(이런 부류의 사람들이 대부분 그렇듯이 식재료 구입에 돈을 아끼지 않기 때문에 기본적으로 맛있는 결과물이 나온다). 집에 여자가 없어서 불편하다고 느낀 적도, 집에 혼자 있는 게 못 견디게 무료했던 적도, 혼자 잠드는 것이 외롭다고 생각한 적도 거의 없다. 적어도 **어느 시점까지는** 그랬다, 는 얘기지만.

직업은 성형외과 의사. 롯폰기에서 '도카이 미용 클리닉'을 경영하고 있다. 그와 마찬가지로 의사였던 아버지에게서 물려받은 것이다. 당연히 이래저래 여자들을 만날 기회가 많다. 결코 미남이라고는 할 수 없으나 그럭저럭 무난하게 이목구비가 단정한 얼굴이고(자신이 성형수술을 받을 생각은 해본 적이 없다), 클리닉 경영이 지극히 순조로워서 높은 수입을 올리고 있다. 좋은 환경에서 잘 자라 언행이 점잖고 교양도 있으며 화제도 풍부하다. 머리도 벗어지지 않았고(흰머리가 좀 눈에 띄기 시작했지만), 여기저기 군살이 약간 붙기는 했으나 열심히 스포츠센터에 다니며 젊은 시절의 체형을 그런대로 유지하고 있다. 이런 노골적인 표현은 자칫 많은 이들의 강한 반감을 살지도 모르겠지만, 그래서 아직까지는 여자가 없어서 아쉬웠던 적이 없다.

도카이는 어째서인지 결혼해서 가정을 꾸리고픈 마음이 젊은 시절부터 전혀 없었다. 자신은 결혼생활에 맞지 않다고 은연중에 확신하고 있었다. 그래서 결혼을 전제로 만나기를 원하는 여자는, 아무리 매력적인 상대라도 처음부터 딱 잘라 거절했다. 그 결과 그가 여자친구로 선택하는 상대는 대개 유부녀거나, 따로 '진짜' 연인이 있는 여자들로 한정되었다. 그런 설정을 유지하는 한 상대가 도카이와 결혼하기를 갈망하는 사태는 거의 일어나지 않는다. 좀더 알기 쉽게 말하자면, 도카이는 그녀들에게 늘 부담 없는 '세컨드 연인'이자 편리한 '우천용 보이프렌드'였고, 또한 적당한 '불륜 상대'였다. 그리고 사실을 말하자면, 그런 관계야말로 도카이가 가장 자신 있고 가장 편안하게 느끼는 것이었다. 그 외, 이를테면 어떤 형태로든 파트너로서의 책임분담이 요구되는 남녀관계는 항상 어딘가 불편하고 불안했다.

그녀들이 자기뿐 아니라 다른 남자의 품에도 안긴다는 사실은 딱히 그의 마음을 어지럽히지 않았다. 육체는 그저 육체일 뿐이다. 도카이는 (주로 의사라는 입장에서) 그렇게 생각했고, 그녀들도 대개 (주로 여자라는 입장에서) 그렇게 생각했다. 함께 있는 시간에 그녀들이 자신만 생각해준다면 그걸로 충분했다. 그 외의 시간에 그녀들이 무슨 생각을 하고 무슨 행동을 하는지, 그건 전적으로 그녀들의 개인적인 문제이지 도카이가 신경쓸 일이 아니다. 하물며 참견을 한다는 건 더더욱 말이 안 되는 짓이다.

도카이에게는 여자들과 식사를 함께 하고 와인 잔을 기울이고 대화를 즐기는 것 자체가 하나의 순수한 기쁨이었다. 섹스는 어디까지나 그 연장선상에 있는 '또하나의 즐거움'일 뿐, 그 자체가 궁극적인 목적은 아니었다. 그가 무엇보다 원하는 것은 매력적인 여자들과의 친밀하고 지적인 교류였다. 나머지는 전부 부차적인 것이다. 그런지라 여자들은 자연히 도카이에게 마음이 끌렸고, 그와 함께하는 시간을 부담 없이 즐겼고, 그 결과 자진해서 그를 받아들였다. 이건 어디까지나 나의 개인적인 견해지만, 세상의 많은 여자들은(특히 매력적인 여자들은) 노골적으로 섹스에 목매는 남자들에게 어지간히 식상해 있다.

지금까지 삼십여 년 가까이 과연 몇 명이나 되는 여자들과 그런 관계를 가졌는지, 미리 세어둘걸 그랬다 싶을 때도 있다. 하지만 도카이는 본래 수량 쪽에는 큰 흥미가 없는 사람이다. 그가 원하는 것은 어디까지나 질이었다. 또한 상대의 외모에는 그다지 연연하지 않았다. 직업적 관심을 자극할 정도로 큰 결점만 없다면, 혹은 보기만 해도 하품이 날 만큼 따분한 표정만 아니라면 그걸로 충분했다. 외모 같은 건 마음만 먹으면, 그리고 필요한 만큼의 돈만 있으면 거의 누구나 어떻게든 바꿀 수 있다(그는 전문가로서 그 분야의 놀라운 실제 사례를 많이 알고 있다). 그보다도 그가 높이 평가하는 것은 머리 회전이 빠르고 타고난 유머감각을 지녔으며 뛰어난 지적 센스를 갖춘 여자들이었다. 화제가 부족하고 자기 의견이라는 게 없는 여자들은 외모가 뛰어날수록 오히려 도카이에게 좌절감을 안겼다. 어떤 수술로도 지적 스킬을 향상시킬 수는 없다. 재치 있고 스마트한 여자들과 식사하면서 대화를 즐기고, 혹은 침대에서 살을 맞대고 두서없이 즐거운 이야기를 나눈다. 그런 시간을 도카이는 인생의 보물처럼 소중히 여겼다.

여자 문제로 심각한 트러블을 겪었던 적은 한 번도 없다. 질척대는 감정적 갈등은 그가 바라는 바가 아니었다. 어느 순간 그 불길한 먹구름이 지평선 저멀리에 모습을 드러내면 그는 곧장 영리하게, 조금도 소란을 피우는 법 없이, 가능한 한 상대에게 상처를 주지 않는 방식으로 몸을 빼냈다. 마치 점점 짙어지는 저녁 어스름에 섞여드는 그림자처럼 민첩하게, 또한 자연스럽게. 베테랑 독신자로서 그는 그런 기술에 정통했다.

걸프렌드들과의 이별은 거의 정기적으로 찾아왔다. 그 말고 또다른 연인이 있는 독신 여성들은 대부분 어느 시기가 되면 그에게 이렇게 통보했다. "정말 안타깝지만 당신과는 이제 만날 수 없을 것 같아. 곧 결혼하기로 했거든." 그녀들은 서른 살이 되기 직전, 그리고 마흔 살이 되기 직전에 결혼을 결심하는 경우가 많았다. 연말이 다가오면 달력이 부쩍 팔려나가듯이. 도카이는 그런 통보를 항상 평정심을 유지한 채, 그리고 어느 정도 슬픔이 담긴 미소를 지으며 받아들였다. 안타깝기는 하지만 뭐 어쩔 수 없는 일이다. 자신과는 영 맞지 않지만 결혼이라는 제도는 역시 그 나름대로 신성한 것이다. 존중해야 한다.

그런 때 그는 값나가는 결혼선물을 사주고 축복의 말을 건넸다. "결혼 축하해. 누구보다 행복하기를 바랄게. 당신은 현명하고 차밍하고 아름다운 여자니까 그럴 권리가 있어." 그것은 또한 그의 솔직한 마음이기도 했다. 그녀들은 (아마도) 순수한 호의에서 도카이에게 멋진 시간을, 그녀들 인생의 소중한 일부를 내어준 것이다. 그것만으로도 진심으로 감사해야 할 일이다. 그 이상 그가 무엇을 바랄 수 있겠는가?

하지만 그렇게 경사스럽고 신성한 결혼에 골인한 여자들 중 삼분의 일 정도는 몇 년쯤 지나 다시 도카이에게 전화를 걸어왔다. 그리고 밝은 목소리로 청했다. "도카이 씨, 괜찮으면 예전처럼 어디 놀러가지 않을래?" 그들은 다시금 부담 없는, 그리고 그다지 신성하다고 하기 어려운 관계를 이어갔다. 독신자들 사이의 가벼운 관계에서 독신자와 유부녀라는 약간 복잡한(그만큼 기쁨도 깊어지는) 관계로 이행한 셈이다. 하지만 실제로 둘이서 하는 일은—좀더 기교가 늘었을 뿐—이전과 거의 동일했다. 결혼하면서 관계를 끊은 여자들 중 나머지 삼분의 이는 더이상 연락해오지 않았다. 그녀들은 아마 온화하고 만족스러운 결혼생활을 보내고 있을 것이다. 훌륭한 가정주부가 되어 아이도 몇 명 낳았을지 모른다. 그가 예전에 다정하게 애무했던 멋진 젖꼭지로 지금쯤 아기에게 젖을 먹이고 있을지도 모른다. 도카이는 그건 그것대로 기쁘게 생각했다.

도카이의 친구들은 대부분 결혼했다. 아이들도 있다. 도카이는 몇 번 그들의 집을 방문했지만 부럽다고 느낀 적은 단 한 번도 없었다. 아이들은 아직 어릴 때는 나름대로 사랑스럽지만, 중학생 고등학생이 되면 거의 예외 없이 어른들을 증오하고 경멸하게 되면서, 마치 보복이라도 하듯이 말썽을 일으키며 부모의 신경과 위장을 사정없이 들볶았다. 한편 부모들의 머릿속에는 아이를 명문학교에 보낼 생각뿐이라 노상 학교 성적에 안달복달했고, 그 책임을 서로에게 떠넘기느라 부부간에 말다툼도 끊이지 않는 듯했다. 아이들은 집에서는 변변히 말도 하지 않고 혼자 제 방에 틀어박혀 반 친구들과 끝도 없이 채팅을 하거나 정체 모를 포르노 게임에 골몰했다. 저런 아이들을 나도 갖고 싶다는 생각이 도카이는 도저히 들지 않았다. "이러니저러니 해도 자식이 있다는 건 좋은 일이야." 친구들은 입을 모아 말하지만 그런 허울좋은 소리는 결코 믿을 게 못 된다. 그들은 필시 자신들이 짊어진 무거운 짐을 도카이도 똑같이 지기를 바라는 것뿐이다. 온 세상 인간들이 자신들과 똑같은 고통을 겪을 의무가 있다고 멋대로 믿고 있을 뿐이다.

나는 젊은 나이에 결혼했고 그 이후로 쭉 결혼생활을 유지해왔지만 어쩌다보니 아이가 없기 때문에, 그의 그런 견해가 (약간의 도식적 편견과 수사적 과장이 엿보이긴 하지만) 어느 정도 이해되었다. 거의 맞는 말인지 모른다는 생각도 든다. 물론 그런 비참한 케이스만 있는 건 아니다. 이 넓은 세상에는 자식과 부모가 시종 양호한 관계를 유지해나가는 아름답고 행복한 가정도—대략 축구경기에서 해트트릭이 나오는 빈도로—존재한다. 하지만 내가 그런 소수의 행복한 부모 축에 낄 수 있겠는가 하면 절대 그럴 자신이 없고, 도카이 씨가 그런 부모가 될 만한 타입이라고도 (도저히) 생각할 수 없다.

오해를 무릅쓰고 한마디로 표현하자면, 도카이는 '대인관계에 뛰어난' 인물이었다. 승부욕이나 열등감, 질투심, 과도한 편견과 자존심, 뭔가에 대한 강한 집착, 지나치게 예민한 감수성, 완고한 정치적 입장 같은, 인격적 균형의 안정을 해칠 우려가 있는 요소는 적어도 표면적으로는 전혀 찾아볼 수 없었다. 주위 사람들은 그의 담백하고 싹싹한 성격과 어릴 때부터 몸에 밴 예의와 밝고 긍정적인 자세를 좋아했다. 그리고 도카이의 그런 장점은 특히 여자들—인류의 거의 절반을 차지하는—에게 보다 집중적으로, 보다 효과적으로 발휘되었다. 여자들을 세심하게 배려하고 신경써주는 태도는 그와 같은 직업을 가진 인간에게 빠뜨릴 수 없는 기능이지만, 도카이의 그런 태도는 필요에 의해 후천적으로 익힌 테크닉이 아니라 자연적으로 타고난 자질 같았다. 아름다운 목소리나 긴 손가락 같은 것처럼. 그런 까닭에 (물론 실력도 좋았지만) 그의 클리닉은 번창했다. 잡지 같은 데 광고를 내지 않아도 항상 예약이 꽉 차 있었다.

독자 여러분도 알겠지만, 이런 유의 '대인관계가 뛰어난' 인물은 왕왕 인간적인 깊이가 부족하고 따분할 정도로 평범한 경우가 많다. 하지만 도카이는 그렇지 않았다. 주말마다 그와 함께 맥주를 마시며 보내는 한 시간이 나는 항상 즐거웠다. 도카이는 말솜씨가 좋고 화제도 풍부했다. 그의 유머는 괜히 꼬거나 비트는 법 없이 스트레이트하고 실제적이었다. 미용성형에 대해 여러 가지 재미있는 뒷이야기를 들려주기도 했고(물론 비밀엄수의 의무를 해치지 않는 선에서), 여자에 대해 수많은 흥미로운 정보를 알려주기도 했다. 하지만 이야기가 속된 방향으로 흘러간 적은 한 번도 없었다. 그는 한결같이 경의와 애정을 담아 그녀들의 이야기를 했고, 당사자가 누구라고 특정할 수 있을 정보는 언제나 주의깊게 덮어두었다.

"신사는 자기가 낸 세금 액수, 그리고 같이 잔 여자에 대해 말을 아끼는 법이죠." 언젠가 그는 내게 말했다.

"그거 누가 한 말이죠?" 나는 물었다.

"내가 지어낸 말이에요." 도카이는 표정을 바꾸지 않고 말했다. "물론 세금 이야기는 가끔 세무사와 자세히 나눠야 하지만."

동시에 두세 명의 '걸프렌드'를 만나는 건 도카이에게는 당연한 일이었다. 그녀들은 각기 남편이나 연인이 있기 때문에 그쪽 스케줄이 우선이고, 당연히 그에게 주어지는 시간은 그보다 적었다. 그래서 몇 명의 연인을 동시에 확보해두는 것은 그에게는 지극히 자연스러운 일이고 딱히 불성실한 행위로 생각되지 않았다. 하지만 물론 상대 여자들에게 그런 얘기는 하지 않는다. 거짓말은 되도록 하지 않지만, 밝힐 필요가 없는 정보는 굳이 밝히지 않는다는 것이 그의 기본 자세였다.

도카이가 경영하는 클리닉에는 오랫동안 일해온 우수한 남자 비서가 있어서, 그의 그런 복잡한 스케줄을 숙련된 공항 관제사처럼 능숙하게 조정해주었다. 업무상 일정관리뿐 아니라 퇴근 후 여자들과의 사적인 스케줄을 조정하는 일도 어느새 그의 업무에 포함되었다. 그는 도카이의 컬러풀한 사생활을 속속들이 파악하고 있으면서도 쓸데없는 말을 일절 하지 않고, 그의 활약상에 일일이 놀랍다는 티를 내는 일도 없이, 어디까지나 사무적으로 그 업무를 해냈다. 여자들과의 약속이 자칫 겹치지 않도록 솜씨 좋게 교통정리도 해주었다. 도카이가 현재 만나는 여자들 한 사람 한 사람의 월경주기까지—선뜻 믿기 어려운 얘기지만—대충 그의 머릿속에 들어 있었다. 도카이가 여자와 여행을 떠날 때는 기차표를 준비하고 료칸이나 호텔 예약까지 해주었다. 만일 그 유능한 비서가 없었다면, 거의 틀림없이, 도카이의 화려한 사생활은 이렇게까지 화려하게 운영되진 못했을 것이다. 그는 감사의 뜻으로 기회가 있을 때마다 그 핸섬한 비서(물론 게이였다)에게 선물을 했다.

걸프렌드들과 도카이의 관계가 그녀들의 남편이나 연인에게 알려져 중대한 문제로 발전하거나 난처한 상황에 몰린 적은 다행히 아직까지 한 번도 없었다. 그는 원래부터 신중한 성격이고 여자에게도 가능한 한 행동을 조심하도록 조언하곤 했다. 무리하게 서두르지 말 것, 같은 패턴을 반복하지 말 것, 꼭 거짓말을 해야 할 때는 되도록 단순한 거짓말을 할 것, 그 세 가지가 조언의 요점이었다(대체로 갈매기에게 하늘 나는 법을 가르치는 것과 다름없는 일이었지만, 일단 조심해서 나쁠 건 없다는 뜻에서).

그렇다고 전혀 트러블이 없었던 것은 아니다. 아무리 그래도 그만한 수의 여자를 상대로 오랫동안 기교적인 관계를 이어오면서 트러블이 전혀 없을 수는 없다. 원숭이도 나무에서 떨어질 때가 있는 법이다. 개중에는 주의력이 약간 부족한 여자도 있어서, 그녀의 의심 많은 연인이 도카이의 사무실에 전화를 걸어 의사의 사생활에 대해, 또한 윤리성에 대해 의문을 제기한 적도 있었다(그의 유능한 비서가 잘 달래서 처리했다). 혹은 그와의 관계에 너무 깊이 빠져들어 판단력이 다소 흐려진 유부녀도 있었다. 마침 그녀의 남편은 꽤 유명한 격투기 선수였다. 하지만 그때도 어찌어찌 큰 문제로는 발전하지 않았다. 의사의 어깨뼈가 부러지거나 하는 불행한 사태는 일어나지 않았다.

"그건 그저 운이 좋았던 거 아니에요?" 나는 말했다.

"그렇죠." 그는 말하고 웃었다. "내가 재수가 좋았던 거겠죠. 하지만 그것만은 아니에요. 나는 머리가 비상한 사람은 결코 아니지만, 이런 일에는 의외로 재치를 발휘합니다."

"재치를 발휘한다?" 나는 말했다.

"뭐랄까, 아슬아슬한 순간 퍼뜩 지혜가 떠오른다고 할까……" 도카이는 어물거렸다. 예로 들 만한 일이 얼른 떠오르지 않는 모양이었다. 혹은 입에 올리기 조심스러운 내용이었는지도 모른다.

나는 말했다. "재치라고 하니 말인데, 프랑수아 트뤼포의 옛날 영화에 이런 장면이 있어요. 여자가 남자에게 말합니다. '세상에는 예의바른 사람과 재치 있는 사람이 있어. 물론 둘 다 훌륭한 자질이지만, 대부분의 경우 예의보다 재치가 이기지.' 이 영화 본

적 있어요?"

"아뇨, 없는 것 같군요." 도카이는 말했다.

"여자가 구체적인 예를 들어 설명하는데요. 이를테면 어떤 남자가 문을 열었는데 안에서 여자가 알몸으로 옷을 갈아입는 중이에요. 그때 '실례했습니다, 마담'이라고 말하고 얼른 문을 닫는 게 예의바른 사람입니다. 반면 '실례했습니다, 무슈'라고 말하고 얼른 문을 닫는 게 재치 있는 사람이죠."

"오호." 도카이가 감탄한 듯 말했다. "무척 재미있는 정의군요. 무슨 뜻인지 잘 알겠어요. 나도 그런 상황을 맞닥뜨린 적이 몇 번 있었죠."

"그리고 그때마다 재치를 발휘해서 보기 좋게 벗어났다?"

도카이는 얼굴을 찌푸렸다. "하지만 나 자신을 그렇게 과대평가하고 싶지는 않아요. 역시 기본적으로는 재수가 좋았던 거겠지요. 나는 어디까지나 재수가 좋았던 예의바른 사람입니다. 그렇게 생각하는 편이 무난할 것 같군요."

어쨌든 도카이 씨의 그런 재수 좋은 생활은 대략 삼십 년에 걸쳐 이어졌다. 긴 세월이다. 그리고 어느 날, 그는 뜻하지 않게 깊은 사랑에 빠져버렸다. 마치 꾀 많은 여우가 깜빡 함정에 빠지듯이.

그가 사랑에 빠진 상대는 열여섯 살 연하, 결혼한 여자였다. 그녀보다 두 살 많은 남편은 외국계 IT회사에 다니고 아이도 하나 있었다. 다섯 살 먹은 여자애다. 도카이가 그녀를 만난 지는 일 년 반쯤 되었다.

"다니무라 씨는 누군가를 너무 좋아하지 않겠다고 마음먹고, 그러기 위해 노력해본 적이 있습니까?" 어느 날 도카이가 내게 물었다. 아마 여름이 시작될 무렵이었던 것 같다. 도카이를 안 지 일 년이 넘었을 즈음이다.

그런 경험은 없었노라고 나는 대답했다.

"나도 그런 경험이 없었죠. 그런데 이제는 있어요." 도카이는 말했다.

"누군가를 너무 좋아하지 않으려고 노력하고 있다?"

"그렇습니다. 바로 지금, 그런 노력을 하는 중이에요."

"무슨 이유로요?"

"지극히 단순한 이유예요. 너무 좋아하면 마음이 힘들기 때문이죠. 못 견딜 만큼 힘들어요. 그 부담을 감당할 수 없을 것 같아서, 가능한 한 그녀를 좋아하지 않으려 노력하고 있어요."

그는 정말 진지하게 말하는 것 같았다. 표정에 평소와 같은 유머의 기미가 보이지 않았다.

"구체적으로 어떤 노력을 할 수 있을까요?" 나는 물었다. "너무 좋아하지 않으려면 말이죠."

"여러 가지가 있어요. 다양하게 시도하는 중이죠. 하지만 기본은 최대한 네거티브한 걸 떠올리는 겁니다. 그녀의 단점을, 아니, 별로 좋지 않은 점을 생각나는 대로 뽑아내서 쭉 나열해봅니다. 그리고 만트라를 외듯이 머릿속으로 수없이 반복하면서, 이런 여자를 필요 이상으로 좋아해서는 안 된다고 나 자신을 타이르죠."

"잘되던가요?"

"아뇨, 별로 잘 안 돼요." 도카이는 고개를 저으며 말했다. "우선 그녀의 네거티브한 면이 잘 떠오르지 않아요. 실은 그런 네거티브한 부분에마저 내 마음이 끌렸던 거니까요. 또 한 가지는, 무엇이 필요 이상이고 무엇이 그렇지 않은지도 잘 분간이 안 간다는 겁니다. 그 경계를 잘 모르겠어요. 이렇게 종잡을 수 없는, 분별없는 마음은 난생처음입니다."

지금까지 수많은 여자를 사귀어오면서 이렇게 마음이 흐트러진 적이 한 번도 없었느냐고 나는 물었다.

"처음입니다." 의사는 즉시 대답했다. 그러고는 오래된 기억을 저 안쪽에서 끄집어냈다. "그러고 보니 고등학생 때, 아주 잠깐이지만 비슷한 기분을 맛본 적은 있어요. 누군가를 생각하면 가슴이 먹먹하고, 다른 생각은 아무것도 할 수 없는…… 하지만 그건 가망 없는 짝사랑 같은 것이었죠. 지금은 전혀 달라요. 나는 이미 어엿한 어른이고, 그녀와 현실적으로 육체관계를 갖고 있어요. 그런데도 이렇게 혼란스러워요. 그녀를 생각하면 왠지 내장기능까지 이상해지는 것 같아요. 주로 소화기와 호흡기 계통이."

도카이는 자신의 소화기와 호흡기 계통의 상태를 확인하듯이 잠시 침묵을 지켰다.

"얘기를 들어보니, 당신은 그녀를 너무 좋아하지 않으려 노력하는 동시에, 그녀를 잃고 싶지 않다고 간절히 바라는 것 같군요." 나는 말했다.

"네, 그래요. 물론 자기모순이죠. 자기분열이에요. 나는 정반대의 것을 동시에 원하고 있어요. 아무리 노력해봤자 잘될 리가 없죠. 하지만 어쩔 수 없어요. 어쨌거나 그녀를 잃을 수는 없으니까요. 만일 그렇게 된다면 나 자신까지 어디론가 사라져버릴 거예요."

"하지만 상대는 결혼했고, 아이도 하나 있다."

"그렇죠."

"그래서, 그 사람은 도카이 씨와의 관계를 어떻게 생각하죠?"

도카이는 고개를 살짝 기울이고 말을 골랐다. "그녀가 나와의 관계를 어떻게 생각하는지는 혼자 추측해볼 수밖에 없고, 추측은 내 마음을 더욱 혼란스럽게 만들 뿐이에요. 다만 그녀는 지금의 남편과 이혼할 생각이 없다고 분명하게 말했어요. 아이도 있으니 가정을 깨고 싶진 않다고."

"하지만 당신과의 관계는 지속하고 있다."

"지금은 기회를 틈타 만나고 있죠. 하지만 앞으로 어떻게 될지 모르겠어요. 나와의 관계가 남편에게 알려질까 두려워 더이상 나를 만나지 않으려 할 수도 있어요. 혹은 정말로 남편에게 들켜서 현실적으로 만나기 어려워질 수도 있죠. 아니면 단순히 그녀가 나와의 관계에 싫증을 낼 수도 있고요. 내일 당장 무슨 일이 일어날지 전혀 모르는 거죠."

"그리고 도카이 씨는 그런 것들이 가장 두렵고요."

"네, 그런 몇 가지 가능성이 떠오르면 다른 건 생각도 할 수 없어요. 먹을 것도 제대로 안 넘어갑니다."

나와 도카이는 집 근처 스포츠센터에서 처음 만났다. 그는 항상 주말 오전에 스쿼시 라켓을 들고 그곳에 왔고, 그러다가 나와도 몇 게임을 함께 했다. 그는 예의바르고 체력도 있고 승부에 대한 집착도 적당했기 때문에 부담 없이 경기를 즐기기에 딱 좋은 상대였다. 나이는 내가 조금 많지만 비슷한 또래고(이건 꽤 오래전 이야기다), 스쿼시 실력도 비슷했다. 둘이서 땀범벅이 되어 한바탕 볼을 쫓고 나면 근처 비어홀에 가서 함께 생맥주를 마셨다. 좋은 환경에서 자라 수준 높은 전문교육을 받고, 태어나서 지금껏 금전적인 고생이라고는 거의 해보지 않은 인간이 대부분 그렇듯 도카이 의사도 기본적으로 자기 자신밖에 생각할 줄 몰랐다. 그럼에도 불구하고 그는 앞서 말했듯이 즐겁고 흥미롭게 대화할 수 있는 상대였다.

내가 글 쓰는 일을 한다는 것을 알자 도카이는 세상 돌아가는 이야기뿐 아니라 조금씩 개인적인 이야기도 털어놓았다. 세러피스트나 종교인과 마찬가지로 글 쓰는 인간도 남의 고백을 들을 정당한 권리(혹은 의무)를 갖고 있다고 생각했는지도 모른다. 꼭 도카이만이 아니라 그때까지 여러 사람들에게서 비슷한 일을 겪었다. 하지만 나는 원래부터 남의 이야기를 듣는 걸 그리 싫어하지 않고, 특히 도카이 의사가 털어놓는 이야기에는 마르지 않는 흥취가 있었다. 그는 기본적으로 정직하고 솔직하며, 자기 자신을 제법 공정하게 바라볼 줄 알았다. 그리고 자신의 약점을 남 앞에 드러내는 것을 별로 두려워하지 않았다. 그것은 세상의 많은 사람들이 갖고 있지 못한 자질이었다.

도카이는 말했다. "그녀보다 미모가 빼어난 여자나 그녀보다 몸매가 좋은 여자, 그녀보다 취향이 고상한 여자, 그녀보다 똑똑

한 여자도 적잖이 만나봤어요. 하지만 그런 비교는 아무런 의미도 없습니다. 왜냐면 그녀는 내게 특별한 존재니까요. 종합적인 존재라고 하면 적합한 표현일까요. 그녀가 가진 모든 자질이 하나의 중심으로 단단히 연결되어 있습니다. 그 하나하나를 뽑아내 이건 누구보다 못하다느니, 더 좋다느니, 계측하고 분석하기란 불가능해요. 그리고 그 중심에 있는 것이 나를 강하게 끌어당깁니다. 강력한 자석처럼. 그건 논리를 뛰어넘는 일이에요."

우리는 프라이드포테이토와 피클을 안주 삼아 큼직한 '블랙 앤드 탠' 잔을 기울이고 있었다.

"'사랑의 밀회 후 애타는 그리움에 비하면 예전의 그리움은 아무것도 아니었네'라는 옛 노래가 있죠." 도카이가 말했다.

"곤추나곤 아쓰타다*." 나는 말했다. 어떻게 그런 걸 기억하고 있었는지는 나도 잘 모르겠지만.

"여기서 '사랑의 밀회'란 남녀의 육체관계가 포함된 만남을 가리킨다고 대학교 때 강의에서 배웠어요. 그때는 그저 그런가보다 했는데, 이 나이가 되어서야 그 노래의 작가가 어떤 심정이었을지 실감이 납니다. 그리워하는 여자를 만나 몸을 섞고, 작별인사를 하고, 그뒤에 느끼는 깊은 상실감. 애타는 심정. 생각해보

* 헤이안 시대 중기의 귀족이자 가인(歌人).

면 그런 마음은 천년 전이나 지금이나 하나도 달라지지 않았어요. 그리고 그런 감정을 한 번도 내 것으로 실감하지 못했던 예전의 나는 아직 어엿한 어른이라 할 수 없다는 걸 통감했습니다. 너무 늦게 깨달은 것 같지만."

그런 건 너무 늦을 것도 너무 빠를 것도 없는 일이라고 나는 말했다. 설령 약간 늦었다고 한들 끝까지 깨닫지 못하는 것보다는 훨씬 낫지 않은가.

"하지만 그런 마음을 젊은 시절에 일찍 느껴봤더라면 좋았겠지요." 도카이는 말했다. "그랬으면 면역항체 같은 게 생겼을 텐데."

그렇게 간단한 일은 아니리라고 나는 생각했다. 면역항체 같은 건 전혀 생기지 않고, 질 나쁜 잠재적 병의 뿌리만 몸속에 끌어안게 된 사람을 나는 몇 명 알고 있다. 하지만 그런 말은 하지 않았다. 이야기가 길어진다.

"그녀와 만난 지는 일 년 반 정도 되었어요. 그녀의 남편이 업무상 해외출장이 잦아서, 그럴 때마다 만나서 식사하고 우리집에서 잠자리를 함께합니다. 그녀가 나와 관계를 맺게 된 계기는 남편의 외도 사실을 알았기 때문이에요. 남편은 그녀에게 사과하고 상대 여자와 헤어졌고 두 번 다시 그러지 않겠다고 약속했죠. 하지만 그녀의 마음은 가라앉지 않았어요. 그리고 이른바 정신적 균형을 되찾기 위해 나와 육체적 관계를 갖게 되었죠. 복수라는 표현은 좀 과격하지만, 그녀에게는 그런 심리적 조정작업이 필요했어요. 흔한 일이죠."

그게 그렇게 흔한 일인지 아닌지 나는 알 수 없었지만, 아무튼 말없이 그의 이야기를 들었다.

"우리는 지금껏 즐겁고 유쾌하게 지냈어요. 활기 넘치는 대화, 둘만의 친밀한 비밀, 넉넉히 시간을 들이는 섬세한 섹스. 우리는 아름다운 시간을 공유했다고 생각합니다. 그녀는 곧잘 웃었어요. 무척 즐거운 듯이 웃죠. 하지만 그런 관계를 이어오는 사이 점점 그녀에 대한 마음이 깊어지고 더이상 돌이킬 수 없게 되면서, 요즘에는 이런 생각이 자주 들어요. 나는 대체 무엇인가."

마지막 말을 제대로 듣지 못한(혹은 잘못 들은) 것 같아서, 나는 다시 한번 말해달라고 부탁했다.

"나는 대체 무엇인가, 요즘 자주 그런 생각을 합니다." 그는 되풀이했다.

"어려운 의문이네요." 나는 말했다.

"그렇지요. 정말 어려운 의문입니다." 도카이는 말했다. 그리고 그 어려움을 확인하듯이 몇 번 고개를 끄덕였다. 내 발언에 담긴 가벼운 야유는 아무래도 전해지지 않은 모양이었다.

"나는 대체 뭘까요?" 그는 말을 이었다. "나는 미용성형외과 의사로 지금까지 아무런 의문도 품지 않고 열심히 일해왔어요.

의대 성형외과에서 레지던트를 마치고 처음에는 조수로 아버지 일을 거들다가, 아버지가 시력이 나빠져 은퇴한 뒤로는 직접 클리닉 운영을 맡았죠. 내 입으로 말하기는 좀 그렇지만, 외과의사로서 실력은 괜찮은 편이라고 생각해요. 미용성형이라는 세계는 그야말로 옥석이 뒤섞인 곳이라 광고만 요란하고 실상은 몹시 무책임한 곳도 있습니다. 하지만 우리는 항상 양심적으로 해왔고, 환자와 큰 트러블을 일으킨 적은 한 번도 없어요. 나는 그 점에 대해 프로로서 자부심을 갖고 있습니다. 사생활에도 불만이 없어요. 친구도 많고, 몸도 아직 별 탈 없이 건강해요. 나름대로 내 생활을 즐기고 있지요. 하지만 나는 대체 무엇인가, 요즘 들어 자꾸 그런 생각이 드는 겁니다. 그것도 상당히 진지하게 말이죠. 내게서 성형외과 의사의 능력이나 경력을 걷어낸다면, 지금 누리고 있는 쾌적한 생활환경을 잃는다면, 그리고 아무 설명도 없이 한낱 맨몸뚱이 인간으로 세상에 툭 내던져진다면, 그때 나는 대체 무엇이라고 할 수 있을까."

도카이는 내 얼굴을 똑바로 바라보았다. 뭔가 반응을 원하는 듯이.

"왜 갑자기 그런 생각이 들었을까요?" 나는 물었다.

"어쩌면 얼마 전 나치 강제수용소에 대한 책을 읽은 탓도 있을 겁니다. 전쟁중 아우슈비츠에 보내진 내과의사 이야기가 나오거든요. 베를린에서 개업의로 일하던 유대인이 어느 날 가족과 함께 체포되어 강제수용소로 보내집니다. 그때까지 그는 가족의 사랑과 주위 사람들의 존경, 환자의 믿음 속에 근사한 저택에서 만족스러운 생활을 해왔어요. 개도 몇 마리 기르고, 첼로가 취미라 주말이면 친구들과 함께 슈베르트나 멘델스존의 실내악을 연주했죠. 평화롭고 풍요롭게 인생을 즐기며 살아온 거예요. 그런데 갑자기 모든 것이 바뀌고 생지옥 같은 장소에 갇힙니다. 그곳에서 그는 더이상 풍족한 베를린 시민도, 존경받는 의사도 아니고, 하물며 인간이라고 하기도 어려워요. 가족과 떨어져 들개나 다름없는 취급을 당하고, 먹을 것도 제대로 제공받지 못합니다. 고명한 의사라는 사실을 알게 된 수용소 소장이 어디 쓸모가 있을지 모른다고 생각해서 일단 가스실에 끌려가는 건 면했지만, 당장 내일 어떻게 될지 모르는 상황이에요. 간수의 기분에 따라 어이없이 곤봉에 맞아죽을 수도 있어요. 다른 가족들은 이미 살해됐을 것이고."

그는 잠시 틈을 두었다.

"그걸 읽고 나는 문득 생각했습니다. 이 의사에게 닥친 끔찍한 운명은 장소와 시대만 바꾸면 그대로 내 운명이 될 수도 있다고. 만일 내가 어떤 이유로든—어떤 이유인지는 모르겠습니다만—지금의 생활에서 어느 날 갑자기 끌어내려져 모든 특권을 박탈당하고 그저 번호뿐인 존재로 전락한다면, 나는 대체 무엇이라 할 수 있을까. 책을 덮자 깊은 고민에 빠져버렸어요. 성형외과 의사의 기술과 신용을 빼면 나는 아무 장점도 없고 아무 특기도 갖지 못한 그냥 쉰두 살 남자입니다. 아직 건강한 편이지만 체력은 젊은 시절보다 못해요. 거친 육체노동은 오래 버텨내지 못하겠죠. 내가 자신 있는 것이라고는 맛있는 피노 누아를 고를 줄 안다거나, 단골 레스토랑이나 초밥집이나 바가 몇 군데 있다거나, 여자에게 선물할 세련된 액세서리를 잘 고른다거나, 피아노를 조금 칠 줄 안다거나(간단한 악보는 한 번 보고도 칠 수 있습니다), 고작해야 그런 정도예요. 하지만 아우슈비츠에서 그런 건 아무 쓸모도 없겠죠."

나는 동의했다. 피노 누아에 대한 지식도, 아마추어 피아노 연주도, 세련된 화술도, 그런 곳에서는 조금도 쓸모가 없을 것이다.

"실례지만 다니무라 씨는 그런 생각을 해본 적 없습니까? 글 쓰는 능력을 빼버린다면 대체 나는 무엇이라 할 수 있을까 하는."

나는 그에게 설명했다. 나는 처음부터 '아무것도 아닌 한낱 인간'이라는 출발점에서 맨몸뚱이나 다름없이 인생을 시작했다. 우연한 계기로 글을 쓰기 시작해 다행히 그럭저럭 먹고살 정도가 되었다. 그러니 내가 아무 장점도 특기도 없는 일개 인간이라는 사실을 인식하기 위해 굳이 아우슈비츠 강제수용소 같은 거

창한 가정을 들고 나설 필요는 없다, 고.

도카이는 그 말을 듣고 잠시 심각하게 생각에 잠겼다. 그런 사고방식이 존재한다는 것 자체가 아무래도 그에게는 금시초문인 모양이었다.

"그렇군요. 그편이 어쩌면 편한 인생일지도 모르겠네요."

아무것도 아닌 인간이 맨몸뚱이로 인생을 스타트한다는 건 그다지 편하다고는 할 수 없는 일 아니냐고 나는 조심스럽게 지적했다.

"물론입니다." 도카이는 말했다. "물론 맞는 말씀이에요. 아무것도 없는 상태에서 인생을 시작한다는 건 당연히 무척 힘든 일이겠지요. 그런 면에서 나는 남들보다 큰 혜택을 받았다고 생각해요. 하지만 어느 정도 나이를 먹고, 저 나름대로 라이프스타일이 몸에 배고, 웬만한 사회적 지위가 생기고, 그런 다음에야 나 자신이라는 인간의 가치에 대해 깊은 의심을 품는다는 건 또다른 의미에서 무척 힘든 일입니다. 내가 지금까지 걸어온 인생이 완전히 무의미하고 쓸모없는 것처럼 느껴지는 거예요. 젊을 때라면 그나마 변혁의 가능성이 있고 희망을 가질 수도 있겠지요. 하지만 이 나이가 되면 과거의 무게가 짓누르는 힘이 너무 큽니다. 쉽사리 다시 시작할 수가 없어요."

"나치 강제수용소에 대한 책을 계기로 진지하게 그런 생각을 하게 됐군요." 나는 말했다.

"네, 책의 내용에 기묘할 만큼 개인적인 충격을 받았습니다. 그녀와의 앞일이 불투명한 것도 있어서 한동안 가벼운 중년우울증 같은 상태에 빠졌어요. 나는 대체 무엇인가, 내내 그 생각만 했습니다. 하지만 아무리 생각해도 출구가 찾아지질 않아요. 같은 자리를 빙빙 맴돌 뿐이죠. 지금까지 즐겁게 해왔던 일들이 이젠 하나같이 재미가 없어요. 운동할 기분도 옷을 살 기분도 나지 않고, 피아노 뚜껑을 여는 것조차 귀찮아요. 밥 먹을 생각도 들지 않습니다. 가만히 있으면 떠오르는 건 그녀 생각뿐이에요. 클리닉에서 환자를 대할 때조차 그녀가 떠올라요. 저도 모르게 그녀의 이름을 부를 뻔할 정도로요."

"그 여자분과는 얼마나 자주 만나죠?"

"상황에 따라 완전히 달라요. 남편의 스케줄에 따라서. 그것도 나를 괴롭히는 것 중 하나입니다. 남편이 장기출장을 갈 때는 며칠을 연달아 만나요. 아이는 친정에 맡기거나 베이비시터를 쓰죠. 하지만 남편이 국내에 있으면 몇 주일씩 못 보기도 해요. 그런 시기는 무척 힘듭니다. 이대로 그녀를 두 번 다시 못 보는 게 아닐까 생각하면, 진부한 표현이라 죄송하지만, 몸이 둘로 갈라지는 것만 같아요."

나는 말없이 그의 이야기에 귀를 기울였다. 그가 고른 표현은 흔한 것이기는 해도 진부하게 들리지는 않았다. 오히려 매우 리얼하게 와 닿았다.

그는 천천히 숨을 들이쉬고 다시 내쉬었다. "나에게는 거의 항상 걸프렌드가 여럿 있었어요. 어이없게 생각하실지 모르겠지만, 많을 때는 네다섯 명까지 있었습니다. 누구 하나를 만나기 힘들 때는 다른 여자를 만났죠. 별문제 없이 그렇게 지내왔어요. 하지만 그녀에게 마음을 빼앗긴 뒤로는, 다른 여자들에게선 신기할 만큼 아무런 매력도 느끼지 못합니다. 다른 여자를 만나도 내 머릿속 어딘가에는 항상 그녀의 모습이 있어요. 그걸 몰아낼 수가 없어요. 정말이지 중증입니다."

중증, 나는 생각했다. 도카이가 전화를 걸어 구급차를 부르는 광경이 눈앞에 떠올랐다. "여보세요, 구급차 좀 빨리 보내주세요. 정말이지 중증입니다. 숨을 쉴 수가 없고, 당장이라도 가슴이 둘로 갈라질 것 같고……"

그는 말을 이었다. "한 가지 큰 문제는 그녀를 알면 알수록 점점 더 그녀가 좋아진다는 겁니다. 일 년 반을 사귀었는데 처음 만났을 때보다 훨씬 더 깊이 그녀에게 빠져 있어요. 이젠 그녀의 마음과 내 마음이 뭔가로 단단히 묶여버린 느낌이에요. 그녀의 마음이 움직이면 내 마음도 따라서 당겨집니다. 로프로 이어진 두 척의 보트처럼. 줄을 끊으려 해도 그걸 끊어낼 칼 같은 것은 어디에도 없어요. 이런 건 지금까지 한 번도 맛본 적 없는 감정입니다. 그게 나를 불안하게 만들어요. 이대로 점점 그리움이 깊어지면 나는 대체 어떻게 될까 하고."

"그렇군요." 나는 말했다. 하지만 도카이는 좀더 실질적인 대답을 원하는 것 같았다.

"다니무라 씨, 나는 대체 어떻게 해야 할까요?"

나는 말했다. 어떻게 해야 할지 구체적인 대책까지는 잘 모르겠다. 하지만 이야기를 들어본 바로는 지금 당신이 느끼는 감정은 비교적 정상적이고 이치에 맞아 보인다. 사랑한다는 것은 원래 그런 것이다. 자기 마음을 컨트롤할 수 없고, 그래서 불합리한 힘에 휘둘리는 기분이 든다. 즉, 당신은 딱히 일반상식에서 벗어나 이상한 체험을 하고 있는 것이 아니다. 그저 한 여자를 진지하게 사랑하는 것뿐이다. 사랑하는 누군가를 잃고 싶지 않다, 언제까지고 그 사람을 만나고 싶다, 만일 못 만나게 된다면 그대로 세상이 끝나버릴 것만 같다, 그런 것은 세상에서 흔히 볼 수 있는 자연스러운 감정이다. 이상할 것도 특이할 것도 없는, 지극히 일반적인 인생의 한 컷이다.

도카이 의사는 팔짱을 끼고 내 말을 다시 한참 생각했다. 좀처럼 받아들이기 힘든 기색이었다. 어쩌면 '지극히 일반적인 인생의 한 컷'이라는 말을 개념적으로 이해하기 어려웠는지도 모른다. 혹은 실제로 그것이 '사랑한다'는 행위에서 약간은 벗어난 것이었는지도 모른다.

맥주를 다 마시고 슬슬 일어설 즈음에 그는 남몰래 털어놓듯이 말했다. "다니무라 씨, 내가 지금 가장 두려운 건, 그리고 나를 가장 혼란스럽게 하는 건, 내 안에 있는 일종의 분노예요."

"분노?" 나는 조금 놀라서 말했다. 그건 도카이라는 인물과 전혀 어울리지 않는 감정인 것 같았기 때문이다. "무엇에 대한 분노죠?"

도카이는 고개를 저었다. "나도 모르겠어요. 그녀에 대한 분노가 아니라는 건 확실합니다. 하지만 그녀를 만나지 않을 때, 만날 수 없을 때, 내 안에서 그런 분노가 고조되는 것을 느끼곤 합니다. 그게 무엇에 대한 분노인지 스스로도 잘 파악이 안 돼요. 하지만 지금까지 한 번도 느낀 적이 없을 만큼 격한 분노입니다. 방안에 있는 것을 손닿는 대로 모조리 창밖으로 내던지고 싶어져요. 의자든 텔레비전이든 책이든 접시든 그림액자든, 모든 것을. 그게 길 가던 사람 머리에 떨어져서 누가 죽건 말건 알 바 아니다 싶은 거예요. 어처구니없는 얘기지만 그 순간에는 정말 그렇게 생각합니다. 물론 아직까진 그런 분노를 컨트롤할 수 있어요. 실제로 행동에 옮기지는 않아요. 하지만 언젠가 더는 컨트롤할 수 없는 날이 올지도 모릅니다. 그 바람에 누군가를 정말로 다치게 할 수도 있어요. 나는 그게 너무나 두렵습니다. 그러느니 차라리 나 자신이 다치는 쪽을 택할 겁니다."

그 말에 내가 뭐라고 대답했는지는 잘 기억나지 않는다. 아마 무난한 위로의 말을 했을 것이다. 그가 말하는 '분노'가 대체 무엇을 의미하는지, 무엇을 시사하는지, 그때는 제대로 이해하지 못했으니까. 좀더 확실히 말해줬더라면 좋았을지도 모른다. 하지만 설령 내가 좀더 확실히 말을 해주었다 해도 그가 그뒤에 밟아간 운명이 바뀌는 일은 아마도 없었을 것이다. 그런 느낌이 든다.

우리는 계산을 하고 가게를 나와 각자의 집으로 돌아갔다. 그는 스쿼시 라켓 케이스를 들고 택시에 올라 차 안에서 내게 손을 흔들었다. 그것이 내가 마지막으로 본 도카이 의사의 모습이었다. 아직 늦더위가 남아 있는 9월 말쯤의 일이다.

그뒤 도카이는 스포츠센터에 나오지 않았다. 나는 그를 만나려고 주말마다 스포츠센터에 들렀지만 그는 없었다. 주위 사람들도 그의 소식을 알지 못했다. 하지만 그건 스포츠센터에서는 종종 있는 일이다. 내내 나오던 사람이 어느 날부터 보이지 않는다. 스포츠센터는 직장이 아니다. 나오든 나오지 않든 개인의 자유다. 그래서 나도 크게 마음이 쓰이지는 않았다. 그렇게 두 달이 지나갔다.

11월 말의 금요일 오후, 도카이의 비서에게서 전화가 왔다. 그의 이름은 고토라고 했다. 목소리가 나지막하고 매끄러웠다. 그 목소리에 나는 배리 화이트의 음악을 떠올렸다. 심야 FM 방송에서 자주 나올 듯한 음악.

"갑작스럽게 전화로 이런 말씀을 드리게 되어 마음이 무겁습니다만, 도카이 씨가 지난주 목요일에 돌아가셔서, 이번주 월요일에 가족들끼리 조용히 장례를 치렀습니다."

"돌아가셨다고요?" 나는 어리둥절해서 물었다. "두 달 전에 마지막으로 만났을 때는 건강해 보였는데, 대체 무슨 일이죠?"

고토는 전화 너머에서 잠시 침묵했다. 그러고는 입을 열었다. "사실은 도카이 씨가 생전에 다니무라 씨에게 전해달라고 맡기신 물건이 있습니다. 염치없는 부탁이지만, 어디서 잠깐 뵐 수 있을까요? 만나 뵙고 자세한 말씀 드리겠습니다. 언제 어디든 제가 찾아뵙겠습니다."

오늘 당장 만나는 건 어떠냐고 나는 물었다. 그것도 좋다고 고토는 말했다. 나는 아오야마 거리 한 블록 뒤에 있는 카페테리아를 알려주었다. 시간은 여섯시. 거기라면 방해받는 일 없이 느긋하게 조용히 이야기를 나눌 수 있다. 고토는 그 가게는 모르지만 아마 쉽게 찾아갈 수 있을 거라고 말했다.

여섯시 오 분 전에 카페테리아에 들어서자, 그는 자리에 앉아 있다가 나를 보고 재빨리 일어섰다. 전화로 들은 목소리가 낮아서 탄탄한 체격의 남자를 상상했는데, 실제로 보니 키가 크고 호리호리한 남자였다. 도카이에게서 들은 대로 얼굴은 상당히 핸섬했다. 갈색 울 양복을 입고 흰색 버튼다운셔츠에 어두운 겨자색 넥타이를 맸다. 빈틈없는 차림새였다. 약간 긴 편인 머리도 잘 정돈되어 있었다. 앞머리는 자연스럽게 이마로 내려와 있었다. 나이는 삼십대 중반, 도카이에게서 게이라는 얘기를 듣지 않았더라면 극히 평범한 멋쟁이 청년(아직 청년의 흔적이 분명하게 남아 있었다)으로 보였을 것이다. 수염도 짙어 보였다. 그는 더블 에스프레소를 마시고 있었다.

나는 고토와 간단한 인사를 나누고 마찬가지로 더블 에스프레소를 주문했다.

"너무 갑작스럽게 돌아가셨군요." 나는 말했다.

청년은 강한 빛을 정면으로 받은 것처럼 눈을 가느스름하게 떴다. "네, 그렇습니다. 정말 갑작스럽게 돌아가셨어요. 놀랄 만큼. 하지만 그와 동시에 무척 오랜 시간이 걸린, 고통스러운 죽음이기도 했습니다."

나는 이어질 설명을 말없이 기다렸다. 그러나 그는 아직—아마도 내가 시킨 에스프레소가 나올 때까지는—의사의 죽음에 대해 자세히 얘기하고 싶지 않은 눈치였다.

"저는 도카이 선생님을 진심으로 존경했습니다." 청년은 화제를 바꾸려는 듯이 말했다. "의사로서도 인간으로서도 정말 훌륭한 분이었어요. 많은 것을 자상하게 가르쳐주셨지요. 십 년 가까이 클리닉에서 일했는데, 만약 그분을 만나지 못했더라면 지금의 저는 없었을 겁니다. 표리부동이라고는 모르는 솔직한 분이었어요. 늘 웃는 낯에, 권위적이지도 않고, 격의 없이 주위를 배려해주셔서 누구나 선생님을 좋아했죠. 선생님이 누군가의 험담을 하는 건 한 번도 들은 적이 없습니다."

그러고 보니 나도 그가 누군가를 나쁘게 말하는 건 들은 적이 없었다.

"도카이 씨에게 말씀 많이 들었어요." 나는 말했다. "고토 씨가 없었으면 클리닉 운영도 힘들었을 것이고, 사생활도 엉망이 되었을 거라고."

내가 말하자 고토의 입가에 쓸쓸한 웃음이 엷게 떠올랐다. "아뇨, 저는 그렇게 변변한 사람이 못 됩니다. 그저 뒤에서 성심껏 선생님을 도와드리려 했을 뿐이죠. 그러기 위해 저 나름대로 열심히 노력했습니다. 그게 제 기쁨이기도 했고요."

웨이트리스가 에스프레소 잔을 놓고 가자 그는 드디어 의사의 죽음에 대해 입을 열었다.

"맨 처음 알아챈 변화는 선생님이 점심을 드시지 않는다는 거였어요. 그전에는 매일 점심시간이면 간단히라도 꼭 챙겨 드셨거든요. 아무리 일이 바빠도 식사는 꼬박꼬박 챙기시는 편이었어요. 그런데 언젠가부터 점심을 아예 안 드시는 거예요. '뭐 좀 드셔야지요'라고 권해도 '걱정할 거 없어, 식욕이 좀 없어서 그래' 하시면서. 그게 10월 초의 일입니다. 그 변화에 저는 불안했습니다. 선생님은 매일매일 정해진 습관을 바꾸는 걸 그리 좋아하지 않는 분이었으니까요. 일상의 규칙성을 무엇보다 중시하셨죠. 문제는 점심을 거르는 것만이 아니었어요. 어느새 스포츠센터에도 발길을 끊으셨더군요. 일주일에 사흘은 스포츠센터에 나가 수영이나 스쿼시, 웨이트트레이닝을 열심히 하셨는데, 그런 것들에 완전히 흥미를 잃으신 눈치였어요. 그리고 옷차림에도 예전처럼 신경을 쓰지 않으셨고요. 늘 깔끔하고 세련된 차림이셨는데, 뭐라고 말씀드려야 할까요, 점점 매무새가 흐트러졌어요. 며칠씩 똑같은 옷을 입고 나오시기도 했습니다. 그리고 항상 생각에 잠긴 기색으로 점점 말수가 줄더니 이윽고 거의 입을 열지 않고 멍하니 계시는 때가 많아졌어요. 제가 무슨 말씀을 드려도 전혀 안 들리는 것 같았어요. 퇴근 후에 여자를 만나는 일도 없어져버렸고요."

"고토 씨가 스케줄을 관리했으니 그런 변화는 금세 알 수 있었겠군요."

"그렇습니다. 특히 여자분들과의 만남은 선생님에게 하루하루 중요한 이벤트였어요. 이른바 활력의 원천이었죠. 그런데 그게 갑자기 뚝 끊겼다는 게 아무리 생각해도 심상치 않았습니다. 쉰두 살이면 아직 그리 많은 나이는 아니지요. 도카이 선생님이 예전부터 여자관계에 상당히 적극적이셨다는 건 다니무라 씨도 알고 계시죠?"

"그런 얘기를 굳이 감추지 않는 사람이었으니까요. 자랑했다는 게 아니라, 그만큼 솔직했다는 뜻에서."

고토 청년은 고개를 끄덕였다. "네, 그런 면에서 무척 솔직한 분이었어요. 제게도 곧잘 이런저런 얘기를 해주셨죠. 그래서 더더욱 저는 선생님의 갑작스러운 변화에 적잖이 충격을 받았습니다. 선생님은 더이상 제게 아무것도 털어놓지 않았어요. 어떤 일이 있었건 혼자만의 비밀로 끌어안고 계셨죠. 물론 여러 번 여쭤봤습니다. 무슨 안 좋은 일이 있으셨는지, 걱정거리라도 있으신지. 하지만 선생님은 고개만 저을 뿐 속내를 털어놓지 않으셨어요. 말씀 자체를 거의 안 하셨습니다. 그저 제 눈앞에서 하루하루 여위고 시들어갈 뿐이었죠. 변변히 끼니를 챙기지 않는다는 것도 명백했습니다. 하지만 저는 선생님의 사생활에 마음대로 발을 들일 수 없었습니다. 선생님은 싹싹한 성격이지만, 사적인 영역에는 쉽게 사람을 들이지 않는 분이었어요. 오랫동안 개인비서처럼 일했어도 제가 선생님 댁에 가본 건 단 한 번뿐입니다. 중요한 물건을 깜빡 잊고 오셔서 대신 가지러 갔을 때였죠. 선생님 댁에 자유롭게 드나든 건 아마 가깝게 지내던 여자들뿐이었을 거예요. 저는 멀리서 혼자 애태우며 짐작하는 수밖에 없었습니다."

고토는 그렇게 말하고 다시 한번 작게 한숨을 내쉬었다. 가깝게 지내던 여자들에 대한 체념의 심경을 표명하듯이.

"하루하루 눈에 보일 만큼 여위고 시들어갔다고요?" 나는 물었다.

"그렇습니다. 눈은 움푹 들어가고 얼굴은 종잇장처럼 빛을 잃어갔어요. 다리도 휘청거려서 제대로 못 걸으시고, 나중엔 메스도 제대로 들 수 없을 정도였어요. 물론 수술 같은 걸 하실 상태가 아니었죠. 다행히 실력 있는 어시스턴트가 있어서 우선은 그가 선생님 대신 집도했습니다. 하지만 언제까지나 그럴 수는 없었어요. 제가 여기저기에 전화해서 예약을 모두 취소하고, 클리닉은 실질적으로 휴업상태에 들어갔습니다. 얼마 지나자 선생님은 클리닉에도 나오지 않으셨어요. 그게 10월 말 무렵입니다. 댁에 전화해도 아무도 받질 않았어요. 꼬박 이틀 동안 연락이 되지 않았죠. 저한테 맡겨두신 집 열쇠가 있어서, 사흘째 되는 날 아침에 그걸로 문을 따고 댁에 들어갔습니다. 사실은 안 될 일이지만 걱정이 돼서 견딜 수가 있어야지요.

문을 열자마자 심한 냄새가 풍겨왔습니다. 집안이 온통 어질러져 있었어요. 벗어놓은 옷들이 그대로 뒹굴고 있었죠. 양복부터 넥타이, 속옷까지. 몇 달은 치우지 않은 것처럼 보였습니다. 창문이 전부 닫혀 있어서 공기가 텁텁하게 고여 있었어요. 그리고 선생님은 침대에, 꼼짝도 않고 조용히 누워 계셨습니다."

청년은 잠시 그 광경을 떠올리는 듯했다. 눈을 감고, 그리고 슬쩍 고개를 저었다.

"그걸 본 순간 선생님이 벌써 돌아가셨나 했어요. 심장이 멎는 것 같았죠. 하지만 그건 아니었어요. 선생님은 여윌 대로 여윈 창백한 얼굴을 제 쪽으로 돌리더니 눈을 뜨고 저를 지켜보셨어요. 이따금 눈을 깜빡이셨습니다. 미약하게나마 숨도 쉬셨고요. 다만 목까지 이불을 덮고 가만히 누워 계셨습니다. 말을 걸어봤지만 반응은 없었어요. 바짝 마른 입술이 마치 실로 꿰맨 것처럼 단단히 맞물려 있었어요. 수염이 길게 자랐고요. 저는 우선 창문을 열어 실내를 환기했습니다. 당장 응급조치를 취할 일은 없는 것 같았고, 제가 보기에 고통스러워하는 기색도 없어서 일단 청소부터 하기로 했죠. 그 정도로 심각한 상태였어요. 여기저기 널브러진 옷가지를 주워모아 세탁기로 빨 것은 빨고, 세탁소에 보낼 것은 봉투에 넣어 정리했습니다. 욕실에 가 목욕물을 빼고 욕조를 닦았고요. 물때가 욕조 벽에 선처럼 끼어 있는 것을 보니 꽤 오랫동안 물이 그대로 고여 있었던 것 같았어요. 깔끔한 성격의 선생님으로선 있을 수 없는 일이죠. 정기적으로 부르던 하우스클리닝도 끊어버리셨는지 가구마다 부옇게 먼지가 앉아 있었어요. 다만 의외로 주방 싱크대에서는 오물이 거의 눈에 띄지 않았어요. 아주 깨끗한 상태였죠. 한참 주방을 안 쓰신 거예요. 생수병 몇 개만 굴러다닐 뿐, 뭘 드신 흔적은 없었어요. 냉장고를 열어보니 뭐라 말할 수 없는 지독한 냄새가 났습니다. 안에 방치되어 있던 것이 죄다 상했더군요. 두부며 채소, 과일, 우유, 샌드위치, 햄, 그런 것들이요. 전부 큼직한 쓰레기봉투에 넣어 맨션 지하에 있는 쓰레기장으로 가져갔습니다."

청년은 빈 에스프레소 잔을 들고 각도를 바꿔가며 한참을 바라보았다. 그러고는 눈을 들고 말했다.

"집안을 원래에 가까운 상태로 만드는 데 세 시간 넘게 걸렸던 것 같아요. 그동안 창문을 내내 열어둬서 불쾌한 냄새도 대충 가셨지요. 그래도 선생님은 여전히 입을 열지 않았어요. 제가 집안 여기저기를 오가는 걸 그저 눈으로 좇고 있을 뿐이었죠. 여위신 만큼 두 눈이 평소보다 훨씬 크고 촉촉해 보였어요. 그러나 그 눈에서는 어떤 감정도 찾아볼 수 없었죠. 저를 바라보면서도 실은 아무것도 보고 있지 않은 거예요. 어떻게 말씀드려야 할까요, 마치 움직이는 것에 초점을 맞추도록 설정된 자동카메라 렌즈처럼 그저 어떤 물체를 따라다닐 뿐이었어요. 그게 저든 다른 누구든, 제가 그곳에서 뭘 하든, 그런 건 이제 선생님에게 아무래도 상관없는 일이었어요. 정말로 슬퍼 보이는 눈이었습니다. 저는 그 눈을 아마 평생 잊을 수 없을 겁니다.

그뒤에 전기면도기로 선생님의 수염을 밀어드렸어요. 젖은 타월로 얼굴도 닦아드렸고요. 전혀 저항하지 않으시더군요. 뭘 하건 멍하니 따르기만 하셨어요. 그런 다음에 선생님의 주치의에게 연락했습니다. 사정을 설명했더니 곧바로 달려오셔서 진찰을 하고 간단한 검사도 했습니다. 그러는 동안에도 도카이 선생님은 전혀 입을 열지 않았어요. 감정이 담기지 않은 공허한 눈으로 지그시 우리 얼굴을 바라보았을 뿐이죠.

어떻게 말씀드려야 할까요, 이런 표현은 부적절한지도 모르지만, 선생님은 이미 살아 있는 사람으로 보이지 않았어요. 원래는 곡기를 끊고 미라가 되어 땅속에 파묻혀 있어야 할 사람이 채 번뇌를 떨치지 못해 미라가 되다 말고 지상으로 기어나온 것 같았어요. 불경한 말이라고 생각합니다만, 그게 그때 제가 느낀 그대로입니다. 이미 영혼이 없었죠. 그게 돌아올 가망도 없고요. 그런데도 신체기관만은 아직 미련을 버리지 못하고 독립적으로 움직이고 있다, 그런 느낌이었습니다."

청년은 그쯤에서 몇 차례 고개를 저었다.

"죄송합니다. 제가 너무 시간을 끄는 것 같군요. 이야기를 짧게 줄이겠습니다. 한마디로 말해 도카이 선생님은 거식증 비슷한 것에 걸리신 거예요. 음식을 거의 먹지 않고 물만으로 생명을 유지하셨어요. 아니, 정확하게는 거식증도 아닙니다. 아시다시피 거식증 환자는 대부분 젊은 여자예요. 미용을 위해 살을 뺄 목적으로 식사량을 줄이고, 그러다가 몸무게를 줄이는 것 자체가 목적이 되면서 아무것도 입에 댈 수 없게 되죠. 극단적으로 말해 몸무게를 제로로 만드는 게 그녀들의 이상입니다. 그러니 중년 남자가 거식증에 걸리는 경우는 거의 없습니다. 하지만 도카이 선생님의 경우에는 증상만으로 따지면 명백히 거식증이었어요. 물론 선생님이 미용을 위해 그러셨던 건 아니죠. 제 생각에 선생님이 식사를 하지 않게 된 것은, 정말 말 그대로 음식이 목으로 넘어가지 않았기 때문입니다."

"상사병?" 나는 말했다.

"네, 그 비슷한 겁니다." 고토 청년은 말했다. "어쩌면 스스로 제로에 가까워지고 싶다는 바람도 있었던 것 같아요. 선생님은 자신을 무無로 만들어버리고 싶었던 거예요. 그러지 않고서야 굶주림의 고통이란 평범한 사람이 도저히 견뎌낼 수 있는 게 아니

한국 최초 노벨문학상 수상!

한강

역사적 트라우마를 정면으로 마주하고
인간 삶의 연약함을 드러내는 강렬하고 시적인 산문.

_노벨문학상 선정 이유

한강

1970년 겨울에 태어났다. 1993년 『문학과사회』 겨울호에 시 「서울의 겨울」 외 4편을 발표하고 이듬해 서울신문 신춘문예에 단편소설 「붉은 닻」이 당선되면서 작품활동을 시작했다. 장편소설 『검은 사슴』 『그대의 차가운 손』 『채식주의자』 『바람이 분다, 가라』 『희랍어 시간』 『소년이 온다』 『흰』 『작별하지 않는다』, 소설집 『여수의 사랑』 『내 여자의 열매』 『노랑무늬영원』, 시집 『서랍에 저녁을 넣어 두었다』 등이 있다. 오늘의 젊은 예술가상, 이상문학상, 동리문학상, 만해문학상, 황순원문학상, 김유정문학상, 김만중문학상, 대산문학상, 인터내셔널 부커상, 말라파르테 문학상, 산클레멘테 문학상, 메디치 외국문학상, 에밀 기메 아시아문학상 등을 수상했으며, 노르웨이 '미래 도서관' 프로젝트 참여 작가로 위촉되었다. 2024년 한국 최초로 노벨문학상을 수상했다.

2024 노벨문학상 수상을 축하합니다

수상 소식을 알리는 연락을 처음 받고는 놀랐고,
전화를 끊고 나자 천천히 현실감과 감동이 느껴졌습니다.
수상자로 선정해주신 것에 감사드립니다.
하루 동안 거대한 파도처럼 따뜻한 축하의 마음들이
전해져온 것도 저를 놀라게 했습니다. 마음 깊이 감사드립니다.

_한강 작가가 서면으로 전한 수상 소감

한강은 모든 작품에서 역사적 트라우마와 보이지 않는
규범들을 정면으로 마주하며,
각각의 작품에서 인간 삶의 연약함을 드러낸다.
육체와 영혼, 산 자와 죽은 자의 연결에 대한
독특한 인식을 지니고 있으며, 시적이고 실험적인 문체로
현대 산문의 혁신가로 자리매김했다.

_노벨문학상 선정 이유

희랍어 시간 장편소설

말을 잃어가는 한 여자의 침묵과 눈을 잃어가는 한 남자의 빛이 만나는 찰나의 이야기

"이 소설과 함께 살았던 2년 가까운 시간, 소설 속 그와 그녀의 침묵과 목소리와 체온, 각별했던 그 순간들의 빛을 잊지 않고 싶다."

_'작가의 말'에서

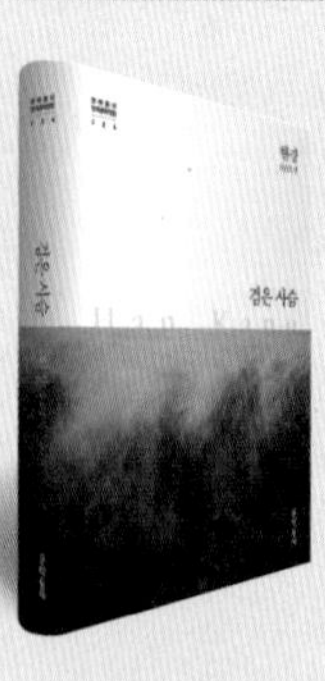

검은 사슴 첫 장편소설

무엇인가를 갈망하는 것을 멈출 때 비로소 평화를 얻게 된다는 것을 나는 어렴풋이 깨닫고 있었다

"인간의 연약함을, 연약함으로 인한 고통을 운명의 깊이로 전환하는 소설이다."

_백지은(문학평론가)

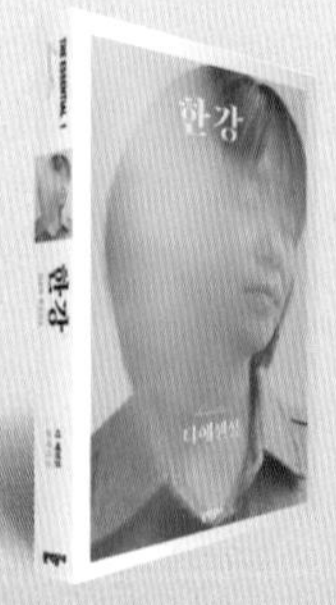

디 에센셜 한강

작가가 직접 가려 뽑은 소설, 시, 산문을 한 권으로 만난다

"오직 쓰기만을 떠나지 않았고 어쩌면 그게 내 유일한 집이었다는 생각도 하게 되었다."

_'작가의 말'에서

니까요. 자기 몸이 제로에 근접해가는 기쁨이 그 고통을 이겨버린 건지도 모릅니다. 거식증에 걸린 젊은 여자가 몸무게를 줄여가면서 느끼는 것과 똑같이."

나는 도카이가 침대에 누워 외곬의 연심을 끌어안고 비라처럼 여위어가는 모습을 상상해보았다. 하지만 명랑하고 건강하고 미식가에 멋쟁이였던 도카이의 모습밖에 떠올릴 수 없었다.

"의사가 영양주사를 놓고 간호사를 불러 링거 준비도 했습니다. 하지만 영양주사라야 큰 효과는 기대하기 어렵고, 링거도 본인이 마음만 먹으면 얼마든지 빼버릴 수 있어요. 제가 이십사 시간 베갯머리에 붙어 있을 수도 없고요. 억지로 뭘 먹이려 해도 뱉어내시기만 했어요. 입원시키려 해도 본인이 거부하는데 강제로 끌고 갈 수는 없는 노릇이죠. 그때 이미 도카이 선생님은 살아갈 의지를 내던지고 자신을 한없이 제로에 근접시키려 마음먹고 계셨어요. 주위에서 무슨 짓을 한들, 아무리 영양주사를 놓는다 한들 그 흐름을 막을 수는 없습니다. 굶주림이 그분의 몸을 파먹는 모습을 그저 손놓고 바라보는 수밖에 없었어요. 가슴 아픈 나날이었습니다. 뭐라도 해야 하는데 현실적으로 아무것도 할 수가 없어요. 선생님이 고통을 거의 느끼지 않는 듯하다는 게 유일한 위안이었죠. 적어도 그 기간 동안 그분 표정에서 고통스러운 기색을 본 적은 없습니다. 저는 날마다 선생님 댁에 가서 우편물을 체크하고 청소를 하고 침대에 누워 계신 선생님 옆에 앉아 이런저런 말을 건넸어요. 업무 보고도 하고, 세상 돌아가는 얘기도 하고. 하지만 선생님은 끝내 한마디도 하지 않으셨어요. 반응 비슷한 것도 없었죠. 의식이 있는지 없는지조차 모를 정도였습니다. 그저 침묵을 지키며 표정 없는 큰 눈으로 제 얼굴을 응시할 뿐이었죠. 그 눈은 신기할 정도로 맑았어요. 그 너머까지 비쳐 보일 것처럼."

"그 여자와 무슨 일이 있었던 겁니까?" 나는 물었다. "남편과 아이가 있는 여자와 상당히 깊이 사귀고 있다는 얘기를 본인에게서 들었습니다만."

"그렇습니다. 선생님은 꽤 오래전부터 그 여자와 진심으로, 정말 진지하게 만나셨어요. 여느 때처럼 가볍고 부담 없이 만나는 그런 관계와는 달랐죠. 그러다가 그 여자와의 사이에 뭔가 심각한 문제가 생겼던 것 같아요. 그리고 그 때문에 선생님은 살아갈 의지를 잃어버리셨고요. 저는 그 여자 집에 전화를 해보았습니다. 여자 대신 남편이 전화를 받았어요. '클리닉 예약 건으로 부인과 통화하고 싶다'고 말했더니 아내는 이제 집에 없다고 대답했어요. 어디로 전화하면 부인과 통화할 수 있을지 물었는데, 그런 건 나도 모른다며 매몰차게 전화를 끊어버리더군요."

그는 다시 잠깐 입을 다물었다. 그러고는 말했다.

"긴 이야기를 짧게 줄이자면, 그뒤에 제가 가까스로 여자의 소재지를 알아냈습니다. 그녀는 남편과 아이를 두고 집을 나가 다른 남자와 살고 있었어요."

나는 일순 할말을 잃었다. 처음에는 무슨 얘기인지 파악하지 못했다. 잠시 후 물었다. "그러니까 남편도, 도카이 씨도, 그 여자에게 차였다는 건가요?"

"간단히 말하면 그런 얘기죠." 청년은 거북한 기색으로 말했다. 그리고 가볍게 얼굴을 찌푸렸다. "그 여자에게는 제삼의 남자가 있었어요. 자세한 내막은 모르겠지만 아무래도 연하 같더군요. 어디까지나 제 개인적인 의견이지만, 그다지 칭찬받을 만한 부류의 남자는 아닌 것 같았습니다. 그런 남자와 사랑의 도피라도 하듯 집을 뛰쳐나간 거예요. 도카이 선생님은 말하자면 편리한 징검다리 같은 존재였던 셈이죠. 그 여자에게 실컷 이용당하신 것 같아요. 선생님이 그 여자에게 상당한 액수의 돈을 쏟아부은 흔적이 있어요. 은행예금과 신용카드 결제 내역을 확인해보니 큰돈이 몹시 부자연스럽게 흘러나간 적이 있더군요. 아마 비싼 선물을 사기 위해 쓰신 돈이 아닐까 합니다. 어쩌면 그 여자가 돈을 빌려달라고 했을 수도 있고요. 용도에 대해서는 명확한 증거가 남아 있지 않아서 자세히 밝혀낼 수 없지만, 아무튼 단기간에 거액이 빠져나간 것은 사실입니다."

나는 무거운 한숨을 내쉬었다. "보통 일이 아니었겠군요."

청년은 고개를 끄덕였다. "이를테면 그 여자가 '아무래도 남편과 아이를 떠날 수가 없다. 그러니 당신과의 관계를 이만 끝내야겠다'면서 선생님을 잘라냈다면 그나마 견딜 수 있었겠죠. 전에 없이 진심으로 사랑한 상대니까 물론 크게 낙담하셨겠지만, 스스로를 죽음으로 몰아붙이는 일까지는 없었을 겁니다. 이해할 만한 상황이었다면, 아무리 깊은 나락에 떨어졌어도 언젠가 다시 헤쳐나오셨을 거예요. 하지만 또다른 남자가 있었다는 건, 그리고 자신이 보기 좋게 이용당했다는 건 너무도 큰 타격이었던 것 같습니다."

나는 말없이 이야기를 듣고 있었다.

"돌아가실 때 선생님 몸무게는 30킬로그램대 중반까지 떨어졌어요." 청년은 말했다. "평소에는 70킬로그램이 넘던 분이니까 반 넘게 줄어든 셈이지요. 썰물이 진 바닷가의 바위들처럼 갈비뼈가 앙상하게 드러났어요. 차마 마주볼 수 없는 모습이었죠. 옛날 기록영화에서 보았던, 나치 강제수용소에서 막 구출된 유대인 수용자의 바짝 여윈 모습이 머릿속에 떠오르더군요."

강제수용소. 그렇다, 그는 어떤 의미에서는 정확한 예견을 했던 것이다. **나는 대체 무엇인가, 요즘 자주 그런 생각을 합니다.**

청년은 말했다. "의학적으로 말해 직접적인 사인은 심장기능

상실이었습니다. 심장이 혈액을 내보낼 힘을 잃은 거예요. 하지만 제 생각에 그건 사랑하는 마음이 불러온 죽음입니다. 말 그대로 상사병이죠. 저는 몇 번이나 그 여자에게 전화해서 사정을 설명하고 부탁했습니다. 엎드려 빌다시피 애원했어요. 딱 한 번이라도 좋으니, 아주 잠깐만이라도 좋으니 도카이 씨를 만나러 와달라고. 이대로 두면 선생님 생명이 위험하다고. 하지만 그녀는 오지 않았어요. 물론 그 여자가 눈앞에 나타났다고 해서 선생님이 돌아가시지 않았으리라고는 말할 수 없습니다. 선생님은 이미 죽기를 각오하고 계셨어요. 하지만 그랬더라면, 어쩌면 기적 같은 일이 일어났을지도 모르죠. 혹은 선생님이 좀더 마음 편히 눈을 감으셨을 수도 있고요. 아니면 그녀가 나타난 탓에 혼란만 가중되고, 그래서 선생님의 심기를 공연히 더 괴롭히는 일이 되었을까요. 거기까지는 저도 잘 모르겠습니다. 솔직히 말씀드려서 이 일련의 일은 제가 알 수 없는 것투성이예요. 하지만 딱 한 가지 아는 게 있습니다. 사랑 때문에 음식을 넘기지 못하게 되어 급기야 목숨까지 잃은 사람은 이 세상에 선생님밖에 없다는 것입니다. 그렇지 않을까요?"

나는 동의했다. 아닌 게 아니라 그런 이야기는 달리 들어본 적이 없다. 그런 의미에서 도카이 씨는 분명 특별한 사람이었던 것이리라. 내가 그렇게 말하자 고토 청년은 두 손으로 얼굴을 가리고 한참 동안 소리 없이 울었다. 그는 도카이 의사를 진심으로 좋아했던 것이다. 위로해주고 싶었지만 실제로 내가 할 수 있는 일은 아무것도 없었다. 잠시 뒤 그는 울음을 그치고 바지 호주머니에서 새하얀 손수건을 꺼내 눈물을 닦았다.

"죄송합니다. 한심한 꼴을 보여드렸네요."

누군가를 위해 우는 것은 한심한 일이 아니라고 나는 말했다. 특히 세상을 떠난 소중한 사람을 위해서라면. 고토 청년은 내게 감사인사를 건넸다. "고맙습니다. 그렇게 말씀해주시니 조금은 마음이 풀립니다."

그는 테이블 아래에서 스쿼시 라켓 케이스를 꺼내 내밀었다. 케이스 안에는 블랙나이트 신제품이 들어 있었다. 고급품이다.

"도카이 선생님이 이걸 전해드리라고 하셨어요. 통신판매로 예약 주문을 했는데 물건이 도착했을 때는 이미 스쿼시를 할 만한 기력이 없으셨습니다. 다니무라 씨께 꼭 전해드리라고 하셨습니다. 선생님은 임종 얼마 전에 갑자기 일시적으로 의식을 되찾은 것처럼 몇 가지 필요한 일들에 대해 제게 말씀을 남기셨어요. 이 라켓도 그중 하나입니다. 괜찮다면 부디 받아주십시오."

나는 고맙다고 말하고 라켓을 받았다. 그리고 클리닉은 어떻게 되었느냐고 물었다.

"일단 휴업중이지만, 조만간 문을 닫거나 아니면 내부 설비와 함께 매각할 것 같습니다." 그는 말했다. "저는 물론 사무적인 인계 업무 때문에 한동안 그쪽 일을 도와드리겠지만, 그다음은 아직 정해진 게 없습니다. 저도 마음의 정리가 좀 필요해서요. 지금은 제대로 뭔가를 생각할 수 없는 상태입니다."

그 청년이 충격에서 벗어나 앞으로의 인생을 잘 살아주기를 나는 빌었다. 헤어지는 참에 그는 말했다.

"다니무라 씨, 염치없는 얘기지만 한 가지 부탁드릴 게 있습니다. 부디 도카이 선생님을 오래도록 기억해주십시오. 선생님은 한없이 순수한 마음을 가진 분이었습니다. 그리고 제 생각에, 저희가 고인에게 해줄 수 있는 일이라고는 조금이라도 오래 그 사람을 기억해주는 것뿐이에요. 하지만 그건 말처럼 쉬운 일이 아니죠. 아무에게나 부탁할 수 있는 일이 아닙니다."

맞는 얘기라고 나는 말했다. 죽은 누군가를 오래도록 기억하는 것은 사람들의 생각만큼 쉬운 일이 아니다. 가능한 한 그를 떠올리도록 노력하겠다. 나는 그렇게 약속했다. 도카이 의사의 마음이 정말로 한없이 순수했는지 어떤지는 내가 판단하기 어려운 부분이지만, 그가 어떤 의미에서 일반적이지 않은 인물이었던 건 분명하니 기억해둘 의미는 있을 것이다. 그리고 우리는 악수를 하고 헤어졌다.

그런 연유로, 말하자면 도카이 의사를 잊지 않기 위해 나는 이 글을 쓰고 있다. 글로 남겨두는 것이 내게는 무언가를 잊지 않기 위한 가장 유효한 수단이기 때문이다. 관련된 사람들에게 피해를 줄 우려가 있어서 이름이나 장소는 조금 바꿨지만 사건 자체는 대부분 실제로 있었던 일이다. 고토 청년이 어디선가 이 글을 읽어주었으면 하는 마음이다.

도카이 의사에 관해 또 한 가지 또렷하게 기억하는 것이 있다. 무슨 얘기 끝에 그런 말이 나왔는지는 잘 생각나지 않지만, 그는 언젠가 나에게 여자 전반에 대한 한 가지 견해를 밝혔다.

모든 여자는 거짓말을 하기 위한 특별한 독립기관을 태생적으로 갖추고 있다, 는 것이 도카이의 개인적인 의견이었다. 어떤 거짓말을 언제 어떻게 하느냐는 사람에 따라 조금씩 다르다. 하지만 모든 여자는 어느 시점에 반드시, 그것도 중요한 일로 거짓말을 한다. 중요하지 않은 일로도 물론 거짓말을 하지만 그건 제쳐두고, 아무튼 가장 중요한 대목에서 거짓말을 서슴지 않는다. 그리고 그런 때 대부분의 여자들은 얼굴빛 하나, 목소리 하나 바꾸지 않는다. 왜냐하면 그건 그녀가 아니라 그녀 몸의 독립기관이 제멋대로 저지르는 일이기 때문이다. 그래서 거짓말을 했다는 이유로 그녀들의 아름다운 양심이 상처받거나, 그녀들의 평안한 잠이 방해받거나 하는 일은—특수한 예외를 별도로 친다면—일어나지 않는다.

그로서는 드물게 단호한 말투였기 때문에 그때 상황은 아직도 똑똑히 기억하고 있다. 나도 도카이 씨의 그 의견에는 기본적으로 찬성할 수밖에 없지만, 거기에 담긴 구체적인 뉘앙스는 얼마간 다를지도 모른다. 아마 그와 나는 각자 다른 등반 루트를 타고, 그다지 달갑지 않은 동일한 산꼭대기에 가닿았다는 얘기가 될 것이다.

그는 죽음을 목전에 두고 자신의 견해가 틀리지 않았다는 사실을 조금의 기쁨도 없이 확인했을 게 틀림없다. 말할 것도 없지만, 나는 도카이 의사를 매우 딱하게 생각한다. 그의 죽음을 진심으로 애도한다. 곡기를 끊고 굶주림에 허덕이며 죽어간다는 것은 상당한 각오가 따르는 일이었으리라. 육체적으로나 정신적으로나 그 고통은 짐작하고도 남음이 있다. 하지만 동시에, 자신의 존재가 한없이 제로에 가까워지기를 희구할 만큼 한 여자를 깊이—그녀가 어떤 여자였는가는 제쳐두고—사랑할 수 있었다는 것은 어떤 의미에서는 부럽게 느껴지기도 한다. 마음만 먹었다면 그는 이전처럼 기교적인 인생을 이어가다 세상을 떠날 수도 있었다. 동시에 몇 명의 여자들을 부담 없이 만나고, 향기 그윽한 피노 누아 잔을 기울이고, 거실의 그랜드피아노로 〈My Way〉를 연주하고, 도시 한 귀퉁이에서 달콤한 정사를 즐기며 살 수도 있었다. 그런데도 그는 음식을 넘기지도 못할 만큼 통절한 사랑에 빠져 완전히 새로운 세계에 발을 들이밀었고, 지금까지 본 적 없는 광경을 목도했고, 그 결과 스스로를 죽음으로 내몰았다. 고토 청년의 말을 빌리자면 무에 근접시킨 것이다. 어느 쪽의 인생이 그에게 진정한 행복이었는지, 혹은 진짜였는지 나는 판단할 수 없다. 그해 9월부터 11월에 걸쳐 도카이 의사가 더듬어간 운명은, 고토 청년에게 그랬던 것과 마찬가지로, 내게도 역시 알 수 없는 것투성이다.

나는 아직 스쿼시를 계속하고 있지만 도카이가 사망한 뒤 집을 이사하기도 해서 스포츠센터를 옮겼다. 새로 다니는 곳에서는 대부분 전속 파트너를 상대로 연습한다. 비용은 좀 들지만 그러는 게 어찌 보면 마음 편하다. 도카이 의사에게서 받은 라켓은 거의 쓰지 않는다. 나한테는 좀 가벼운 라켓이라는 이유도 있다. 그리고 그 가벼움이 손에 느껴지면 여윌 대로 여위어버린 그의 몸이 머릿속에 떠오르고 만다.

그녀의 마음이 움직이면 내 마음도 따라서 당겨집니다. 로프로 이어진 두 척의 보트처럼. 줄을 끊으려 해도 그걸 끊어낼 칼 같은 것은 어디에도 없어요.

그는 잘못된 보트에 이어졌던 거라고 우리는 뒤늦게 생각한다. 하지만 그렇게 간단히 단언할 수 있을까? 생각건대 그 여자가 (아마도) 독립적인 기관을 사용해 거짓말을 했던 것과 마찬가지로, 물론 의미는 얼마간 다르겠지만, 도카이 의사 또한 독립적인 기관을 사용해 사랑을 했던 것이다. 그것은 본인의 의지로는 어떻게도 할 수 없는 타율적인 작용이었다. 제삼자가 나중에야 뭘 좀 아는 척 왈가왈부하고 자못 서글프게 고개를 내젓는 것은 아주 쉬운 일이다. 하지만 우리 인생을 저 높은 곳으로 끌어올리고, 나락으로 떨어뜨리고, 마음을 뒤흔들고, 아름다운 환상을 보여주고, 때로는 죽음에까지 몰아붙이는 그런 기관의 개입이 없다면 우리 인생은 분명 몹시 통명스러운 것이 될 것이다. 혹은 단순한 기교의 나열로 끝나버릴 것이다.

스스로 선택한 죽음의 순간에 도카이가 무엇을 생각하고 무엇을 깨달았을지, 물론 알 도리는 없다. 하지만 그 깊은 고뇌와 고통 속에서도, 비록 일시적일지라도, 나에게 새 스쿼시 라켓을 전해달라는 말을 남길 만한 의식은 되찾았던 것 같다. 어쩌면 그는 거기에 어떤 메시지를 담았는지도 모른다. 자신이 무엇인지, 죽음을 앞둔 그에게는 그 답 비슷한 것이 조금은 보였는지도 모른다. 그리고 도카이 의사는 그것을 내게 전하고 싶었는지도 모른다. 그런 생각이 든다.

셰에라자드

하바라와 성교할 때마다 그녀는 흥미롭고 신기한 이야기를 하나씩 들려주었다. 『천일야화』의 왕비 셰에라자드처럼. 물론 그 이야기에서와는 달리 하바라는 날이 밝으면 그녀를 참수하겠다는 생각 같은 건 털끝만큼도 없다(애초에 그녀가 아침까지 그의 곁에 머물렀던 적도 없었다). 그녀는 그저 자기가 그러고 싶어서 하바라에게 이야기를 해주는 것이다. 늘 혼자서 집에 틀어박혀 있어야 하는 하바라를 위로해주려는 마음도 있었을 것이다. 하지만 그뿐 아니라, 혹은 그 이상으로 그녀는 침대에서—특히 성행위를 끝낸 뒤 둘만의 나른한 시간에—남자와 다정하게 이야기를 나누는 행위 자체를 좋아했던 거라고 하바라는 추측했다.

하바라는 그 여자에게 셰에라자드라고 이름을 붙였다. 그녀

앞에서는 그 이름을 꺼내지 않지만, 그녀가 찾아온 날이면 매일 쓰는 작은 일지에 '셰에라자드'라고 볼펜으로 메모해두었다. 그리고 그날 그녀가 해준 이야기 내용도 간단히—나중에 누가 보더라도 무슨 뜻인지 알 수 없을 정도로—기록해두었다.

그녀가 들려주는 이야기가 실제로 있었던 일인지, 완전한 창작인지, 아니면 부분적으로는 사실이고 부분적으로는 지어낸 이야기인지 하바라는 알지 못한다. 그 차이를 분간하기는 불가능했다. 거기에는 현실과 추측, 관찰과 몽상이 구분하기 어렵게 뒤섞여 있는 것 같았다. 그래서 하바라는 그 진위에 일일이 신경쓰지 않고 그저 무심히 그녀의 이야기에 귀기울이기로 했다. 사실이든 허구든, 혹은 그것들이 복잡하게 어우러진 얼룩 같은 것이든 그 차이가 지금 내게 무슨 의미가 있겠는가.

어쨌거나 셰에라자드는 상대의 마음을 끌어들이는 화술에 능했다. 어떤 종류의 이야기라도 그녀의 입을 통하면 특별해졌다. 말투도 그렇고 은근히 뜸을 들이며 이야기를 풀어나가는 방식까지 모든 것이 완벽했다. 그녀는 듣는 사람의 흥미를 자아내고, 심술궂게 애태우고, 고민하고 추측하게 만든 뒤에야 상대가 원하는 것을 적확하게 내주었다. 그 얄미울 정도의 기교는 일시적이나마 듣는 사람이 주위 현실을 잊을 수 있게 해주었다. 찐득하게 남아 있는 불쾌한 기억의 조각들, 혹은 가능하면 잊어버리고 싶은 걱정거리를 젖은 걸레로 칠판을 닦아내듯이 깨끗하게 지워주었다. 그것만으로도 충분하지 않은가, 하바라는 생각했다. 아니, 그것이야말로 지금 하바라가 무엇보다 원하는 것이었다.

셰에라자드는 서른다섯, 하바라보다 네 살 많고 일단은 전업주부이고(간호사 자격증이 있어서 이따금 필요할 때 불려나가는 것 같았지만), 초등학교에 다니는 아이가 둘 있다. 남편은 평범한 회사에 다닌다. 집은 여기서 차로 이십여 분 거리다. 적어도 그것이 그녀가 하바라에게 알려준 자신에 대한 (거의) 모든 정보였다. 그것이 거짓 없는 사실인지 어떤지도 하바라가 확인해볼 방법은 없다. 그렇다고 의심할 이유도 딱히 찾을 수 없었다. 이름은 말해주지 않았다. 내 이름은 굳이 알 필요 없잖아? 하고 셰에라자드는 말했다. 분명 맞는 말이다. 그녀는 그에게 어디까지나 '셰에라자드'이고, 그것으로 당장은 불편할 일이 없었다. 여자도 하바라의 이름을—물론 알고는 있을 테지만—부른 적이 없다. 그것을 입에 올리는 것이 불길하고 부적절한 행위이기라도 한 것처럼 그녀는 신중하게 그의 이름을 우회했다.

셰에라자드의 얼굴은 아무리 좋게 봐줘도 『천일야화』에 나오는 미모의 왕비와 전혀 비슷한 구석이 없다. 그녀는 몸 여기저기에 (마치 틈새를 퍼티로 메우듯이) 군살이 붙기 시작한 지방도시의 주부로, 목하 중년의 영역으로 착실히 걸어가는 중이었다. 턱이 은근히 두툼해지고 눈 옆에는 주름이 져 있었다. 머리 모양과 옷차림과 화장은 아주 엉망은 아니지만 그리 감탄할 만한 것도 못 된다. 얼굴 생김 자체는 결코 나쁘지 않은데 포인트라 할 만한 부분이 없어서 희미한 인상밖에 주지 못했다. 길에서 스치더라도, 엘리베이터에 함께 타더라도 대부분의 사람들은 그녀에게 눈길을 주지 않을 것이다. 어쩌면 그녀도 십 년 전에는 발랄하고 예쁜 아가씨였을지 모른다. 몇몇 남자는 그녀를 뒤돌아보았을지도 모른다. 하지만 만일 그랬다 해도 그런 나날은 어느 시점엔가 이미 막을 내렸다. 그리고 현재로서는 그 막이 다시 오를 기미가 보이지 않았다.

셰에라자드는 일주일에 두 번꼴로 '하우스'에 왔다. 요일은 정해져 있지 않지만 주말에 오는 법은 없었다. 주말은 아마도 가족과 함께 보내야 해서일 것이다. 나타나기 한 시간 전에 반드시 전화를 했다. 그리고 근처 슈퍼마켓에서 식료품을 사서 차에 싣고 왔다. 파란색 마쓰다 소형차다. 오래된 모델로, 뒷범퍼가 눈에 띄게 움푹 우그러졌고 휠은 먼지가 끼어서 새카맣다. 그녀는 차를 '하우스' 주차장에 세우고 해치백을 열어 슈퍼마켓 봉투를 꺼낸 뒤 양손으로 안고서 초인종을 눌렀다. 하바라는 현관문의 방범렌즈로 누구인지 확인한 뒤 자물쇠를 돌리고 체인을 풀어 문을 열었다. 그녀는 곧장 주방으로 들어가 가져온 식료품을 분류

해 냉장고에 넣었다. 그리고 다음에 올 때 장을 봐올 목록을 정리했다. 유능한 주부인 듯 그 과정 내내 무척 능숙했고 불필요한 동작이 없었다. 일을 끝낼 때까지는 거의 말도 하지 않고 시종 진지한 얼굴이었다.

그녀가 작업을 마치면 누가 먼저랄 것도 없이, 마치 눈에 보이지 않는 해류에 실려가듯 두 사람은 자연스레 침실로 이동했다. 셰에라자드는 아무 말 없이 빠르게 옷을 벗고 하바라와 함께 침대에 올랐다. 두 사람은 거의 말하는 법 없이 서로를 안고, 마치 주어진 과제를 협력하여 해치우듯이 일련의 절차를 밟으며 섹스를 했다. 생리중이면 그녀가 손을 써서 목적을 달성했다. 그 능숙하고도 조금은 사무적인 손놀림은 그녀가 간호사 자격증을 갖고 있다는 사실을 떠올리게 했다.

섹스가 끝나면 두 사람은 침대에 누워 이야기를 했다. 하지만 말하는 건 주로 그녀였고, 하바라는 적당히 맞장구를 치고 어쩌다 짧은 질문을 할 뿐이었다. 그리고 시계가 네시 반을 가리키면 셰에라자드는 이야기 도중이라도 바로 끊고(왜 그런지 꼭 이야기가 한창 재밌어지는 참에 그 시간이 되곤 했다) 침대에서 내려와 바닥에 흩어진 옷을 주워 입고 돌아갈 채비를 했다. 저녁밥 준비를 해야 해, 그녀는 말했다.

하바라는 현관에서 그녀를 배웅한 뒤 문에 다시 체인을 걸고,

지저분한 파란색 소형차가 떠나는 것을 커튼 사이로 바라보았다. 여섯시가 되면 냉장고 안의 식재료로 간단한 음식을 만들어 혼자 먹었다. 한때 요리사로 일한 적이 있어서 식사 준비는 전혀 고생스럽지 않다. 밥 먹는 동안 페리에를 마시고(알코올은 일절 입에 대지 않는다), 그뒤에는 커피를 마시며 DVD로 영화를 보거나 책을 읽었다(읽는 데 되도록 오랜 시간이 걸리고 몇 번씩 되짚어 읽어야 하는 책을 좋아한다). 그밖에는 이렇다 할 소일거리가 없다. 이야기할 상대도 없다. 전화를 걸 상대도 없다. 컴퓨터가 없어서 인터넷에 접속할 수도 없다. 신문도 구독하지 않고 텔레비전도 보지 않는다(거기에는 그럴 만한 이유가 있다). 물론 밖에 나갈 수도 없다. 만일 어떤 사정이 생겨 셰에라자드가 더이상 이곳에 오지 못한다면, 그는 바깥세상과의 접점이 완전히 끊긴 채 말 그대로 육지의 외딴섬에 홀로 남겨질 것이다.

하지만 그런 가능성은 하바라를 그다지 불안하게 하지 않았다. 그건 내가 혼자 힘으로 반드시 처리해야 하는 상황이다. 어려운 상황이지만 어떻게든 뚫고 나갈 수 있어. 나는 외딴섬에 혼자 있는 게 아니야, 하바라는 생각했다. 그게 아니라 나 자신이 외딴섬이지. 그는 원래부터 혼자인 것에 익숙했다. 그의 신경은 혼자가 된다고 그리 쉽게 망가지지 않는다. 하바라의 마음을 어지럽히는 것은, 그렇게 되면 더이상 셰에라자드와 침대에서 이야기를 나눌 수 없다는 것이었다. 좀더 단적으로 말하자면, 그녀가 들려주는 이야기의 뒷부분을 들을 수 없다는 것이었다.

'하우스'에 들어와 얼마쯤 지난 뒤부터 하바라는 수염을 기르기 시작했다. 원래 수염이 짙은 편이다. 물론 인상을 바꾸려는 목적도 있었지만 단지 그것만은 아니었다. 수염을 기르기 시작한 주된 이유는 손이 영 심심했기 때문이다. 수염이 있으면 노상 턱이며 구레나룻이며 코밑을 만지작거리면서 그 감촉을 즐길 수 있다. 가위나 면도칼로 모양을 다듬으면서 시간을 때울 수도 있다. 여태까지 알지 못했지만, 수염만 길러도 의외로 심심함이 달래지는 것이다.

"나는 전생에 칠성장어였어." 언젠가 셰에라자드는 침대에서 말했다. 무척 자연스럽게, '북극점은 저기 북쪽 끝에 있다'고 알려주듯이 아무렇지 않게.

칠성장어가 어떻게 생긴 어떤 생물인지 하바라는 전혀 지식이 없었다. 그래서 그 말에 딱히 감상을 밝힐 수 없었다.

"칠성장어가 송어를 어떻게 먹는지 알아?" 그녀는 물었다.

아니, 모르겠는데, 하바라는 말했다. 칠성장어가 송어를 먹는다는 것부터가 처음 듣는 소리였다.

"칠성장어는 턱이 아예 없어. 그 점이 보통 장어와 크게 달라."

"보통 장어는 턱이 있나?"

"장어를 제대로 본 적이 없어?" 여자는 어이없다는 듯 말했다.

"가끔 먹긴 하지만, 웬만해서는 턱까지 볼 기회가 없지."

"다음에 어디 가면 잘 봐둬. 수족관 같은 데서. 보통 장어는 턱도 있고 이빨도 달려 있어. 그런데 칠성장어는 턱이 아예 없어. 대신 입이 빨판같이 생겼지. 그 빨판으로 강이나 호수 밑바닥 돌에 찰싹 달라붙어서, 물구나무를 선 채로 하늘하늘 흔들리는 거야. 꼭 수초처럼."

하바라는 물밑에서 수많은 칠성장어가 수초처럼 흔들리는 장면을 상상했다. 그것은 어딘지 현실과 동떨어진 풍경이었다. 그렇지만 현실이 왕왕 현실과 동떨어져 있다는 것을 하바라는 알았다.

"칠성장어는 실제로 수초 틈에 섞여서 살아. 그곳에 몰래 몸을 숨기고 있지. 그러다가 머리 위로 송어가 지나가면 스르륵 올라가서 송어 배에 달라붙어. 빨판으로 말이지. 그리고 거머리처럼 송어의 몸에 찰싹 붙어서 기생해. 빨판 안쪽에 돌기 달린 혀 같은 게 있는데, 그걸 줄칼처럼 쓱쓱 움직여서 물고기 몸에 구멍을 뚫고 조금씩 살을 파먹는 거야."

"가능하면 송어는 되고 싶지 않네." 하바라는 말했다.

"로마 시대에는 사방에 칠성장어 양식장이 있었대. 말 안 듣는 건방진 노예들이 산 채로 그곳에 내던져져서 칠성장어의 먹잇감이 되었다던데."

로마 시대의 노예도 되고 싶지 않다고 하바라는 생각했다. 물론 어느 시대의 노예도 되고 싶지 않지만.

"초등학생 때 수족관에서 처음 칠성장어를 보고 그 생태에 대한 설명을 읽었을 때, 내 전생이 이거였구나, 하고 퍼뜩 깨달았어." 셰에라자드는 말했다. "왜냐면 내게는 아주 또렷한 기억이 있거든. 물 밑바닥 돌에 달라붙어서 수초 틈에 섞여 하늘하늘 흔들리거나, 위를 지나가는 통통한 송어를 쳐다본 기억이."

"송어를 뜯어먹은 기억은 없어?"

"그건 없어."

"다행이네." 하바라는 말했다. "칠성장어였던 시절의 기억은 그것뿐이야? 물밑에서 하늘하늘 흔들렸던 거?"

"전생이라는 건 죄다 술술 기억나는 게 아니지." 그녀는 말했다. "잘해야 어쩌다 아주 일부가 생각나. 어디까지나 돌발적으로, 작은 구멍으로 벽 너머를 엿보는 것처럼. 거기 펼쳐진 광경의 작은 한 귀퉁이밖에 볼 수 없어. 당신은 전생에 대해 뭐 생각나는 거 없어?"

"아무것도 생각 안 나." 하바라는 말했다. 솔직히 전생에 대해 생각하고픈 마음도 없었다. 지금 이곳의 현실만으로도 버겁다.

"호수 밑바닥에 있는 건 그리 나쁘지 않았어. 빨판으로 돌을 물고 물구나무를 서서 저 위로 지나가는 물고기들을 바라보는 거야. 엄청 큰 자라도 본 적 있어. 밑에서 올려다보니까 꼭 〈스타워즈〉에 나오는 악당들의 우주선처럼 칙칙하고 거대했어. 커다란 흰 새들이 길고 날카로운 부리로 암살자처럼 물고기들을 습격했어. 물밑에서 보면 새들은 파란 하늘을 흘러가는 구름처럼 보이거든. 우리는 물속 깊이 수초 사이에 숨어 있었으니까 새들로부터는 안전했지만."

"당신한테는 그런 풍경이 보이는구나."

"무척 생생하게." 셰에라자드는 말했다. "그곳에 있던 빛, 흐르는 물의 감촉, 그때 내가 하던 생각까지 떠올라. 이따금 그 풍경 속으로 들어갈 수도 있어."

"생각?"

"응."

"당신은 그곳에서 무언가를 생각하고 있었구나."

"물론이지."

"칠성장어는 무슨 생각을 할까?"

"칠성장어는 **매우** **칠성장어다운** **생각**을 해. 칠성장어다운 주제를 칠성장어다운 문맥으로. 하지만 그걸 우리가 쓰는 언어로 바꿔놓을 수는 없어. 그건 물속에 있는 것들을 위한 생각이니까.

우리가 태내에 태아로 있었을 때와 똑같아. 그곳에 생각이 있다는 건 알지만 그 생각을 여기 지상의 말로 표현할 수는 없지. 그렇잖아?"

"혹시 당신은 태내에 있었던 때도 기억이 나?" 하바라는 놀라서 말했다.

"물론이지." 셰에라자드는 아무렇지도 않게 말했다. 그리고 그의 가슴 위에서 살짝 고개를 갸웃했다. "당신은 기억 안 나?"

기억나지 않는다고 하바라는 말했다.

"그럼 언제 한번 얘기해줄게. 내가 태아였던 때 이야기."

하바라는 그날 일지에 '셰에라자드, 칠성장어, 전생'이라고 기록했다. 만일 다른 누가 보게 되더라도 무슨 얘기인지 전혀 알 수 없을 것이다.

하바라가 셰에라자드를 처음 만난 것은 넉 달 전이다. 하바라가 기타칸토의 소도시에 있는 '하우스'에 보내지자, 근처에 살던 그녀가 '연락책'으로 하바라를 돌봐주게 되었다. 그녀의 역할은 외부에 나갈 수 없는 하바라 대신 식료품이나 여러 잡화를 구입해 '하우스'로 가져다주는 일이었다. 그가 읽고 싶은 책이나 잡지, 듣고 싶은 CD 등을 말하면 사다주기도 했다. 영화 DVD를 적당히 골라서 사오는 일도 있었다(선택 기준은 하바라가 조금 이해하기 힘들었지만).

셰에라자드는 하바라가 그곳에 온 다음주부터 당연한 일이라는 듯이 그를 침대로 이끌었다. 피임구도 미리 준비되어 있었다. 그런 것도 어쩌면 그녀가 지시받은 '지원활동' 중 하나인지도 모른다. 어쨌든 그것은 일련의 흐름 속에서 매끄럽게, 일말의 주저나 망설임 없이 상대방이 제안한 일이었고, 그도 그 수순에 굳이 저항하지 않았다. 이끄는 대로 침대에 올라 상황도 미처 파악하지 못한 채 셰에라자드의 몸을 안았다.

그녀와의 섹스는 열정적이라고 할 정도는 아니었지만 그렇다고 시종 실무적인 것도 아니었다. 설령 그것이 지시에 따른(혹은 강한 암시를 받은) 임무로 시작한 일이었다 해도 그녀는 어느 시점부터 그 행위에서—아마 부분적일지라도—나름의 기쁨을 찾아낸 것 같았다. 하바라는 그녀의 육체가 내보이는 반응의 미묘한 변화를 통해 그것을 감지했고, 그 점을 적잖이 흐뭇하게 생각했다. 어쨌거나 그는 우리에 갇혀 날뛰는 동물이 아니라 미묘한 감정을 지닌 한 인간이니까. 성욕 처리만을 목적으로 한 성행위는 어느 정도 필요하다고는 해도 그다지 유쾌한 일이 못 된다. 그렇지만 셰에라자드가 그와의 성행위의 어느 부분까지를 자신의 직무로 간주하고, 어디서부터를 개인적인 영역에 속하는 행동으로 보고 있는지, 하바라는 그 경계를 파악할 수 없었다.

섹스에 대해서만이 아니다. 그녀가 하바라에게 베푸는 모든 일상적 행위의 어디까지가 정해진 직무이고 어디서부터가 개인적인 호의에서 나온 것인지(애당초 그것을 호의라고 할 수 있을지 어떨지), 하바라는 판단할 수 없었다. 셰에라자드는 여러 면에서 감정과 의도를 읽어내기 어려운 여자였다. 이를테면 그녀는 대체로 항상 심플한 소재의 수수한 속옷을 입었다. 평범한 삼십대 주부가 일상적으로 입을 만한—그전까지 삼십대 주부와 교제한 경험이 없는 하바라로서는 어디까지나 추측하는 수밖에 없지만—종류의 것이다. 어느 대형마트의 세일 때 샀을 법한. 하지만 어떤 날에는 아주 섬세한 디자인의, 남자를 유혹할 만한 속옷을 입고 오기도 했다. 어디서 샀는지 몰라도 한눈에 봐도 무척 고급품 같았다. 질 좋은 비단에 정교한 레이스, 짙은 색조를 띤 델리킷한 물건이었다. 그런 극단적인 격차가 대체 어떤 목적이나 사정에서 나오는 것인지 하바라는 전혀 이해되지 않았다.

또하나 그를 어지럽히는 것은 셰에라자드와의 성행위와 그녀가 하는 이야기가 밀접하게 이어져 쌍을 이루고 있다는 사실이었다. 어느 한쪽만 뽑아내기란 불가능했다. 딱히 마음이 끌리지도 않는 상대와의 그다지 열정적이라고 할 수 없는 육체관계에 자신이 이런 식으로 깊숙이 연결되어 있는—혹은 단단히 봉합되어 있는—것은 하바라가 일찍이 겪어보지 못한 상황이었고,

그것은 그에게 가벼운 혼란을 몰고 왔다.

"십대 때 얘기인데." 어느 날 셰에라자드는 침대에서 고백하듯이 말했다. "나, 가끔 빈집털이를 하러 갔었어."

하바라는—그녀의 이야기를 들을 때면 대부분 그렇듯이—선뜻 적절한 감상을 말할 수 없었다.

"당신은 남의 빈집에 몰래 들어가본 적 있어?"

"없는 것 같은데." 하바라는 메마른 목소리로 말했다.

"그거, 한번 시작하면 상당히 중독되는 것 같아."

"하지만 범법행위잖아."

"맞아. 들키면 경찰에 잡혀가지. 가택침입 플러스 절도(혹은 절도미수)는 상당히 무거운 죄야. 그런데 안 된다는 걸 알면서도 고질병처럼 돼버려."

하바라는 말없이 그다음 이야기를 기다렸다.

"다른 사람의 빈집이 지닌 가장 멋진 점은 뭐니뭐니해도 조용하다는 거야. 이유는 모르겠지만 정말 쥐죽은듯이 고요해. 여기는 세상에서 가장 조용한 장소인지도 모른다, 그런 생각이 들었어. 그 고요 속에서 혼자 가만히 바닥에 앉아 있으니 저절로 내가 칠성장어였던 시절로 돌아갈 수 있었어." 셰에라자드는 말했다. "정말 멋진 기분이었어. 내 전생이 칠성장어라는 얘기는 지난번에 했었지, 아마?"

"했어."

"그거랑 똑같아. 나는 물 밑바닥 돌에 빨판을 대고 찰싹 달라붙어서 꽁무니를 위로 한 채 하늘하늘 흔들리고 있어. 내 주위의 수초들처럼. 주위는 조용하니 아무 소리도 들리지 않아. 아니면 나한테는 아예 귀가 없는지도 모르겠어. 맑은 날이면 빛이 수면에서 화살처럼 곧장 꽂혀들어와. 그 빛은 이따금 프리즘을 통과한 것처럼 반짝반짝 갈라져. 온갖 색깔과 모양의 물고기들이 머리 위를 유유히 지나가지. 그리고 나는 아무 생각도 하지 않아. 아니, 칠성장어다운 생각만 하고 있지. 그 생각은 흐릿하긴 하지만 동시에 무척 청결해. 투명하진 않지만 불순물이 하나도 섞여 있지 않아. 나는 나이면서 내가 아니야. 그런 느낌 속에 잠겨 있는 건 무척 멋진 일이야."

셰에라자드가 처음 남의 집에 침입한 것은 고등학교 2학년 때였다. 그 지역 공립학교를 다니던 그녀는 같은 반 남학생을 좋아하고 있었다. 축구선수에 키가 크고 성적도 우수했다. 딱히 잘생긴 편은 아니지만 깔끔하고 인상이 무척 좋았다. 하지만 여고생의 사랑이 대부분 그렇듯이 그건 응답받지 못하는 사랑이었다. 그 남학생은 아무래도 같은 반 다른 여학생에게 호감을 품은 것 같았고 셰에라자드에게는 눈길도 주지 않았다. 말을 걸어준 적도 없고, 어쩌면 그녀가 같은 교실에 있다는 사실조차 알지 못했을지 모른다. 하지만 그녀는 도저히 그 남학생을 포기할 수 없었다. 그를 보고 있으면 숨쉬기가 힘들어지고 이따금 거의 토할 뻔하기도 했다. 뭐라도 하지 않으면 머리가 이상해질 것 같았다. 하지만 그에게 사랑을 고백한다는 건 말도 안 되는 일이었다. 그래봤자 잘될 리 없었다.

어느 날 셰에라자드는 무단으로 학교를 빠지고 그 남학생 집으로 갔다. 셰에라자드의 집에서 걸어서 십오 분 정도 거리였다. 그에게는 아버지가 없다. 시멘트 회사에 다니던 아버지는 몇 년 전 고속도로에서 교통사고로 사망했다. 어머니는 이웃 도시 공립중학교의 국어 선생님이고, 여동생은 중학생이다. 그러니 낮 동안 집에는 아무도 없을 터였다. 그녀는 그런 집안 사정을 미리 조사해 알고 있었다.

현관문은 물론 잠겨 있었다. 셰에라자드는 시험 삼아 현관 매트 밑을 뒤져보았다. 열쇠는 그곳에 있었다. 평화로운 지방도시 주택가에는 범죄 같은 게 거의 없다. 그래서 사람들은 문단속에 크게 신경쓰지 않는다. 열쇠를 깜빡 잊고 나간 가족을 위해 현관 매트나 근처 화분 아래 열쇠를 감춰두는 일이 많다.

혹시나 해서 벨을 누르고 잠시 기다렸다가 응답이 없는 것을 확인하고, 또한 근처에 보는 눈이 없는지도 확인하고, 셰에라자드는 열쇠로 문을 따고 안으로 들어갔다. 그리고 안쪽에서 문을 잠갔다. 신발을 벗어 비닐봉투에 담아 등에 멘 배낭에 넣었다. 그러고는 발소리를 죽여 2층으로 올라갔다.

생각했던 대로 그의 방은 2층이었다. 작은 나무침대가 흐트러짐 없이 정돈되어 있었다. 책이 가득한 책장이 있고, 옷장과 책상이 있었다. 책꽂이 위에 미니 오디오와 CD 몇 장이 놓여 있다. 벽에 바르셀로나 축구팀 달력과 팀 페넌트가 걸려 있는 걸 빼면 장식이라 할 만한 건 하나도 없었다. 사진도 그림도 걸려 있지 않다. 단지 크림색 벽뿐이다. 창에는 흰색 커튼을 달았다. 방 안은 깨끗이 정리되어 있었다. 꺼내놓은 책도 없고 벗어던진 옷도 없다. 책상 위의 문구류도 모두 제자리에 놓여 있다. 방 주인의 꼼꼼한 성격을 드러내는 것인지도 모른다. 아니면 어머니가 날마다 열심히 치워주는지도. 양쪽 다일지도 모른다. 그 사실은 셰에라자드를 긴장시켰다. 만약 그 방이 칠칠치 못하게 어질러져 있었다면, 그녀가 조금 흐트러뜨린다 해도 알아차리는 사람은 아무도 없을 것이다. 그랬다면 좋았을 텐데, 셰에라자드는 생각했다. 여기선 무척 조심해야 한다. 하지만 동시에 그 방이 청결하고 간소하고 흐트러짐 없이 정돈되어 있다는 사실이 적잖이 기쁘기도 했다. 정말이지 그답다.

셰에라자드는 잠시 책상 의자에 가만히 앉아 있었다. 그는 매일 이 의자에 앉아 공부하는 것이다. 그렇게 생각하니 심장이 두근거렸다. 그녀는 책상 위의 문구를 하나씩 집어들고 손으로 쓰다듬고 냄새를 맡고 입을 맞췄다. 연필이며 가위, 자, 스테이플러, 탁상 달력, 그런 모든 것에. 평소에는 별스러울 것도 없는 물건들이 그의 소지품이라는 사실만으로 왠지 빛나 보였다.

그러고는 책상 서랍을 하나하나 열고 안에 든 것을 자세히 살펴보았다. 맨 위 서랍에는 자잘한 문구류와 기념품 비슷한 것이 칸막이 안에 담겨 있었다. 두번째 서랍에는 주로 지금 쓰는 각 과목의 노트가, 세번째 서랍(가장 깊은 서랍이다)에는 갖가지 서류와 오래된 노트, 시험지가 들어 있었다. 대개 학교 공부에 관련된 것이거나 축구부 활동 자료였다. 중요한 건 아무것도 없다. 기대했던 일기장이나 편지 같은 건 눈에 띄지 않았다. 사진 한 장 없다. 셰에라자드는 그 사실이 약간 부자연스럽게 느껴졌다. 이 사람은 학교 공부와 축구 말고는 개인적인 생활이 전혀 없는 걸까? 아니면 그런 건 남의 눈에 쉽게 띄지 않을 다른 데다 잘 간수해둔 걸까?

그래도 그의 책상 앞에 앉아 노트에 적힌 그의 글씨를 눈으로 따라가는 것만으로 셰에라자드는 가슴이 벅차올랐다. 이러다간 정신이 이상해져버릴지도 모른다. 그녀는 흥분을 가라앉히려고 의자에서 일어나 바닥에 주저앉았다. 그리고 천장을 올려다보았다. 주위는 변함없이 고요했다. 소리 하나 없다. 그렇게 그녀는 물밑의 칠성장어와 스스로를 동화시켰다.

"그냥 그의 방에 들어가 이것저것 만져보고, 그다음은 가만히 앉아 있고, 그게 다야?" 하바라는 물었다.

"아니, 그게 다는 아니야." 셰에라자드는 말했다. "나는 그의 물건을 뭔가 하나 갖고 싶었어. 그가 일상적으로 사용하거나 몸에 지니는 것을 집에 가져가고 싶었지. 하지만 중요한 것이어서는 안 돼. 그랬다간 없어졌다는 걸 금세 눈치챌 테니까. 그래서 그의 연필을 딱 한 자루만 훔치기로 했어."

"연필 한 자루?"

"응. 쓰던 연필. 하지만 그냥 훔치기만 해서는 안 된다고 생각했어. 그러면 단순한 빈집털이범일 뿐이잖아. 그게 나라는 것의 의미가 없어져버려. 나는 말하자면 '사랑의 도둑'이니까."

사랑의 도둑, 하바라는 생각했다. 마치 무성영화 제목 같다.

"그래서 다른 뭔가를 그곳에 표시 삼아 남겨두기로 했어. 내가 그곳에 존재했다는 증거로. 이것이 단순한 절도가 아니라 교환이라는 의사 표시로. 하지만 뭘 두고 갈지 적당한 물건이 생각나지 않는 거야. 배낭이며 옷 호주머니 안을 뒤져봤지만 표시가 될 만한 건 아무것도 없었어. 미리 뭔가 준비해갔더라면 좋았을 테지만 미처 그런 생각까지는 못 했으니까…… 하는 수 없이 탐폰을 하나 놓고 가기로 했어. 물론 아직 뜯지 않은 새것으로. 마침 생리를 앞둔 때라 갖고 다니던 게 있었거든. 그걸 책상 맨 아래 서랍 가장 안쪽에, 찾아내기 힘든 곳에 두고 가기로 했어. 그게 나를 엄청 흥분시켰어. 그의 서랍 깊숙이 아무도 모르게 내 탐폰이 들어 있다는 게 말이야. 아마 너무 흥분한 탓인지도 모르겠는데, 그러고는 곧바로 생리가 시작됐어."

연필과 탐폰, 하바라는 생각했다. 일지에 그렇게 적어둬야 할지도 모르겠다. '사랑의 도둑, 연필과 탐폰.' 무슨 얘기인지 분명 아무도 알지 못할 것이다.

"그때 그의 집에 머문 건 기껏해야 십오 분 정도였을 거야. 남의 집에 멋대로 불쑥 들어간 게 태어나서 처음이었고, 그 집 가족 중 누군가가 갑자기 돌아오지나 않을까 내내 가슴이 조마조마해서 그리 오래 있을 수는 없었어. 나는 주위를 살피고 살짝 그 집을 나와 문을 다시 잠그고 열쇠를 현관 매트 밑에 돌려놓았어. 그리고 학교에 갔어. 그가 쓰던 연필을 소중히 품고서."

셰에라자드는 그대로 한동안 입을 다물고 있었다. 시간을 거슬러올라 그때 그곳에 있었던 여러 가지를 하나하나 눈으로 확인하는 것 같았다.

"그뒤로 일주일쯤, 나는 전에 없이 흡족한 기분으로 하루하루를 보냈어." 셰에라자드는 말했다. "그의 연필로 노트에 한없이 글씨를 썼어. 냄새를 맡고 키스하고 뺨에 대고 손가락으로 만지작거리기도 했지. 이따금 혀로 감고 빨아보기도 했어. 쓰다보니 연필이 점점 짧아지는 게 마음 아팠지만 멈출 수 없었어. 짧아져서 못 쓰게 되면 다른 걸 또 가지러 가면 된다. 나는 그렇게 생각했어. 그의 책상 연필꽂이에는 쓰던 연필이 아직 많았어. 그리고 그는 한 자루가 줄었다는 것도 몰라. 책상 서랍에 내 탐폰이 들어 있다는 것도 아마 모를 거야. 그런 생각을 하면 나는 엄청나게 흥분되었어. 허리가 근질거리는 이상한 감각이 느껴졌어. 그걸 억누르려고 책상 아래에서 무릎을 맞비벼야 했지. 비록 현실에서는 그가 내게 눈길조차 주지 않더라도, 내 존재 따위 거의 알지 못할지라도 전혀 상관없다고 생각했어. 나는 그가 모르는 사이에 그의 일부를 몰래 손에 넣었으니까."

"어째 주술적인 의식 같네." 하바라는 말했다.

"그래, 어떤 의미에서 그건 주술적인 행위였는지도 몰라. 나중에 우연히 그런 쪽의 책을 읽다보니 은근히 겹쳐지는 부분이 있었으니까. 하지만 그때는 아직 고등학생이었고, 그렇게까지 깊게 생각하진 못했어. 나는 그저 내 욕망에 떠밀렸던 것뿐이야. 이건 내 무덤을 파는 짓이다. 빈집에 들어가는 현장을 들키기라도 하면 학교도 퇴학당할 테고, 소문이 퍼지면 이 동네에 살기조차 힘들어질 것이다. 그렇게 스스로를 몇 번이고 타일렀지. 하지만 소용없었어. 아마 머리가 제대로 돌아가지 않는 상태였던 것 같아."

그녀는 열흘 뒤에 다시 학교를 빠지고 그의 집으로 갔다. 오전 열한시. 지난번과 마찬가지로 현관 매트 아래에서 열쇠를 꺼내 안으로 들어갔다. 그리고 2층으로 올라갔다. 그의 방은 역시 흐트러진 곳이 없고 침대도 깔끔하게 정리되어 있었다. 셰에라자드는 우선 그가 쓰던 긴 연필을 한 자루 골라 자기 필통에 소중히 챙겨넣었다. 그러고는 쭈뼛쭈뼛 그의 침대에 누워보았다. 치맛자락을 단정히 하고 양손을 나란히 가슴에 얹고 천장을 올려다보았다. 매일 밤 이 침대에서 그가 자는 것이다. 그렇게 생각하자 심장박동이 급격히 빨라지고 숨이 잘 쉬어지지 않았다. 공기가 폐 안으로 제대로 들어가지 않았다. 목이 바짝 타서 숨을 쉴 때마다 아팠다.

셰에라자드는 그만 침대에서 일어나 침대커버를 당겨 주름진 곳을 펴고, 지난번과 마찬가지로 다시 바닥에 앉았다. 그리고 천장을 올려다보았다. 침대에 눕는 건 아직 이르다, 그녀는 스스로에게 되뇌었다. 그건 내게 자극이 너무 강하다.

셰에라자드는 이번에는 삼십 분쯤 그 방에 머물렀다. 그의 노트를 서랍에서 꺼내 한차례 읽어보았다. 그가 쓴 독서감상문도 보았다. 나쓰메 소세키의 『마음』. 여름방학 과제 도서였다. 원고지에는 모범생답게 또박또박 정성스러운 글씨가 적혀 있었고, 얼핏 보기에도 오탈자는 눈에 띄지 않았다. 평가는 '수'였다. 당연하다. 이렇게 멋진 글씨로 독서감상문을 써냈다면 어떤 선생님이든, 설령 내용을 전혀 읽지 않더라도 두말없이 수를 주고 싶을 것이다.

그러고서 셰에라자드는 옷장 서랍을 열고 안에 든 것을 차례대로 살펴보았다. 그의 속옷과 양말. 셔츠, 바지. 축구용 운동복. 모두 정성껏 개켜져 있었다. 얼룩이 남았거나 해진 옷은 하나도 없었다.

모두 청결하게 관리되고 있다. 그가 개켰을까. 아니면 어머니가 해줬을까. 아마 어머니겠지. 그녀는 매일 그를 위해 그런 일을 할 수 있는 어머니에게 강한 질투를 느꼈다.

셰에라자드는 서랍에 코를 박고 옷 하나하나 냄새를 맡았다. 깨끗이 빨아 햇볕에 잘 말린 냄새가 났다. 무늬 없는 회색 티셔츠 한 장을 서랍에서 꺼내 펼쳐놓고 얼굴을 대보았다. 겨드랑이에 그의 땀냄새가 남아 있지 않을까 기대하면서. 하지만 그런 냄새는 없었다. 그래도 그녀는 오랫동안 셔츠에 얼굴을 묻고 코로

숨을 들이쉬었다. 그녀는 그 셔츠를 갖고 싶었다. 하지만 그건 너무 위험한 일이다. 모든 옷이 이토록 꼼꼼히 정리되어 관리되고 있지 않은가. 그는(혹은 그의 어머니는) 서랍 안의 셔츠 수를 구체적으로 기억하고 있는지도 모른다. 그중 한 장이 없어진다면 꽤나 큰 소동이 일어나리라.

셰에라자드는 결국 그 셔츠를 가져가는 건 포기했다. 원래대로 잘 개켜서 서랍에 넣었다. 신중하게 행동해야 한다. 위험을 무릅쓸 수는 없다. 이번에는 연필 말고도 서랍 안쪽에서 찾아낸, 축구공 모양의 작은 배지를 가져가기로 했다. 초등학교 시절 활동한 소년 축구팀의 배지인 듯했다. 오래되기도 했고 딱히 소중한 것처럼 보이지도 않는다. 없어지더라도 그는 아마 알아차리지 못할 것이다. 혹은 알아차리기까지 제법 시간이 걸릴 것이다. 그 참에 지난번에 감춰둔 탐폰이 맨 아래 서랍 안쪽에 그대로 있는지 확인해보았다. 그것은 아직 그곳에 있었다.

만일 어머니가 그의 서랍 안쪽에 감춰진 탐폰을 발견한다면 어떻게 될지 셰에라자드는 상상해보았다. 어머니는 그걸 보고 무슨 생각을 할까. 아들한테 직접 캐물을까. 왜 네가 생리용품 같은 걸 갖고 있니, 이유를 말해봐, 라고. 아니면 그냥 자기 가슴속에 담아두고 이래저래 암울한 추측을 펼치기만 할까. 그런 경우에 어머니들이 대개 어떻게 나오는지 셰에라자드는 짐작도 가지 않았다. 하지만 어쨌든 탐폰은 그대로 놔두기로 했다. 뭐니뭐니해도 그것은 그녀가 남겨놓은 첫번째 표시니까.

두번째 표시로 셰에라자드는 자기 머리카락 세 올을 두고 가기로 했다. 그녀는 전날 밤 머리카락 세 올을 뽑아 비닐 랩에 싼 뒤 작은 봉투에 넣어 봉해놓았다. 그 봉투를 배낭에서 꺼내 서랍에 든 오래된 수학 노트 사이에 끼웠다. 그리 길지도 짧지도 않은, 쭉 곧은 검은 머리다. DNA 검사라도 하지 않고는 누구 것인지 알 도리가 없다. 하지만 젊은 여자의 머리카락이라는 건 한눈에 알 수 있다.

그녀는 그 집을 나와 곧장 학교로 가서 오후 수업에 출석했다. 그리고 다시 흡족한 기분으로 열흘쯤을 보냈다. 그의 좀더 많은 부분이 자기 것이 된 것만 같았다. 하지만 물론 거기서 이야기가 별 탈 없이 끝나는 건 아니다. 셰에라자드도 지적했듯이, 남의 집에 몰래 들어가는 일에는 중독성이 있는 것이다.

거기까지 이야기하고 셰에라자드는 베갯머리의 시계를 보았다. 그리고 혼잣말처럼 말했다. "자, 이제 슬슬 가봐야지." 그녀는 혼자서 침대를 내려가 옷을 입기 시작했다. 시계의 숫자는 네시 삼십이분을 알리고 있었다. 그녀는 별다른 장식 없이 실용적인 흰색 속옷을 입고, 브래지어 호크를 등뒤로 잠그고, 재빨리 데님

바지를 꿰어입고, 나이키 마크가 찍힌 남색 운동복 셔츠를 머리부터 넣어 입었다. 세면대에서 비누로 꼼꼼히 손을 씻고 브러시로 머리를 간단히 빗은 뒤, 파란색 마쓰다 차를 몰고 떠나갔다.

혼자 남은 하바라는 딱히 할 일도 생각나지 않아 소가 되새김질을 하듯 그녀가 침대에서 들려준 이야기를 하나하나 머릿속으로 곱씹었다. 그 이야기가 앞으로 어떤 방향으로 흘러갈지—그녀의 이야기가 대부분 그렇듯이—전혀 짐작이 가지 않았다. 애당초 셰에라자드가 고등학교 2학년 때 어떤 모습이었을지도 상상하기 어려웠다. 그 무렵 그녀의 몸매는 아직 늘씬했을까. 교복을 입고 흰 양말을 신고 머리를 땋고 다녔을까.

아직 식욕이 나지 않아 식사 준비를 하기 전에 읽던 책을 마저 읽으려 했는데 아무래도 독서에 집중이 되지 않았다. 셰에라자드가 그 2층집에 몰래 숨어드는 광경이, 혹은 그녀가 같은 반 남학생의 셔츠에 얼굴을 묻고 킁킁 냄새를 맡는 광경이 자꾸만 머릿속에 어지러이 떠올랐다. 하바라는 어서 빨리 그다음 이야기를 듣고 싶었다.

셰에라자드가 '하우스'에 온 것은 주말을 끼고 사흘이 지난 뒤였다. 그녀는 여느 때처럼 큼직한 종이봉투 가득 사들고 온 식료품을 정리하고, 유효기간을 살펴보며 냉장고 안의 것들과 순서를 바꿔넣고, 남아 있는 통조림과 병조림 개수를 헤아리고, 조미료가 얼마나 줄었는지 체크해서 다음번에 장 볼 목록을 만들었다. 새로 사온 페리에는 시원하게 마실 수 있도록 냉장고에 넣었다. 그리고 새로 가져온 책과 DVD를 테이블에 쌓아놓았다.

"뭐 부족한 거나 필요한 건 없어?"

"딱히 생각나는 건 없어." 하바라는 대답했다.

그리고 두 사람은 여느 때처럼 침대로 가서 섹스를 했다. 그는 적정한 전희를 한 뒤 피임구를 끼고 그녀 안에 들어가(그녀는 의학적인 견지에서, 시작부터 끝까지 내내 피임구를 낄 것을 그에게 요구했다) 적정한 시간을 들인 후 사정했다. 그 행위는 의무적인 것은 아니지만 특별히 감정이 담긴 것도 아니었다. 그녀는 기본적으로 그 행위에 과도한 열정이 담기는 것을 경계하는 듯했다. 자동차학원 강사가 기본적으로 교육생의 운전에 과도한 열정을 기대하지 않는 것처럼.

하바라가 적정한 양의 정액을 피임구 안에 올바르게 배출한 것을 직업적인 눈으로 확인한 뒤, 셰에라자드는 이야기를 시작했다.

두번째 빈집털이를 다녀오고 다시 열흘쯤 그녀는 흡족한 기분으로 하루하루를 보냈다. 그녀는 축구공 배지를 자기 필통 안에 몰래 넣고 다녔다. 그리고 수업중에 이따금 그것을 손끝으로 더듬었다. 연필을 이로 살짝 깨물고 심을 핥았다. 그리고 그의 방을 생각했다. 그의 책상을 생각하고, 그가 자는 침대를 생각하고, 그의 옷이 든 옷장을 생각하고, 그의 수수한 흰색 트렁크스를 생각하고, 그의 책상 서랍에 감춰져 있는 자신의 탐폰과 머리카락 세 올을 생각했다.

그의 집에 몰래 들어간 뒤부터 학교 공부에 도통 집중할 수 없었다. 수업시간에는 멍하니 정처 없는 백일몽에 빠지거나 그의 연필이며 배지를 만지작거리는 데 정신을 팔거나 둘 중 하나였다. 집에 돌아가도 숙제를 할 마음이 전혀 나지 않았다. 셰에라자드는 원래 성적이 나쁘지 않았다. 상위권은 아니지만 착실히 공부하는 성격이라 매번 평균을 웃도는 성적을 냈다. 그래서 그녀가 수업중에 호명을 받고 거의 아무 대답도 하지 못하면 선생님들은 화를 내기에 앞서 의아한 표정을 보였다. 쉬는 시간에 교무실로 불러 "무슨 일 있었니? 뭐 걱정거리라도 있는 거야?" 하고 묻기도 했다. 하지만 그녀는 그 말에 뭐라고 대답할 수가 없었다. 요즘 컨디션이 좀 안 좋아서……라고 어물거리는 게 고작이었다. 실은 어떤 남학생을 좋아해서 간간이 그애 집에 대낮에 빈집털이를 갔고, 연필이며 배지를 훔쳐다 만지작거리는 데 온통 정신이 팔려 있어요, 그애 말고는 아무 생각도 안 나요, 라는 말은 물론 할 수 없다. 그것은 그녀 혼자 떠안을 수밖에 없는 무겁고 어두운 비밀인 것이다.

"나는 주기적으로 그의 집에 들어가지 않고는 견딜 수 없게 됐어." 셰에라자드는 말했다. "당신도 잘 알겠지만 그건 몹시 위험한 짓이야. 그런 외줄타기를 언제까지고 계속할 순 없지. 그건 나도 잘 알고 있었어. 언젠가는 누군가에게 들킬 것이고, 들키면 틀림없이 경찰에 끌려갈 거야. 그런 생각을 하면 너무도 불안했어. 하지만 일단 비탈을 굴러내려가기 시작한 차바퀴를 막을 수는 없었지. 두번째 '방문'으로부터 열흘 뒤, 내 발은 저절로 또다시 그의 집으로 향하고 있었어. 안 그러면 머리가 이상해져버릴 것 같았으니까. 지금 생각해보면 정말로 머리가 어떻게 됐던 것 같아."

"학교를 그렇게 자주 빠져도 별문제 없었어?" 하바라는 물었다.

"우리집은 장사를 해서 늘 바빴고 부모님도 나한테 별로 신경쓰지 않았어. 나는 그때까지 한 번도 문제를 일으킨 적이 없고 부모님 말을 대놓고 거스른 적도 없었으니까. 그래서 이 아이는 내버려둬도 괜찮을 거라고 생각했을 거야. 학교에 내는 서류도 어렵지 않게 위조할 수 있었어. 엄마 글씨체를 흉내내서 간단하게 결석 사유를 쓰고 서명하고 도장을 찍었어. 담임선생님에게는 몸이 좀 불편해서 이따금 병원에 가느라 반나절씩 빠져야 한다고 미리 말해놨고. 우리 반에 오랫동안 등교거부중인 아이가 몇 명 있어서 다들 그걸로 골머리를 앓고 있었으니까, 내가 어쩌다 반나절 늦게 나가도 아무도 신경쓰지 않았어."

셰에라자드는 그쯤에서 베갯머리의 디지털시계를 흘끗 쳐다보고는 다시 이야기를 계속했다.

"나는 다시 현관 매트 밑에서 열쇠를 꺼내 문을 열고 안으로 들어갔어. 항상 그랬듯이, 아니, 왠지 다른 때보다 집안이 더 고요했어. 주방 냉장고의 온도조절기가 켜졌다 꺼졌다 하는 소리가 거대한 동물의 한숨처럼 들려서 괜히 깜짝깜짝 놀랐어. 그리고 중간에 한 번 전화벨이 울렸어. 어찌나 요란하게 울려퍼지는지 심장이 멎어버릴 뻔했다니까. 온몸에 진땀이 났어. 하지만 물론 아무도 받지 않았고, 전화는 열 번쯤 울리다가 끊겼어. 전화벨 소리가 멈추자 침묵은 좀 전보다 훨씬 깊어졌어."

그날 셰에라자드는 그 남학생의 침대 위에 오랫동안 똑바로 누워 있었다. 이번에는 지난번만큼 가슴이 두근거리지 않았고 평소처럼 숨도 쉴 수 있었다. 조용히 잠든 그의 옆에서 잠을 자는 듯한 기분이었다. 살짝 손을 내밀면 그 늠름한 팔에 닿을 것 같았다. 하지만 물론 그는 곁에 없었다. 그녀는 백일몽의 구름에

휘감겨 있었을 뿐이다.

조금 지나자 셰에라자드는 못 견디게 그의 냄새가 맡고 싶어졌다. 침대에서 일어나 옷장 서랍을 열고 그의 셔츠를 살펴보았다. 셔츠는 전부 잘 세탁해 햇볕에 말린 뒤 롤케이크처럼 곱게 말아둔 상태였다. 얼룩과 함께 냄새도 지워졌다. 지난번과 마찬가지였다.

그때 퍼뜩 한 가지 생각이 떠올랐다. 이거면 가능할지도 모른다. 셰에라자드는 급히 아래층으로 내려갔다. 욕실 앞에서 빨래바구니를 발견하고 뚜껑을 열었다. 안에는 그와 어머니와 여동생 세 명의 옷가지가 들어 있었다. 아마 하루 치 빨랫감일 것이다. 셰에라자드는 그 안에서 남자 셔츠 한 장을 찾아냈다. BVD*의 흰색 라운드 티셔츠. 냄새를 맡아보았다. 틀림없는 젊은 남자의 땀냄새였다. 퀴퀴한 체취—그녀는 같은 반 남학생들 옆에서 비슷한 냄새를 맡은 적이 있었다. 딱히 기분이 좋아지는 냄새는 아니다. 하지만 그의 그것은 셰에라자드를 한없이 행복하게 만들어주었다. 겨드랑이 부분에 얼굴을 대고 냄새를 들이마시고 있으려니, 그가 자신을 품에 감싸고 양팔로 으스러지게 껴안아주는 것 같았다.

---

* 남성용 속옷 브랜드.

셰에라자드는 셔츠를 들고 2층에 올라가 다시 한번 그의 침대에 누웠다. 그리고 셔츠에 얼굴을 묻은 채 싫증낼 줄도 모르고 그 땀냄새를 맡았다. 그러는 사이 허리께에서 나른한 감각을 느꼈다. 유두가 딱딱해지는 감각도 들었다. 슬슬 생리가 시작되려는 걸까. 아니, 그건 아니다. 아직 시기가 이르다. 아마도 이건 성욕 때문일 거라고 그녀는 짐작했다. 그것을 어떻게 다루어야 하는지, 어떻게 처리해야 하는지 그녀는 알지 못했다. 아니, 알지 못한다기보다 적어도 **이곳**에서는 아무것도 할 수 없다. 다른 곳도 아닌 그의 방, 그의 침대 위에서는.

셰에라자드는 나중에 어떻게 되건 땀냄새 나는 그 셔츠를 가져가기로 했다. 그건 물론 위험한 일이었다. 어머니는 아마 아들의 셔츠 한 장이 사라졌다는 사실을 알아차릴 것이다. 누가 훔쳐갔다는 생각까지는 못 하더라도 어디 갔나 싶어 고개를 갸웃거릴 터였다. 이토록 집안을 깨끗이 청소하고 정리하는 것을 보면 어머니는 분명 청소와 정리 중독자 비슷한 사람일 것이다. 뭐 하나가 없어지면 그 행방을 찾아 온 집안을 헤집고 다닐 게 틀림없다. 엄격한 훈련을 받은 경찰견처럼. 그리고 귀한 아들의 방에 셰에라자드가 남겨놓은 몇 가지 흔적을 찾아낼 것이다. 하지만 그걸 알면서도 셰에라자드는 그 셔츠를 손에서 놓고 싶지 않았다. 그녀의 머리는 마음을 설득할 수 없었다.

대신 뭘 두고 가면 좋을까, 셰에라자드는 생각했다. 그리고 그녀는 자기 속옷을 놓고 가기로 했다. 비교적 새것에 극히 평범하고 심플한 팬티로, 바로 오늘 아침에 새로 갈아입은 것이다. 그걸 서랍 안쪽에 감춰두고 가자. 그녀가 생각하기에는 실로 타당한 교환물품 같았다. 하지만 막상 벗고 보니 가랑이 부분이 미지근하게 젖어 있었다. 성욕 때문이다, 그녀는 생각했다. 냄새를 맡아봤지만 냄새는 나지 않았다. 하지만 성욕으로 더럽혀버린 것을 그의 방에 남겨놓을 수는 없다. 그랬다간 스스로를 비하하는 꼴이 되고 만다. 그녀는 속옷을 도로 입고 뭔가 다른 것을 두고 가기로 했다. 자, 뭘 두고 가면 좋을까?

거기까지 이야기하고 셰에라자드는 입을 다물었다. 그대로 오랫동안 한마디도 하지 않았다. 눈을 감고 조용히 코로 숨을 쉬었다. 하바라도 마찬가지로 말없이 누운 채 그녀가 입을 열기를 기다렸다.

"하바라 씨." 이윽고 셰에라자드가 눈을 뜨고 말했다. 그녀가 하바라의 이름을 부른 것은 그때가 처음이었다.

하바라는 그녀의 얼굴을 보았다.

"하바라 씨, 다시 한번 나하고 자줄 수 있어?" 그녀가 말했다.

"할 수 있을 거야." 하바라는 말했다.

그리고 두 사람은 다시 한번 서로를 안았다. 셰에라자드의 몸은 조금 전과 크게 달랐다. 부드럽게 안쪽 깊숙이까지 젖어 있었다. 피부도 매끈하고 탄력이 있었다. 그녀는 지금 동급생의 빈집에 몰래 들어갔던 때의 체험을 선명하고도 리얼하게 회상하고 있는 거라고 하바라는 짐작했다. 아니, 이 여자는 실제로 시간을 거슬러올라 열일곱 살의 자신으로 돌아간 것이다. 전생으로 이동하는 것과 마찬가지로. 셰에라자드는 그럴 수 있다. 그 뛰어난 화술의 힘으로 스스로를 홀릴 줄 아는 것이다. 뛰어난 최면술사가 거울을 이용해 스스로에게 최면을 거는 것처럼.

그리고 두 사람은 지금껏 없었을 만큼 격렬하게 몸을 섞었다. 오랜 시간을 들여 열정적으로. 그리고 그녀는 마지막에 확실한 오르가슴을 맞았다. 몸이 몇 번이고 거칠게 경련했다. 그때의 셰에라자드는 얼굴까지 확 바뀌어버린 것 같았다. 셰에라자드가 열일곱 살 무렵에 어떤 소녀였는지, 좁은 틈새 너머의 풍경을 순간적으로 엿보듯이 하바라는 그 모습을 대략 머릿속에 떠올릴 수 있었다. 그가 지금 안고 있는 것은 어쩌다 서른다섯 살 평범한 주부의 몸에 갇힌, 고민거리를 지닌 열일곱 살 소녀였다. 하바라는 그걸 알 수 있었다. 그녀는 그 안에서 눈을 감고 몸을 가늘게 떨며 땀이 밴 남자 셔츠 냄새를 정신없이 맡고 있었다.

섹스 뒤에 셰에라자드는 더이상 이야기를 풀어놓지 않았다.

여느 때처럼 하바라의 피임구를 점검하지도 않았다. 두 사람은 말없이 그곳에 나란히 누워 있었다. 그녀는 눈을 크게 뜨고 천장을 똑바로 바라보았다. 칠성장어가 물밑에서 환한 수면을 응시하듯이. 내가 다른 세계, 혹은 다른 시간 속에 있고, 그리고 칠성장어였다면—하바라 노부유키라는 특정한 한 인간이 아니라 그냥 이름 없는 칠성장어였다면—얼마나 좋을까 하고 하바라는 생각했다. 셰에라자드와 하바라는 둘 다 칠성장어고, 이렇게 나란히 돌에 찰싹 달라붙어, 물결에 하늘하늘 흔들리면서 수면을 올려다보고, 살이 오른 송어가 자태를 뽐내며 지나가기를 기다리는 것이다.

"그래서 결국 그의 셔츠 대신 뭘 놓고 왔어?" 하바라가 침묵을 깨고 물었다.

그녀는 한참을 더 침묵에 잠겨 있었다. 그러고는 말했다.

"결국 아무것도 안 놓고 왔어. 그의 냄새가 밴 셔츠 대신 놓고 올 만한 것, 거기에 필적할 만한 것을 하나도 갖고 있지 않았으니까. 그래서 그냥 그 셔츠만 몰래 들고 왔어. 그렇게 나는 그때부터 순수한 빈집털이범이 됐어."

그로부터 십이 일 뒤 셰에라자드가 네번째로 그의 집에 갔을 때, 현관 자물쇠는 새것으로 바뀌어 있었다. 그것은 정오 가까운 시간의 태양빛을 받아 무척이나 견고하고 자랑스럽게 금빛으로 번쩍였다. 그리고 현관 매트 밑에는 열쇠가 숨겨져 있지 않았다. 빨래바구니에서 아들의 셔츠 한 장이 사라진 일이 아마도 어머니의 의심을 일깨웠던 것이리라. 그리고 어머니는 예리한 눈빛으로 여기저기 샅샅이 살펴본 끝에 집안에서 뭔가 기묘한 일이 일어났다는 것을 감지했을 것이다. 어쩌면 아무도 없는 사이 누군가가 집안에 들어왔을지도 모른다. 즉각 현관 자물쇠가 교체된다. 어머니가 내린 판단은 매우 적확했고, 그 행동은 지극히 신속했다.

자물쇠가 바뀐 것을 알고 셰에라자드는 물론 크게 낙담했지만 동시에 안도하기도 했다. 누군가가 등뒤로 돌아가 자기 어깨에서 무거운 짐을 내려준 것 같았다. 이제 더이상 그 집에 몰래 들어가지 않아도 된다고 그녀는 생각했다. 만일 자물쇠가 바뀌지 않았다면 분명 몇 번이고 더 그 집에 침입했을 것이고, 그녀의 행동은 회를 거듭할수록 과감해졌을 게 틀림없다. 그리고 늦건 빠르건 파국을 맞았을 터였다. 그녀가 2층에 있을 때 가족 중 누군가가 볼일이 생겨 갑자기 집에 돌아왔을지도 모른다. 그렇게 되면 도망칠 곳이 없다. 변명할 여지도 없다. 언젠가 분명 그런 일이 일어났을 것이다. 그런 파멸적인 사태를 무사히 피한 것이다. 매처럼 날카로운 눈을 가진 그의 어머니에게—아직 한 번도 만난 적은 없지만—감사해야 하는지도 모른다.

셰에라자드는 매일 밤 잠들기 전에 그의 집에서 가져온 티셔츠 냄새를 맡았다. 잘 때도 옆에 두고 잤다. 학교에 갈 때는 종이에 싸서 들키지 않을 만한 곳에 감춰두었다. 저녁을 먹고 자기 방에 들어오면 다시 꺼내 쓰다듬고 냄새를 맡았다. 시간이 지나면 냄새가 점점 옅어지다 끝내 사라지지 않을까 걱정했지만 그런 일은 없었다. 그의 땀냄새는 지워지지 않는 중요한 기억처럼 언제까지고 그곳에 배어 있었다.

이제 더이상 그의 집에 갈 수 없다(가지 않아도 된다)고 생각하자 셰에라자드의 머리는 조금씩이나마 원상태를 되찾아갔다. 의식이 서서히 정상적으로 작동했다. 교실에서 멍하니 백일몽에 빠져 있는 일도 줄어들고, 띄엄띄엄이긴 해도 선생님의 목소리가 제대로 귀에 들어왔다. 하지만 그녀는 수업시간 내내 선생님 목소리에 귀를 기울이기보다 그의 모습을 훔쳐보는 데 신경을 집중했다. 행동에 달라진 구석은 없는지, 뭔가 신경질적인 기색을 보이지는 않는지 한눈팔지 않고 지켜보았다. 하지만 그의 행동은 평소와 전혀 다름없어 보였다. 언제나처럼 큰 입을 벌려 태평하게 웃고, 선생님이 질문하면 시원시원하게 정답을 말하고, 방과후에는 축구부 연습에 열중했다. 크게 소리를 내지르고 땀을 뚝뚝 흘리며 뛰었다. 그의 주위에서 어떤 이변이 일어난 기척은 전혀 보이지 않았다. 무섭도록 성실한 사람이다, 그녀는 감탄했다. 그늘 하나 없다.

하지만 나는 그의 그늘을 알고 있어, 셰에라자드는 생각했다. 혹은 그늘 비슷한 것을. 아마 다른 어느 누구도 알지 못할 것이다. 알고 있는 건 나뿐이다(어쩌면 그의 어머니도 알고 있을지 모르지만). 세번째로 그 집에 들어갔을 때, 그녀는 붙박이장 깊숙이 교묘하게 감춰져 있는 포르노 잡지 몇 권을 발견했던 것이다. 거기에는 여자의 나체 사진이 잔뜩 실려 있었다. 여자들은 다리를 벌리고 거리낌없이 성기를 내보였다. 남녀가 엉켜 있는 사진도 있었다. 몹시 부자연스러운 자세로 엉켜 있는 사진이다. 막대기 같은 남자의 성기가 여자 안에 들어가 있었다. 그런 사진을 셰에라자드는 태어나서 처음 보았다. 그녀는 그의 책상 앞에 앉아 잡지를 한 장 한 장 넘기며 사진들을 흥미롭게 바라보았다. 아마 그는 이런 사진을 보며 자위를 하겠지 하고 상상했다. 하지만 딱히 불쾌하지 않았다. 그의 감춰진 맨얼굴에 실망하지도 않았다. 그녀는 그것이 자연스러운 행위라는 것을 알고 있었다. 생산된 정액은 어딘가에 방출되어야 한다. 남자의 몸은 그렇게 만들어져 있는 것이다(여성에게 월경이 있는 것과 대충 비슷한 일이다). 그런 의미에서는 그 역시 평범한 십대 남학생에 지나지 않는다. 정의의 히어로도 아닐뿐더러 성인군자도 아니다. 그 사실에 오히려 셰에라자드는 안도했을 정도였다.

“빈집털이를 그만두고 조금 지나자 그에 대한 강한 동경심이 서서히, 하지만 분명하게 옅어져갔어. 얕은 해안에 슬슬 썰물이 지듯이. 이유는 모르겠지만 나는 예전만큼 그의 셔츠 냄새를 열심히 맡지 않았고, 연필이나 배지를 정신없이 만지작거리는 일도 줄었어. 마치 열병이 낫는 것처럼 뜨거운 머리가 식어갔어. 그건 병 비슷한 게 아니라 분명 진짜 병이었어. 병 때문에 한참 동안 머리가 열에 들떠 착란상태였던 거지. 누구나 인생에 한 번은 그렇게 마구 날뛰는 시기를 통과하는 건지도 몰라. 아니면 그냥 나 한 사람에게만 일어난 특수한 사건이었을 수도 있고. 저기, 당신한테는 그런 일 없었어?”

하바라는 생각해봤지만 이렇다 하게 짚이는 건 없었다. “그렇게까지 특별한 일은 없었던 것 같아.” 그는 말했다.

그 말에 셰에라자드는 약간 실망한 것 같았다. “어쨌든 학교 졸업하고 나니까 어느샌가 그를 잊어버렸더라. 스스로도 신기할 만큼 깨끗이. 열일곱 살의 내가 그의 어떤 점에 그토록 깊이 빠졌었는지, 그것조차 잘 생각나지 않아. 인생이란 묘한 거야. 한때는 엄청나게 찬란하고 절대적으로 여겨지던 것이, 그걸 얻기 위해서라면 모든 것을 내버려도 좋다고까지 생각했던 것이, 시간이 지나면, 혹은 바라보는 각도를 약간 달리하면 놀랄 만큼 빛이 바래 보이는 거야. 내 눈이 대체 뭘 보고 있었나 싶어서 어이가 없어져. 그게 나의 '빈집털이 시대' 이야기야."

어째 피카소의 '청색 시대' 같다고 하바라는 생각했다. 하지만 그녀가 말하려는 바는 하바라도 충분히 이해할 수 있었다.

여자는 베갯머리의 디지털시계에 눈길을 던졌다. 슬슬 돌아갈 시간이었다. 그녀는 의미심장하게 한참이나 뜸을 들였다. 그러다 말했다.

"실은 이야기가 거기서 끝이 아니야. 그러고 사 년 뒤였나, 간호학교 2학년 때 나는 좀 희한한 우연으로 그를 다시 만났어. 이 이야기에서는 그의 어머니 비중도 확 커지고, 약간 괴담 비슷한 부분도 있어. 과연 당신이 믿어줄지 자신은 없지만, 어때, 이 얘기도 듣고 싶어?"

"꼭." 하바라는 말했다.

"그럼 다음에." 셰에라자드는 말했다. "얘기를 시작하면 꽤 길어질 텐데, 이제 그만 집에 가서 저녁 준비를 해야 해."

그녀는 침대에서 내려가 속옷을 입고, 스타킹을 신고, 캐미솔을 걸치고, 치마와 블라우스를 입었다. 하바라는 침대에서 그 일련의 동작을 멍하니 바라보았다. 그녀가 옷을 하나하나 챙겨 입는 동작이 그것을 벗을 때보다 흥미로울 수도 있겠다고 그는 생각했다.

"뭐 읽고 싶은 책 없어?" 나가는 길에 셰에라자드가 물었다. 딱히 없는 것 같다고 하바라는 대답했다. 그냥 당신의 그다음 이야기를 듣고 싶다, 고 생각했지만 입 밖에는 내지 않았다. 입 밖에 내면 그다음 이야기를 영원히 들을 수 없을 것 같은 기분이 들었기 때문이다.

하바라는 그날 밤, 아직 이른 시간에 잠자리에 들어 셰에라자드를 생각했다. 그녀는 어쩌면 이대로 모습을 감출지도 모른다. 그는 그것을 염려했다. 결코 일어날 리 없는 일이 아니다. 셰에라자드와 그 사이에는 어떤 개인적인 규칙도 존재하지 않는다. 그것은 우연히 누군가에게서 주어진 관계이고, 그 누군가의 기분 하나로 언제든 끊어질 수 있는 관계였다. 말하자면 두 사람은 가느다란 실 한 올로 가까스로 이어져 있을 뿐이다. 아마도 언젠가, 아니, 틀림없이 언젠가 그것은 끝을 고할 것이다. 실은 끊기리라. 늦냐 빠르냐의 차이일 뿐이다. 그리고 셰에라자드가 떠나버리면 하바라는 더이상 그녀의 이야기를 들을 수 없다. 이야기의 흐름이 거기서 뚝 끊기고, 이야기되었어야 할 미지의 신기한 이야기들은 이야기되지 않은 채 사라져버린다.

또 어쩌면, 그는 모든 자유를 빼앗기고 그 결과 셰에라자드뿐 아니라 다른 모든 여자에게서 멀어져버릴지도 모른다. 그럴 가능성도 크다. 그렇게 되면 이제 두 번 다시 그녀들의 젖은 몸속에 들어갈 수 없다. 그 몸의 미묘한 떨림을 느낄 수도 없다. 하지만 하바라에게 무엇보다 힘겨운 것은, 성행위 그 자체보다 오히려 그녀들과 친밀한 시간을 공유할 수 없게 된다는 사실인지도 모른다. 여자를 잃는다는 것은 말하자면 그런 것이다. 현실에 편입되어 있으면서도 현실을 무효로 만들어주는 특수한 시간, 그것이 여자들이 제공해주는 것이었다. 그리고 셰에라자드는 그에게 그것을 넉넉히, 그야말로 무한정 내주었다. 그 사실이, 그리고 그것을 언젠가는 반드시 잃게 되리라는 사실이 그 무엇보다도 그를 슬프게 했다.

하바라는 눈을 감고 셰에라자드에 대한 생각을 멈췄다. 그리고 칠성장어들을 생각했다. 빨판으로 돌에 달라붙은 채 수초 사이에 숨어 하늘하늘 흔들리는, 턱을 갖지 못한 칠성장어들을. 그는 그곳에서 그들의 일원이 되어 송어가 다가오기를 기다렸다. 하지만 아무리 기다려도 송어는 한 마리도 지나가지 않았다. 통통한 것도, 빼빼한 것도, 그 어떤 것도. 이윽고 해가 떨어지고 주위는 서서히 깊은 어둠에 휩싸여갔다.

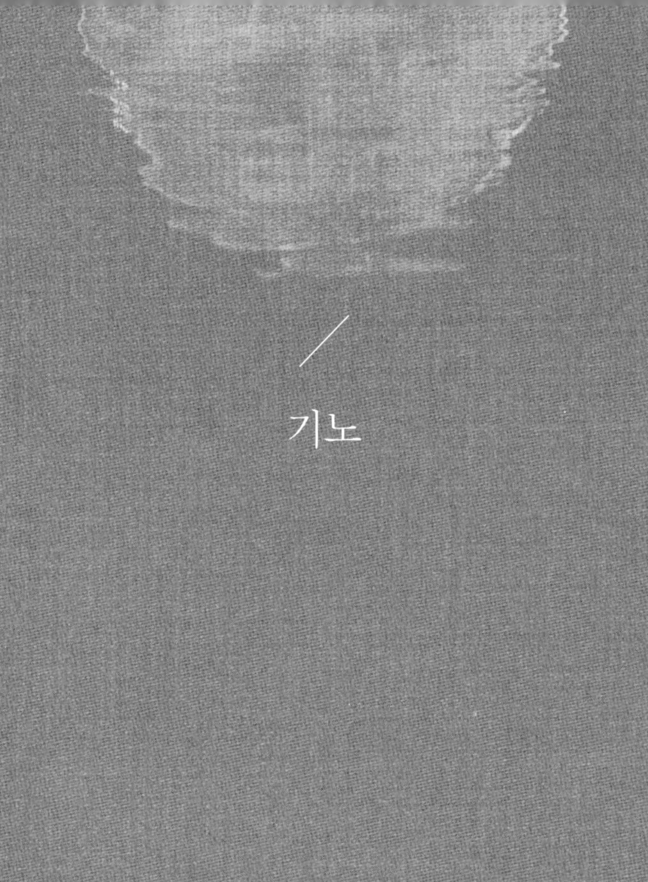

기노

그 남자는 항상 같은 자리에 앉았다. 카운터 제일 안쪽 의자. 물론 먼저 앉은 손님이 없다면 그렇다는 얘기지만 그 자리는 거의 예외 없이 비어 있었다. 애당초 손님이 많지 않은 가게인데다 그곳은 가장 눈에 띄지 않는, 그리고 그리 편하다고 할 수 없는 자리였기 때문이다. 뒤에 계단이 있어서 천장이 비스듬하게 내려와 있다. 일어날 때는 머리를 부딪히지 않도록 조심해야 한다. 남자는 키가 큰 편이었지만 그 비좁은 자리가 무척 마음에 든 모양이었다.

처음 그 남자가 가게에 왔을 때를 기노는 뚜렷이 기억한다. 우선은 말끔하게 민 머리 때문이었고(방금 바리캉으로 밀고 온 것처럼 푸르스름했다), 마른 체격인데도 어깨가 넓고 눈빛이 어딘가 날카로웠기 때문이다. 광대뼈가 튀어나오고 이마가 넓었다. 나이는 아마 삼십대 초반일 것이다. 비도 오지 않는데, 또 그럴 기미도 없는데 기다란 회색 레인코트를 입고 있었다. 처음에는 그쪽 세계 사람인가 생각했을 정도다. 그래서 어느 정도 긴장하고 경계도 했다. 4월 중순의 약간 쌀쌀한 밤, 일곱시 반을 넘어선 참이고 다른 손님은 없었다.

남자는 카운터 제일 안쪽 자리로 가서 앉더니 코트를 벗어 벽의 고리에 걸고, 조용한 목소리로 맥주를 주문하고, 그뒤로는 말없이 두툼한 책을 읽었다. 표정을 보니 독서에 푹 빠져 있는 것 같았다. 삼십 분쯤 걸려 맥주를 다 마시고는 손을 슬쩍 들어 기노를 불러서 위스키를 주문했다. 어떤 브랜드로 하시겠느냐고 물었더니 딱히 정해놓고 마시는 건 없다고 했다.

"되도록 평범한 스카치로 더블. 같은 양의 물을 섞고 얼음을 조금 넣어주십시오."

되도록 평범한 스카치? 기노는 화이트 라벨을 잔에 따른 뒤 같은 양의 물을 붓고, 아이스픽으로 얼음을 깨서 작고 보기 좋은 조각 두 개를 넣었다. 남자는 그것을 한 모금 머금고 음미하더니 눈을 가늘게 떴다. "이거면 됐습니다."

그는 다시 삼십 분쯤 책을 읽다가 이윽고 자리에서 일어나 현금으로 계산했다. 거스름돈이 나오지 않게 동전을 꺼내 헤아렸다. 그가 사라지자 기노는 조금 안도했다. 하지만 남자가 떠난 뒤에도 그의 기척은 한동안 남아 있었다. 기노는 카운터 안쪽에서 요리 준비를 하며 이따금 고개를 들어 좀 전까지 남자가 앉아 있던 자리에 눈길을 던졌다. 누군가 그곳에서 슬쩍 손을 들고 뭔가를 주문할 것 같은 느낌이 들었기 때문이다.

그 남자는 그뒤로 종종 기노의 가게를 찾았다. 일주일에 한 번, 많으면 두 번 정도였다. 처음에 맥주를 마시고 그다음에는 위스키를 주문한다(화이트 라벨, 같은 양의 물, 얼음 조금). 한 잔 더 주문하는 일도 있지만 대개는 한 잔으로 끝났다. 칠판에 적어놓은 '오늘의 메뉴'를 보고 가벼운 식사를 하는 날도 있었다.

과묵한 남자였다. 가게에 자주 얼굴을 내밀면서도 주문할 때 말고는 입을 열지 않았다. 기노와 얼굴이 마주치면 슬쩍 고개를 끄덕인다. 당신 얼굴은 기억하고 있습니다, 라고 말하듯이. 비교적 이른 저녁 시간에 옆구리에 책을 끼고 와서는 카운터에 놓고 읽었다. 두툼한 단행본이다. 문고본을 읽는 모습은 본 적이 없다. 책을 읽다 지치면(아마도 지쳤던 것이리라) 눈을 들어 앞쪽 선반에 늘어선 술병을 하나하나 바라보았다. 마치 먼 나라에서 온 진기한 동물의 박제를 점검하듯이.

하지만 일단 익숙해지자 기노는 그 남자와 단둘이 있는 것이 딱히 불편하지 않았다. 기노 역시 과묵한 성격이라 아무 말 없이 누군가와 함께 있는 게 그다지 힘든 일이 아니었기 때문이다. 남자가 독서에 몰두하는 동안 기노는 혼자 있을 때와 마찬가지로 설거지를 하고 소스를 만들고 레코드를 고르고, 어떤 때는 의자에 앉아 그날 치 조간과 석간을 몰아서 읽었다.

기노는 남자의 이름을 모른다. 남자는 그가 기노라고 불리는 것을 알고 있다. 가게 이름도 '기노'다. 남자는 이름을 밝히지 않았고 기노도 굳이 묻지 않았다. 그는 가게에 와서 맥주와 위스키를 마시고, 말없이 책을 읽고, 현금으로 계산하고 가는 단골손님에 지나지 않는다. 누구에게 무슨 피해를 주는 것도 아니다. 이 이상 무엇을 더 알 필요가 있겠는가?

기노는 스포츠용품 판매회사에서 십칠 년을 근무했다. 체육대학에 다닐 때는 그럭저럭 괜찮은 중거리 육상선수였는데, 3학년 때 아킬레스건을 다치면서 실업팀에 들어가기를 포기하고, 졸업 후 코치의 추천으로 그 회사에 일반사원으로 취직했다. 회사에서는 주로 러닝슈즈를 담당했다. 그가 하는 일은 전국의 스포츠용품점에 자사 상품을 하나라도 더 들여놓는 것이고, 제일선에서 활약하는 육상선수들이 한 사람이라도 더 자사 러닝슈즈를 신게 하는 것이었다. 회사는 오카야마에 본사가 있는 중견기업으로, 미즈노나 아식스처럼 유명한 곳은 아니었다. 나이키나 아디다스처럼 고액의 계약금을 걸고 세계적인 일류선수와 전속계약을 맺을 만한 자본력도 없다. 유명선수를 접대할 경비조차 대주지 못한다. 선수들에게 식사라도 한번 대접하려면 출장비를 최대한 줄이거나 자기 주머니를 터는 수밖에 없었다.

하지만 그의 회사는 톱클래스 육상선수를 위한 슈즈를 수작업으로 득실을 따지지 않고 정성껏 만들었고, 그 양심적인 자세를 높이 평가해주는 선수가 적지 않았다. '성실하게 일하다보면 결과는 저절로 따라온다'는 것이 창업자 사장의 생각이었다. 아마도 그런 소박한, 세상 흐름에 눈을 감은 듯한 사풍이 기노의 성격에 잘 맞았는지, 그처럼 말수 적고 붙임성 없는 사람도 그럭저럭 영업 일을 해나갈 수 있었다. 그리고 오히려 그런 성격 때문에 (그리 많은 수는 아니었어도) 몇몇 코치들의 신뢰와 선수들의 개인적인 호감을 얻기도 했다. 선수 한 사람 한 사람이 어떤 슈즈를 원하는지 귀기울여 듣고 회사에 돌아가 제작 담당자에게 전달했다. 일은 나름대로 재미있고 보람도 있었다. 대우가 좋다고는 할 수 없었지만 자기 능력에 맞는 일을 하고 있다는 실감이 있었다. 이제 자신이 직접 달릴 수는 없어도 한창 커나가는 선수들이 멋진 폼으로 힘차게 트랙을 달리는 모습을 지켜보는 게 즐거웠다.

기노가 회사를 그만둔 것은 일에 불만이 있어서가 아니었다.

그것은 부부간의 뜻하지 않은 트러블이 몰고 온 결과였다. 그가 회사에서 제일 친하게 지내던 동료가 아내와 관계를 가졌다는 사실을 알게 된 것이다. 기노는 도쿄에 있는 시간보다 출장을 가 있을 때가 더 많았다. 큼직한 스포츠백에 슈즈 샘플을 잔뜩 넣고 전국의 스포츠용품점을 돌면서, 해당 지역의 대학교나 육상팀이 있는 회사에 얼굴을 내밀었다. 그렇게 집을 비운 사이에 두 사람이 관계를 가진 것이다. 기노는 그런 쪽으로 별로 눈치가 빠른 편이 아니다. 부부 사이는 원만하다고 생각했고, 아내의 말이나 행동에 의심을 품어본 적도 없었다. 만약 그날 우연히 하루 일찍 출장에서 돌아오지 않았더라면 끝까지 알지 못하고 넘어갔을지도 모른다.

그는 출장지에서 곧바로 가사이에 있는 집으로 돌아왔다가 아내와 그 남자가 벌거벗은 채 침대에 있는 장면을 목격했다. 그의 집 침실에서, 부부가 항상 잠들던 침대에서 두 사람은 한 몸이 되어 있었다. 오해가 끼어들 여지는 없었다. 아내가 쪼그려 앉은 자세로 위에 올라타 있었기 때문에 문을 연 기노는 그녀와 정면으로 얼굴을 맞닥뜨렸다. 모양 좋은 유방이 위아래로 크게 흔들리는 게 보였다. 그때 그는 서른아홉, 아내는 서른다섯 살이었다. 아이는 없다. 기노는 고개를 숙이고 침실 문을 닫고 일주일치 빨랫감이 든 여행가방을 도로 어깨에 멘 채 집을 나와 두 번 다시 돌아가지 않았다. 그리고 다음날 회사에 사직서를 냈다.

기노에게는 독신의 이모가 있다. 어머니의 언니로, 미인이었다. 기노가 아직 어릴 때부터 이모는 기노를 귀여워해주었다. 오래 사귄 연상의 연인이 있었는데(정부라는 표현이 더 맞을지도 모른다), 그가 손도 크게 아오야마에 아담한 단독주택을 사주었다. 흘러간 호시절의 얘기다. 이모는 그 집 2층에 살면서 1층에서 찻집을 운영했다. 작은 앞마당에는 멋들어진 버드나무가 풍성한 초록 잎을 늘어뜨리고 있었다. 네즈 미술관 뒷골목 안쪽이라서 장사를 하기에는 전혀 적합하지 않은 위치였지만, 이모는 신기하게도 사람을 끌어들이는 힘이 있어서 나름대로 장사가 잘되었다.

하지만 예순이 넘어 허리가 안 좋아지면서 이모 혼자 가게를 꾸려가기가 점점 힘들어졌다. 그녀는 가게를 접고 이즈 고원의 온천 딸린 리조트 맨션으로 이사하기로 결정했다. 재활치료 시설도 잘 갖춰진 곳이다. 그래서 기노에게 자신이 떠난 뒤, 나중에라도 그 가게를 인수해 운영해볼 생각은 없느냐고 물어왔다. 아내의 외도 사실을 알기 석 달쯤 전의 얘기다. 말씀은 고맙지만 아직은 그럴 계획이 없다고 기노는 대답했다.

회사에 사직서를 낸 뒤, 기노는 이모에게 전화를 걸어 아직 가게가 팔리지 않았는지 물었다. 부동산중개소에 매물로 내놓긴 했는데 이렇다 할 문의는 없다고 했다. 가능하면 그곳에서 바 같은 것을 해보고 싶은데 다달이 임대료를 내고 빌리는 방식도 가능하냐고 기노는 물었다.

"회사 일은 어쩌고?" 이모가 물었다.

"회사는 얼마 전에 관뒀어요."

"안사람이 반대 안 했어?"

"곧 이혼할 거예요."

기노는 그 이유를 설명하지 않았고 이모도 묻지 않았다. 전화기 너머에서 짧은 침묵이 흘렀다. 그러고는 이모는 임대로 할 경우의 월세를 알려주었다. 기노가 예상했던 것보다 훨씬 적은 금액이었다. 그 정도라면 낼 수 있을 거라고 기노는 말했다.

"퇴직금도 좀 나오는 모양이고, 돈 문제로 이모한테 폐 끼치는 일은 없을 거예요."

"그런 걱정은 안 한다." 이모는 딱 잘라 말했다.

기노와 이모는 그다지 많은 이야기를 나누지는 못했지만(둘이 가깝게 지내는 것을 그의 어머니가 달가워하지 않았다) 예전부터 묘하게 서로를 이해하는 면이 있었다. 기노가 한번 맺은 약속을 간단히 깨는 사람이 아니라는 것을 그녀는 잘 알고 있었다.

기노는 저금해둔 돈의 반을 덜어 찻집 인테리어를 바에 어울리게 바꿨다. 최대한 심플한 집기를 구비하고 두툼한 판자로 긴 카운터를 만들고 의자를 새로 들였다. 차분한 색감의 벽지를 바르고 조명도 술 마실 장소에 걸맞은 것으로 바꿨다. 집에서 조촐한 레코드 컬렉션을 가져와 선반에 꽂았다. 오디오 설비도 그럭저럭 괜찮은 걸 갖고 있었다. 토렌스 LP 플레이어와 럭스맨 앰프. 소형 JBL 2웨이. 독신 시절에 상당히 무리해가며 사들인 것이다. 그는 오래된 재즈를 아날로그 레코드로 듣는 것을 옛날부터 좋아했다. 그것은 거의 유일한—그리고 취향이 비슷한 사람도 주위에 없는—그의 취미였다. 학생 시절 롯폰기의 펍에서 바텐더 아르바이트를 했었기 때문에 웬만한 칵테일은 레시피 없이 혼자서 만들 수 있었다.

가게 이름은 '기노'로 했다. 그것 말고 적당한 이름이 생각나지 않았기 때문이다. 처음 일주일 동안은 손님이 한 명도 없었다. 하지만 예상했던 일이기에 별로 걱정하지 않았다. 가게를 열었다는 사실을 지인 중 누구에게도 알리지 않았다. 광고도 하지 않고 눈에 띄는 간판도 내걸지 않았다. 그저 골목 안쪽에 가게를 열고서 그곳을 발견한 호기심 많은 손님이 들어오기를 가만히 기다렸을 뿐이다. 퇴직금도 아직 좀 남았고, 별거중인 아내는 그에게 경제적인 요구를 조금도 하지 않았다. 그녀가 기노의 옛 동료였던 남자와 이미 같이 살기 시작했기 때문에 지금까지 두 사람이 살던 가사이의 맨션은 필요 없게 되었다. 그래서 그 집을 팔아 대출잔금을 제하고 남은 돈을 반씩 나누기로 했다. 기노는 가게 2층에서 숙식을 해결했다. 한동안은 먹고살 수 있을 터였다.

손님이 전혀 오지 않는 가게에서 기노는 오랜만에 마음껏 음악을 듣고, 읽고 싶던 책을 읽었다. 바짝 마른 땅이 빗물을 빨아들이듯 지극히 자연스럽게 고독과 침묵과 적막을 받아들였다. 아트 테이텀의 피아노 솔로 음반을 자주 들었다. 현재 그의 심경과 잘 어울리는 음악이었다.

이상하게도 헤어진 아내나 그녀와 동침한 옛 동료에 대한 분노와 원망은 일지 않았다. 물론 처음에는 큰 충격을 받았고 한동안 제대로 뭔가를 생각할 수 없는 상태가 이어졌지만, 이윽고 '뭐 어쩔 수 없는 일이지'라고 생각하게 되었다. 결국에는 이런 날을 맞닥뜨리게 되어 있었던 것이다. 원래부터 아무런 성취도, 아무런 생산도 없는 인생이다. 누군가를 행복하게 해주지 못하고 당연히 나 자신을 행복하게 하지도 못한다. 행복이라는 것이 도대체 어떤 것인지, 이제 기노는 이렇다 하게 정의 내릴 수 없었다. 고통이나 분노, 실망, 체념, 그런 감각도 뭔가 또렷하게 와 닿지가 않았다. 그가 할 수 있는 일이라고는 그렇듯 깊이와 무게를 상실해버린 자신의 마음이 어딘가로 맥없이 떠내려가지 않도록 단단히 묶어둘 장소를 마련하는 것 정도였다. '기노'라는 골목 안쪽의 작은 술집이 그 구체적인 장소가 되었다. 그리고 그곳은—어디까지나 결과적인 얘기지만—이상하게 마음이 편해지는 공간이었다.

사람보다 먼저 '기노'의 편안함을 발견한 것은 회색 길고양이였다. 어린 암컷이고 꼬리가 길고 아름다웠다. 가게 한 귀퉁이에 자리한 오목한 장식장이 마음에 들었는지 그곳에서 동그랗게 몸을 말고 자곤 했다. 기노는 되도록 그 고양이를 가만히 내버려두었다. 아마 고양이도 그래주기를 바랄 것이다. 하루에 한 번 먹이를 주고 물을 갈아주는 것 이상은 하지 않았다. 그리고 고양이가 언제든 자유롭게 드나들 수 있도록 작은 문을 만들어주었다. 하지만 고양이는 왜 그런지 사람들처럼 정문으로 드나들기를 더 좋아했다.

어쩌면 그 고양이가 행운을 가져왔는지도 모른다. 이윽고 조금씩이나마 '기노'에 손님이 들기 시작했다. 골목 안쪽의 단독주택, 눈에 띄지 않는 작은 간판, 오랜 세월을 지나온 멋들어진 버드나무, 중년의 과묵한 주인, 플레이어 위에서 돌아가는 오래된 LP판, 두 가지 정도지만 매일매일 달라지는 식사 메뉴, 가게 한 귀퉁이에 느긋하게 누워 있는 회색 고양이. 그런 분위기가 마음에 들어 꾸준히 찾아오는 단골손님도 생겼다. 그들이 새로운 손님을 데려오는 일도 있었다. 잘나가는 가게라기에는 아직 한참 멀지만 다달이 임대료를 낼 정도의 매상은 나왔다. 기노는 그것에 만족했다.

머리를 민 그 젊은 남자가 가게에 나타난 것은 문을 연 지 두 달쯤 지났을 무렵이었다. 그리고 기노가 그의 이름을 알기까지 다시 두 달이 걸렸다. 남자의 이름은 가미타라고 했다. 귀신 신神에 밭 전田 자를 쓰고 '가미타'라고 읽습니다. '간다'가 아니라. 남자는 그렇게 말했다. 기노에게 한 말은 아니었지만.

그날은 비가 내렸다. 우산을 쓸지 말지 망설여지는 정도의 비였다. 가게에는 가미타와 다크 슈트 차림의 남자 손님 두 명이 있었다. 시계는 일곱시 반을 가리키고 있었다. 가미타는 여느 때처럼 카운터 제일 안쪽 자리에서 물로 희석한 화이트 라벨을 마시며 책을 읽었다. 두 남자는 테이블 자리에서 오메도크 병을 기울이고 있었다. 그들은 가게에 들어오자 종이봉투에서 그 와인 병을 꺼내더니 "코키지 차지로 5천 엔 내고 여기서 마셔도 되나?"라고 말했다. 전례가 없는 일이었지만 딱히 거절할 이유도 없어서 기노는 좋다고 말했다. 코르크 마개를 따고 와인 잔 두 개를 내주었다. 믹스너트도 접시에 담아냈다. 손이 많이 가진 않았다. 다만 두 사람이 담배를 연달아 피웠기 때문에 담배 연기를 싫어

하는 기노에게는 그리 달갑지 않은 손님이었다. 가게 일이 한가해서 기노는 의자에 앉아 〈Joshua Fit the Battle of Jericho〉가 들어 있는 콜먼 호킨스의 LP를 들었다. 메이저 홀리의 베이스 솔로가 멋지다.

두 남자는 처음에는 화기애애하게 와인을 마셨지만 이윽고 뭔가에 대해 논쟁하기 시작했다. 내용까지는 잘 모르겠지만 어느 특정한 문제에 대해 두 사람의 의견이 미묘하게 어긋났고, 접점을 찾으려는 시도도 실패로 끝난 듯했다. 양쪽 다 점점 감정이 격해지더니 가벼운 논쟁이 가시 돋친 설전으로 번졌다. 어느 순간 한 명이 자리에서 일어나다가 테이블이 기울면서 꽁초가 그득한 재떨이와 와인 잔 하나가 바닥에 떨어져 유리가 산산조각 났다. 기노는 빗자루를 들고 가서 바닥을 쓸고 새 잔과 재떨이를 내주었다.

가미타가—그때는 아직 이름을 알지 못했지만—남자들의 그런 방약무인한 행동을 떨떠름하게 여긴다는 건 명백했다. 표정까지 달라지진 않았지만 그의 왼손가락은 피아니스트가 마음에 걸리는 건반을 점검하는 것처럼 카운터를 가볍게 톡톡 두드리고 있었다. 뭔가 조치를 취해야겠다고 기노는 생각했다. 이곳은 그가 나서서 책임져야 하는 장소인 것이다. 기노는 두 사람에게 다가가, 죄송하지만 목소리를 조금만 낮춰줄 수 없겠느냐고 정중

하게 부탁했다.

한 명이 기노를 올려다보았다. 불쾌한 눈초리였다. 그리고 자리에서 일어섰다. 왠지 그때까지는 미처 알아차리지 못했었는데 상당한 거한이었다. 키는 그리 크지 않지만 가슴팍이 두툼하고 팔뚝이 굵다. 스모 선수라 해도 이상할 것 없을 체격이다. 어릴 때부터 싸움에서 져본 적이 한 번도 없다, 남에게 명령하는 데 익숙하다, 명령받는 것은 별로다. 이런 부류의 인간들을 기노는 체대에 다니던 시절 많이 보았다. 말로 해서 통하는 상대가 아니다.

다른 한 남자는 훨씬 몸집이 작았다. 비쩍 마르고 안색이 좋지 않지만 표정에 빈틈이 없었다. 교묘히 남을 부추겨 부려먹는 데 능숙할 듯한 인상이었다. 그 역시 느릿느릿 자리에서 일어섰다. 기노는 두 남자와 얼굴을 맞대고 선 모양새가 되었다. 그들은 이걸 기회로 말싸움을 잠시 미뤄두고 한편이 되어 기노에게 맞서기로 마음먹은 모양이었다. 둘의 호흡은 기막히게 잘 맞았다. 마치 일이 이렇게 되기를 내심 기다렸던 것처럼.

"뭐야, 당신이 뭔데 남의 이야기를 방해해?" 몸집이 큰 남자가 굵직하고 메마른 목소리로 말했다.

그들은 둘 다 비싸 보이는 양복을 입고 있었지만 가까이서 잘 보니 바느질 마감 등이 고급품이라고 하기는 어려웠다. 진짜 조직폭력배는 아니어도 그 비슷한 쪽일지 모른다. 아무튼 그다지 바람직한 일을 하는 자들은 아닌 듯했다. 큰 남자는 상고머리, 작은 남자는 갈색으로 염색한 머리를 바짝 올려 포니테일로 묶었다. 일이 귀찮아질지도 모르겠다 싶어 기노는 각오했다. 겨드랑이에 축축하게 땀이 번졌다.

"실례합니다." 문득 등뒤에서 목소리가 들렸다.

돌아보니 가미타가 카운터 의자에서 내려와 거기 서 있었다.

"주인분한테 뭐라 하진 마시지요." 가미타는 기노를 가리키며 말했다. "댁들 목소리가 너무 커서 좀 주의를 줘달라고 내가 부탁했습니다. 책 읽는 데 집중이 안 돼서요."

가미타의 목소리는 평소보다 되레 온화하고 느릿했다. 하지만 보이지 않는 곳에서 무언가가 천천히 움직이기 시작한 듯한 기척이 느껴졌다.

"책 읽는 데 집중이 안 돼서." 몸집이 작은 남자가 작은 목소리로 가미타의 말을 그대로 되풀이했다. 구문에 문법적으로 이상한 부분이 없는지 확인하듯이.

"당신, 집 없어?" 몸집이 큰 남자가 가미타에게 말했다.

"있습니다." 가미타가 대답했다. "이 근처에 삽니다."

"그럼 집에 가서 읽으면 될 거 아냐."

"여기서 책 읽는 게 좋아서요." 가미타가 말했다.

두 남자는 서로를 마주보았다.

"뭔 책인지 줘봐." 몸집 작은 남자가 말했다. "내가 대신 읽어 줄 테니까."

"내 눈으로 직접 조용하게 읽는 걸 좋아합니다." 가미타는 말했다. "게다가 한자를 틀리게 읽는 건 질색이거든요."

"재미있는 놈이네." 몸집 큰 남자가 말했다. "아주 재밌어."

"당신, 이름이 뭐야?" 포니테일이 물었다.

"귀신 신에 밭 전 자를 쓰고 '가미타'라고 읽습니다. '간다'가 아니라." 가미타는 말했다. 기노는 그때 처음으로 그의 이름을 알았다.

"기억해두지." 몸집 큰 남자가 말했다.

"좋은 생각입니다. 기억은 여러모로 힘이 되지요." 가미타가 말했다.

"일단 잠깐 나가지. 그러는 게 서로 얘기하기 편할 것 같은데." 몸집 작은 남자가 말했다.

"좋습니다." 가미타가 말했다. "어디든 가십시다. 하지만 그전에 술값은 계산하는 게 어떨까요? 그러면 가게에 폐 끼칠 일도 없고요."

"좋아." 몸집 작은 남자가 동의했다.

가미타는 기노에게 계산서를 부탁하고 자기 술값을 동전까지 정확히 맞춰 카운터에 올려놓았다. 포니테일은 지갑에서 만 엔

지폐를 꺼내 테이블 위로 던졌다.

"깨진 유리잔 값까지 쳐서, 이거면 되겠어?"

"충분합니다." 기노는 말했다.

"쩨쩨한 술집이네." 몸집 큰 남자가 비웃듯이 말했다.

"잔돈 필요 없으니까 괜찮은 와인 잔이나 사둬." 포니테일이 기노에게 말했다. "저 잔으로는 귀한 와인 맛을 다 버리잖아."

"진짜 쩨쩨한 술집이야." 몸집 큰 남자가 되풀이했다.

"그렇습니다, 여기는 쩨쩨한 손님들이 오는 쩨쩨한 술집입니다." 가미타가 말했다. "댁들하고는 맞지 않아요. 댁들에게 맞는 가게는 따로 있겠지요. 어디일지는 모르겠지만."

"재미난 소리를 지껄이시네." 몸집 큰 남자가 말했다. "아주 재밌어."

"재미있다면 나중에 다시 생각하면서 찬찬히 웃어보시죠." 가미타가 말했다.

"어쨌거나 어디를 가라 마라 일일이 당신 명령을 받고 싶진 않은데." 포니테일이 말했다. 그리고 긴 혀로 입술을 천천히 핥았다. 사냥감을 앞에 둔 뱀처럼.

몸집 큰 남자가 문을 열고 나가고 포니테일이 뒤따랐다. 아마도 불온한 분위기를 감지했는지, 고양이가 비가 오는데도 그 뒤를 따라 밖으로 뛰쳐나갔다.

"괜찮으세요?" 기노는 가미타에게 물었다.

"걱정할 것 없습니다." 가미타는 입가에 엷은 미소를 띠며 말했다. "기노 씨는 여기서 아무것도 하지 말고 기다리세요. 그리 오래 걸리진 않을 겁니다."

그리고 가미타는 밖으로 나가 문을 닫았다. 비는 여전히 내리고 있었다. 기분 탓인지 빗발이 아까보다 거세져 있었다. 기노는 카운터 의자에 가만히 앉아 그의 말대로 시간이 지나가기를 기다렸다. 새로 손님이 오는 기척은 없었다. 바깥은 유난히 조용하고 소리 하나 들리지 않았다. 가미타가 읽던 책이 카운터 위에 펼쳐진 채, 잘 훈련받은 개처럼 주인이 돌아오기를 기다리고 있었다. 십 분쯤 뒤에 문이 열리고 가미타 혼자 안으로 들어왔다.

"괜찮으면 타월 좀 빌려주시겠습니까?" 그는 말했다.

기노는 그에게 새 타월을 내주었다. 가미타는 그걸로 젖은 머리를 닦았다. 이어 목덜미를 닦고, 얼굴을 닦고, 마지막으로 두 손을 닦았다. "고맙습니다. 이제 됐어요. 그자들은 두 번 다시 나타나지 않을 겁니다. 기노 씨에게 해를 끼칠 일도 없을 테고요."

"어떻게 된 거예요, 대체?"

가미타는 그저 살짝 고개를 저었다. '모르는 게 낫다'는 뜻이리라. 그러고는 자리로 돌아가 남은 위스키를 마시고 아무 일 없었다는 듯이 책을 읽었다. 돌아가려는 참에 또 돈을 내려고 해서 기노는 이미 계산을 마쳤다고 알려주었다. "아 참, 그랬죠." 가미타는 겸연쩍은 듯이 말하더니 레인코트 깃을 세우고 챙 달린 둥근 모자를 쓰고 가게를 나섰다.

그가 돌아간 뒤 기노는 가게 앞으로 나가 근처를 둘러보았다. 하지만 골목은 쥐죽은듯이 고요했다. 지나가는 사람 하나 없다. 격투한 흔적도 없고 핏자국도 없었다. 대체 무슨 일이 있었을까? 그는 가게로 돌아와 손님을 기다렸다. 하지만 문 닫을 때까지 더는 손님이 없었고 고양이도 돌아오지 않았다. 그는 잔에 화이트라벨을 더블로 따르고 같은 양의 물을 붓고서 작은 얼음 두 개를 넣은 뒤 마셔보았다. 별달리 맛있는 술은 아니다. 그저 그런 정도다. 하지만 어쨌거나 그날 밤 그는 약간의 알코올이 필요했다.

학생 시절 신주쿠 뒷골목을 지나가다가 조직폭력배로 보이는 남자와 젊은 회사원 두 명의 싸움을 목격한 일이 있다. 체격은 회사원들이 더 좋았고 폭력배는 빈상의 중년 남자였다. 술도 마신 상태였다. 그래서 둘은 상대를 만만하게 보았다. 하지만 무슨 복싱 같은 걸 익혔는지, 폭력배는 어느 순간 주먹을 쥐고 한마디 말도 없이 두 명의 상대를 번개 같은 속도로 때려눕혔다. 그리고 쓰러진 그들을 가죽구두 밑창으로 몇 번 세게 걷어찼다. 갈비뼈가 몇 대쯤 부러졌을지도 모른다. 그런 둔탁한 소리가 났다. 그리고 남자는 아무 일 없었다는 듯이 자리를 떴다. 이게 프로의 싸움이구나, 그때 기노는 생각했다. 쓸데없는 말은 하지 않는다. 머릿속으로 미리 동작의 순서를 매긴다. 상대가 채 준비하기 전에 잽싸게 때려눕힌다. 상대가 쓰러지면 망설임 없이 마지막 일격을 가한다. 그대로 사라진다. 아마추어에게 승산은 없다.

가미타가 그런 식으로 두 남자를 몇 초 만에 때려눕히는 광경을 기노는 상상했다. 그러고 보니 가미타의 풍모에는 어딘지 모르게 복서를 연상시키는 구석이 있었다. 하지만 그 비 오는 밤 그곳에서 실제로 무슨 일이 있었는지 기노는 알 도리가 없었다. 가미타도 설명하려 들지 않았다. 생각하면 할수록 수수께끼가 깊어졌다.

그 일이 있고 일주일쯤 지나서 기노는 손님으로 온 여자와 잤다. 그녀는 기노가 아내와 헤어진 뒤 처음으로 성교한 상대였다. 나이는 서른이거나 서른을 조금 넘은 정도다. 미인 축에 든다고 하기에는 조금 애매하지만 긴 생머리에 코가 짧고 남의 시선을 끄는 독특한 분위기가 있었다. 몸짓이나 말투가 어딘지 모르게 나른한 느낌이고 표정을 읽어내기가 어려웠다.

여자는 전에도 몇 번 가게에 온 적이 있었다. 매번 동년배 남자와 함께였다. 남자는 대모갑테 안경을 쓰고 턱끝에 옛날 비트족들처럼 뾰족한 수염을 길렀다. 머리가 길고 넥타이를 매지 않은 걸로 보아 일반 직장인은 아닌 듯했다. 그녀는 항상 몸에 붙는 원피스를 입어서 늘씬한 몸매가 더욱 돋보였다. 두 사람은 카운터 자리에 앉아 이따금 소곤소곤 대화를 나누며 칵테일이나 셰리를 마셨다. 그리 오래 있지는 않았다. 아마 섹스 전의 한잔일 거라고 기노는 상상했다. 혹은 그후인지도 모른다. 어느 쪽이라고 단언할 수 없다. 어쨌든 두 사람이 술을 마시는 모습에는 성행위를 연상시키는 구석이 있었다. 길고 농밀한 성행위를. 둘다 신기할 만큼 표정이 없었고, 특히 여자가 웃는 걸 기노는 본 적이 없다.

그녀는 이따금 기노에게 말을 걸었다. 매번 그때그때 가게 안에 흐르는 음악에 관한 얘기였다. 뮤지션의 이름이라든가 곡목 같은 것. 그녀는 재즈를 좋아해서 자기도 아날로그 레코드를 모으고 있다고 했다. "아버지가 집에서 이런 음악을 자주 들었어요. 그때 나는 그런 거 말고 좀더 최신 음악을 좋아했는데, 지금 다시 들으니 그립네요."

음악이 그리운 것인지 아버지가 그리운 것인지, 그 말투로는 판단하기 어려웠다. 하지만 기노는 굳이 묻지 않았다.

사실 기노는 그 여자와 되도록 말을 섞지 않으려 했다. 그가 그녀와 가까워지는 것을 동행한 남자가 별로 달가워하지 않는 기색이었기 때문이다. 한번은 여자와 음악에 대해 조금 긴 대화를 주고받았는데(도쿄의 중고 레코드점 정보며 레코드판 손질법에 대해), 그뒤로 남자는 걸핏하면 기노에게 의심이 담긴 싸늘한 시선을 던졌다. 기노는 그런 유의 트러블과는 되도록 거리를 두고 살려고 노력하고 있었다. 인간이 품는 감정 중 질투심과 자존심만큼 골치 아픈 것도 아마 없을 것이다. 그리고 기노는 왜 그런지 그 양쪽 모두에서 심심찮게 곤욕을 치러왔다. 나에게는 다른 사람의 그런 어두운 부분을 자극하는 뭔가가 있는지도 모른다고 기노는 이따금 생각하곤 했다.

그런데 그날 밤, 여자는 혼자서 가게를 찾아왔다. 다른 손님은 없었다. 내내 비가 내리던 밤이었다. 문이 열리자 비 냄새를 품은 밤공기가 가게 안으로 흘러들었다. 그녀는 카운터에 앉아 브랜디를 주문하고, 빌리 홀리데이의 레코드를 틀어달라고 말했다. "되도록 옛날 것이면 좋겠어요." 기노는 〈Georgia on My Mind〉가 들어 있는 오래된 콜롬비아판 LP를 턴테이블에 올렸다. 그리고 둘이서 말없이 그 레코드를 들었다. 뒷면도 틀어줄 수 있느냐고 그녀가 말했고, 그는 그녀의 말대로 했다.

여자는 천천히 브랜디 세 잔을 마시고, 다시 몇 장의 옛날 레코드를 들었다. 에롤 가너의 〈Moonglow〉, 버디 드프랑코의 〈I Can't Get Started〉. 늘 동행하던 남자와 이곳에서 만나기로 한 줄 알았는데 폐점시간이 가까워져도 남자는 나타나지 않았다.

아무래도 여자 역시 남자를 기다리는 게 아닌 듯했다. 한 번도 시계에 눈길을 주지 않은 게 증거였다. 혼자 음악을 듣고 말없이 뭔가 생각하며 브랜디 잔을 기울였다. 여자는 침묵이 딱히 힘들지 않은 기색이었다. 브랜디는 침묵과 잘 어울리는 술이다. 조용히 잔을 흔들며 색깔을 바라보고, 향기를 맡으며 시간을 때울 수 있다. 그녀는 검은색 반소매 원피스에 얇은 남색 카디건을 걸치고 있었다. 귀에는 작은 모조진주 귀고리를 달았다.

"오늘은 그 남자분은 안 오나요?" 슬슬 문 닫을 시간이 되었을 즈음 기노는 큰맘 먹고 여자에게 물었다.

"오늘 그 사람은 안 와요. 멀리 있거든요." 여자는 의자에서 일어나 푹 잠든 고양이에게 다가가서 그 등을 손끝으로 부드럽게 쓰다듬었다. 고양이는 그러거나 말거나 계속 잠들어 있었다.

"우리, 이제 그만 만나려 해요." 여자가 고백하는 투로 말했다. 어쩌면 고양이를 향해 한 말인지도 모른다.

어쨌거나 기노는 뭐라 대답할 수가 없었다. 그는 말없이 그대로 카운터 안쪽 정리를 계속했다. 싱크대를 닦고 조리도구를 헹궈 서랍에 넣었다.

"뭐라고 말해야 할까." 여자는 고양이를 쓰다듬던 손을 멈추고 구두굽 소리를 내며 카운터로 돌아왔다. "우리 관계는 그다지 일반적이라고 할 수 없어서요."

"일반적이라고 할 수 없다." 기노는 상대의 말을 의미 없이 되풀이했다.

여자는 유리잔에 조금 남은 브랜디를 마저 마셨다. "기노 씨에게 보여주고 싶은 게 있는데."

그게 무엇이건 기노는 보고 싶지 않았다. 그것은 봐서는 안 될 것이다. 처음부터 알고 있었다. 하지만 그가 거기서 했어야 할 말은 이미 잃어버린 뒤였다.

여자는 카디건을 벗어 의자에 올려두었다. 양손을 목 뒤로 돌려 원피스 지퍼를 내렸다. 그리고 등을 기노에게 내보였다. 흰색 브래지어 끈 조금 아래쪽에 작은 멍 같은 것이 군데군데 보였다. 빛바랜 석탄 같은 색감으로 불규칙하게 흩어진 모습이 겨울 별자리를 떠올리게 했다. 어둡게 고갈된 별들의 무리다. 전염성 있는 질병으로 인한 발진 흔적인지도 모른다. 아니면 무슨 흉터 같은 것일지도.

그녀는 아무 말도 하지 않고 오랫동안 기노에게 맨등을 보이고 있었다. 새것으로 보이는 속옷의 선명한 흰빛과 어두운 멍이 불길한 대조를 이루었다. 기노는 어떤 질문을 받고 미처 무슨 말인지 알아듣지 못한 사람처럼 아무 말 없이 그 등을 바라보았다. 거기서 눈을 돌릴 수가 없었다. 이윽고 여자는 등의 지퍼를 올리고 돌아보았다. 카디건을 걸치고 잠시 틈을 두듯이 머리를 매만졌다.

“담뱃불로 지졌어요.” 여자는 간단히 말했다.

기노는 잠시 할말을 잃었다. 하지만 뭔가 말해야 한다. “누가 그런 짓을 했죠?” 메마른 목소리로 그는 말했다.

여자는 대답하지 않았다. 대답하려는 기미조차 없었다. 기노 역시 딱히 대답을 원한 건 아니었다.

“브랜디 한 잔 더 마실 수 있을까요?” 여자는 말했다.

기노는 그녀의 잔에 브랜디를 따랐다. 그녀는 한 모금을 마시고, 가슴속을 느릿느릿 흘러내려가는 따스함을 지켜보고 있었다.

“이봐요, 기노 씨.”

기노는 잔을 닦던 손을 멈추고 고개를 들어 여자를 보았다.

“이런 게 더 있어요.” 여자는 표정 없는 목소리로 말했다. “뭐랄까, 좀 보여주기 힘든 곳에.”

그날 밤, 어쩌다 그 여자와 관계를 가졌는지 기노는 자기 마음의 움직임이 생각나지 않는다. 그 여자에게 뭔가 평범하지 않은 구석이 있다는 걸 기노는 처음부터 감지했다. 무언가가 소리 낮춰 그의 본능의 영역에 호소했다. 이 여자와 깊이 엮여서는 안 된다고. 더구나 등에는 담뱃불 자국까지 있지 않은가. 기노는 원래부터 조심성 많은 성격이었다. 꼭 여자를 품고 싶다면 그쪽의 프로를 찾으면 된다. 돈을 내면 그걸로 끝날 일이다. 무엇보다 기노는 그 여자에게 마음이 끌린 것도 아니었다.

하지만 그날 밤, 여자는 명백히 남자에게—현실적으로는 기노에게—안기기를 간절하게 원하고 있었다. 그녀의 눈은 깊이를 잃고 눈동자만 묘하게 부풀어 있었다. 물러설 여지를 두지 않은, 결의에 찬 번뜩임이 그 눈에 있었다. 기노는 그 기세에 저항할 수 없었다. 그에게는 그럴 만한 힘이 없다.

기노는 가게 문단속을 하고 여자와 함께 계단을 올랐다. 여자는 침실 불빛 아래서 급하게 원피스를 벗고 속옷을 벗고 몸을 열었다. 그리고 그에게 '보여주기 힘든 곳'을 내보였다. 기노는 저도 모르게 외면해버렸다. 하지만 다시 그곳으로 시선을 돌리지 않을 수 없었다. 그토록 잔혹한 짓을 하는 남자의 심리도, 그토록 지독한 아픔을 견디는 여자의 심리도 기노는 이해할 수 없었고 이해하고 싶지도 않았다. 그것은 기노가 사는 세계에서 몇 광년이나 떨어진 불모의 행성의 황폐한 광경이었다.

여자는 기노의 손을 잡아 그 화상 자국으로 이끌었다. 모든 흉터를 하나하나 순서대로 만지게 했다. 젖꼭지 바로 옆에도, 성기 바로 옆에도, 그 흉터가 있었다. 그의 손끝은 그녀가 이끄는 대로 어둡게 굳어 있는 흉터를 더듬었다. 번호를 따라 연필로 선을 그어서 도형을 그려내는 것처럼. 그 모양은 무언가와 비슷한 듯하면서도 결국 어떤 것으로도 이어지지 않았다. 그러고는 여자가 기노의 옷을 벗기고, 두 사람은 맨바닥에서 몸을 섞었다. 대화도 없고 전희도 없이, 불을 끌 여유도 이불을 깔 여유도 없이. 여자의 긴 혀가 기노의 목구멍 안쪽을 탐하고 양손의 손톱이 등을 파고들었다.

그들은 굶주린 두 마리 야수처럼, 훤히 비치는 불빛 아래서 말도 없이 욕망의 살덩이를 몇 번이고 탐식했다. 갖가지 자세로, 갖가지 방식으로, 거의 쉴 새도 없이. 창밖이 부옇게 밝아올 무렵에야 두 사람은 이불 속에 들어가 어둠에 질질 끌려가듯이 잠들었다. 기노가 눈을 뜬 것은 정오 조금 전이었고, 여자는 이미 사라지고 없었다. 지독히 리얼한 꿈을 꾼 듯한 기분이었다. 그러나 물론 꿈이 아니다. 그의 등에는 깊은 손톱자국이 났고, 팔에는 잇자국이 남았고, 페니스에서는 욱신거리는 둔통이 느껴졌다. 하얀 베개에 길고 검은 머리카락 몇 올이 소용돌이를 그렸고, 지금껏 맡아본 적 없는 강한 냄새가 시트에 남아 있었다.

그뒤에도 여자는 손님으로 몇 번 가게를 찾았다. 늘 동행하던 턱수염을 기른 남자와 함께였다. 둘은 카운터에 앉아 조용히 대화하며 과하지 않게 칵테일을 마시고, 그리고 돌아갔다. 여자는 주로 음악에 대해 기노와 짧게 이야기를 나누었다. 극히 평범하고 자연스러운 목소리로, 그날 밤 둘 사이에 있었던 일은 하나도 기억나지 않는다는 듯이. 하지만 여자의 눈 안쪽에는 깊은 욕망의 빛 같은 것이 있었다. 기노에게는 그게 보였다. 그것은 시커먼 갱도 저 안쪽에 보이는 랜턴 불빛처럼 틀림없이 그곳에 있었다. 그 응축된 빛에 기노는 등을 아프게 파고드는 손톱과 페니스를 옥죄는 감각과 꿈틀거리는 긴 혀와 이불에 남은 이상할 정도로 강한 냄새를 생생하게 떠올렸다. 당신은 그것을 잊을 수 없다, 고 그것은 가르쳐주고 있었다.

그녀와 기노가 말을 주고받는 동안, 동행한 남자는 행간을 읽어내는 데 능숙한 독서가 같은 눈빛으로 주의깊고 꼼꼼하게 기노의 표정이며 몸짓을 관찰했다. 그 남녀 사이에는 서로 끈끈하게 엉겨붙어 이어진 듯한 감촉이 있었다. 그들은 두 사람밖에 이해하지 못하는 무거운 비밀을 남몰래 나누고 있는 듯했다. 그들이 가게를 찾는 것이 성행위 전인지 후인지 기노는 여전히 판단이 서지 않았다. 하지만 둘 중 어느 한쪽이라는 것은 확실했다. 그리고 신기하다면 신기한 일이지만, 두 사람 다 담배는 전혀 피우지 않았다.

여자는 또 언젠가, 아마도 조용히 비가 내리는 밤에 혼자서 이 가게를 찾아올 것이다. 턱수염을 기른 동행 남자가 어디 '멀리' 있을 때. 기노는 알 수 있었다. 여자의 눈 안쪽에 일렁이는 깊은 빛이 그렇게 말하고 있었다. 여자는 카운터에 앉아 말없이 브랜디 몇 잔을 마시며 기노가 가게문을 닫기를 기다린다. 그리고 2층에 올라가 원피스를 벗고 불빛 아래 몸을 열어 새로 더해진 화상 흔적을 그에게 내보인다. 그러고는 두 사람은 다시 두 마리 야수처럼 격렬하게 섹스할 것이다. 뭔가 생각할 여유도 없이, 날이 밝을 때까지 계속. 그게 언제일지 기노는 알지 못한다. 하지만 언젠가다. 그것은 여자가 정한다. 그 생각을 하면 목구멍 깊은 곳에서 갈증이 일었다. 아무리 물을 마셔도 가시지 않을 갈증이었다.

여름이 끝날 무렵 마침내 이혼이 정식으로 성립되어 기노와 아내는 얼굴을 마주하게 되었다. 둘이 상의해서 처리해야 할 용건이 몇 가지 남아 있었고, 아내의 대리인에 의하면 그녀는 기노와 단둘이 직접 의논하기를 원했다. 두 사람은 영업시간 전 기노의 가게에서 만났다.

용건은 곧바로 처리되었고(기노는 그녀가 제시한 모든 조건에 이의를 달지 않았다), 두 사람은 서류에 서명하고 인감도장을 찍었다. 아내는 파란색 새 원피스를 입었고 머리는 전에 없이 짧았다. 표정도 전보다 밝고 건강해 보였다. 목덜미와 팔에 붙은 군살도 싹 없어졌다. 그녀는 새로운, 아마도 좀더 충실한 생활을 시작한 것이다. 그녀는 가게 안을 둘러보더니 꽤 멋진 가게

네, 하고 말했다. 조용하고 깔끔하고 분위기도 차분하고, 정말이지 당신다워. 그리고 짧은 침묵이 있었다. 그렇지만 가슴을 떨리게 하는 것은 없어…… 아마도 그런 말을 하고 싶었을 거라고 기노는 추측했다.

"뭐 좀 마실래?" 기노는 물었다.

"레드 와인 있으면, 조금만."

기노는 와인 잔을 두 개 꺼내 나파 진판델을 따랐다. 그리고 말없이 그것을 함께 마셨다. 정식으로 이혼한 것을 축하하며 건배할 수는 없는 노릇이다. 고양이가 다가오더니 웬일인지 제 발로 기노의 무릎에 뛰어올랐다. 그는 고양이의 귀 뒤를 쓰다듬어 주었다.

"당신에게 사과해야 해." 아내는 말했다.

"무엇에 대해?" 기노는 물었다.

"당신에게 상처를 준 것에 대해." 아내는 말했다. "상처받았지, 조금은?"

"글쎄." 기노는 잠깐 틈을 둔 뒤에 말했다. "나도 인간이니까 상처받을 일에는 상처받아. 조금인지 많이인지, 그 양까지는 모르겠지만."

"얼굴을 마주하고 그 점을 분명하게 사과하고 싶었어."

기노는 고개를 끄덕였다. "당신은 사과했고, 나는 그걸 받아들였어. 그러니 이제 신경쓰지 않아도 돼."

"일이 이렇게 되기 전에 당신에게 솔직히 털어놔야 한다고 생각은 했는데, 도저히 말을 꺼낼 수 없었어."

"하지만 어떤 경위를 거쳤다 해도 이야기의 결말은 같았겠지?"

"그랬을 거야." 아내는 말했다. "하지만 말을 못 꺼내고 어물어물하는 사이에 최악의 모양새가 돼버렸어."

기노는 말없이 와인 잔을 입으로 가져갔다. 사실 그는 그때 일어났던 일들을 이미 거의 잊어버린 뒤였다. 여러 사건이 순서대로 생각나지 않았다. 낱장으로 흩어진 색인 카드처럼.

그는 말했다. "누구 탓이랄 것도 없어. 내가 예정보다 하루 일찍 집에 가지 않았으면 될 일이었어. 아니면 미리 연락했든가. 그랬으면 이렇게 되진 않았겠지."

아내는 아무 말도 하지 않았다.

"그 친구와는 언제부터 그런 사이였어?" 기노는 물었다.

"그 얘기는 안 하는 게 좋을 것 같아."

"내가 모르는 게 낫다는 얘기야?"

아내는 침묵을 지켰다.

"그래, 그럴지도 모르겠다." 기노는 인정했다. 그리고 고양이를 내처 쓰다듬었다. 고양이는 목에서 크게 가르랑대는 소리를 냈다. 그것도 지금까지 없었던 일이었다.

"내가 이런 말을 할 자격은 없겠지만." 한때 그의 아내였던 여자가 말했다. "당신도 하루빨리 다 잊고 새 사람을 찾는 게 좋을 거야."

"글쎄." 기노는 말했다.

"당신과 잘 지낼 수 있는 여자가 어딘가에 있을 거야. 그렇게 찾기 어렵진 않을 거고. 나는 그런 사람이 될 수 없어서 못할 짓을 해버렸어. 그건 정말 미안하게 생각해. 하지만 우리 사이는 처음부터 잘못 끼운 단추 같았어. 당신은 좀더 평범하게 행복해질 수 있는 사람이야."

잘못 끼운 단추, 기노는 생각했다.

그녀가 입은 파란색 새 원피스에 기노는 눈길을 던졌다. 둘이 마주앉아 있었기 때문에 등이 지퍼인지 단추인지까지는 알 수 없었다. 하지만 기노는 그 지퍼를 내렸을 때, 혹은 단추를 풀었을 때 무엇이 드러날지 생각해보지 않을 수 없었다. 그 몸은 더는 그의 것이 아니다. 이제 그것을 볼 수도, 만질 수도 없다. 그는 그저 상상을 펼치는 수밖에 없다. 눈을 감자 무수한 암갈색 화상 자국이 그녀의 매끈하고 하얀 등 위에서 살아 있는 곤충떼처럼 꿈틀거리며 제각각 원하는 방향으로 기어가고 있었다. 그는 그 불길한 이미지를 떨쳐내려고 고개를 몇 번 좌우로 작게 흔들었다. 아내는 그 동작의 의미를 오해한 모양이었다.

그녀는 기노의 손에 다정하게 손을 포갰다. "미안해." 그녀는 말했다. "정말 미안해."

가을이 오자 우선 고양이가 사라졌고, 그러고는 뱀들이 나타나기 시작했다.

고양이가 없어진 것을 기노가 깨닫기까지는 며칠이 걸렸다. 왜냐하면 그 암고양이는—이름은 없다—자기 기분 내킬 때만 가게에 왔고, 한동안 전혀 나타나지 않기도 했으니까. 고양이는 자유를 중시하는 생물이다. 또한 그 고양이는 보아하니 다른 데서도 먹이를 챙겨주는 것 같았다. 그래서 일주일이나 열흘씩 나타나지 않아도 기노는 신경쓰지 않았다. 하지만 그 기간이 이 주일을 넘어서자 조금씩 불안해졌다. 사고라도 당한 건 아닐까. 그리고 삼 주째에 이르렀을 때, 기노는 고양이가 다시는 돌아오지 않으리라는 것을 직감했다.

기노는 그 고양이가 마음에 들었고, 고양이도 기노에게 마음을 허락한 것 같았다. 그는 고양이에게 먹이를 주고 잠자리를 제공하고 가능한 한 가만히 내버려두었다. 고양이는 호의를 드러내는 것으로, 혹은 적의를 드러내지 않는 것으로 그에 보답했다. 고양이는 또한 기노 가게의 수호신 역할을 하는 것 같기도 했었다. 고양이가 가게 한 귀퉁이에서 조용히 잠들어 있는 한 그리

나쁜 일은 일어나지 않는다. 그렇게 느꼈다.

고양이가 자취를 감춘 것을 전후해 집 주위에서 뱀이 눈에 띄기 시작했다.

처음 발견한 것은 흐릿한 갈색 뱀이었다. 몸길이가 꽤 길었다. 뱀은 앞마당에 그림자를 드리운 버드나무 아래를 구불거리며 슬금슬금 기어갔다. 기노는 식료품이 든 종이봉투를 안고 현관 자물쇠를 열려는 참에 그것을 목격했다. 도쿄 한복판에서 뱀을 발견하는 건 드문 일이다. 그는 조금 놀랐지만 그다지 신경쓰지는 않았다. 집 뒤에 초목이 우거진 네즈 미술관의 넓은 정원이 있다. 뱀이 산다 해도 이상할 건 없다.

하지만 그 이틀 뒤, 그는 오전중에 신문을 집어오려고 문을 열었다가 거의 똑같은 장소에서 또다른 뱀을 목격했다. 이번에는 푸른빛을 띤 뱀이었다. 지난번에 본 것보다 자그마하고 어딘지 미끌미끌해 보였다. 그 뱀은 기노를 보자 움직임을 멈추고 목을 슬쩍 쳐들어 그의 얼굴을 살폈다(혹은 살피는 것처럼 보였다). 기노가 어떻게 할까 망설이고 있으려니 뱀은 천천히 목을 내리고 잽싸게 그늘로 사라졌다. 기노는 그 모습에서 왠지 으스스한 느낌을 받지 않을 수 없었다. 뱀이 마치 그를 알고 있는 것처럼 느껴졌기 때문이다.

세번째로 또 거의 똑같은 장소에서 뱀을 목격한 것은 사흘 뒤였다. 역시 앞마당 버드나무 아래다. 이번에는 그전의 두 마리보다 몸길이가 훨씬 짧고 검은빛을 띤 뱀이었다. 기노는 뱀의 종류는 알지 못한다. 하지만 그 뱀은 지금까지 목격한 것 중 가장 위험한 인상을 풍겼다. 독을 가진 것처럼 보였지만 확신할 순 없다. 그가 그 뱀을 목격한 것은 아주 짧은 순간이었다. 뱀은 기노의 기척을 느끼자 몸을 날리듯 황급히 잡초 속으로 사라졌다. 일주일 사이 뱀을 세 마리나 보다니, 아무래도 너무 많다. 이 근방에서 무슨 일이 일어나고 있는지도 모른다.

기노는 이즈에 가 있는 이모에게 전화를 걸었다. 간단히 근황을 알린 뒤, 지금까지 아오야마 집 주위에서 뱀을 본 적 있느냐고 물어보았다.

"뱀?" 이모는 놀란 듯 목소리를 높였다. "기어다니는 그 뱀 말이니?"

기노는 집 마당에서 연달아 세 마리의 뱀을 목격한 이야기를 했다.

"그곳에서 꽤 오래 살았지만, 뱀을 본 기억은 없는데." 이모는 말했다.

"그럼 일주일 사이에 이곳에서 세 마리나 보았다는 건 그다지 평범한 일이 아니네요?"

"응, 그래. 평범한 일은 아니지. 어쩌면 큰 지진이 올 전조 같은 게 아닐까? 동물은 이변의 낌새를 미리 알아채고 평소와 다른 행동을 한다고들 하니까."

"만일 그렇다면 비상식량을 준비하는 편이 좋겠군요." 기노는 말했다.

"그렇지. 어쨌든 도쿄에서 사는 한 언젠가 한 번은 지진을 만날 거잖아."

"그런데 뱀이 원래 지진에 그렇게까지 신경을 쓸까요?"

뱀이 무엇에 신경을 쓰는지는 자기도 모르겠다고 이모는 말했다. 기노도 물론 알지 못한다.

"그래도 뱀은 무척 지혜로운 동물이야." 이모는 말했다. "고대 신화에서 뱀은 곧잘 사람을 안내하는 역할로 나와. 신기하게 전 세계 어떤 신화에서나 공통되는 점이야. 다만 그것이 좋은 방향인지 나쁜 방향인지는 직접 목적지까지 가보기 전에는 알 수 없어. 아니, 대부분의 경우 선한 것이면서 동시에 악한 것이기도 해."

"양의적." 기노는 말했다.

"그래, 뱀이란 원래 양의적인 생물이야. 그리고 그중에서도 가장 크고 현명한 뱀은 누가 제 목숨을 노릴 때를 대비해서 심장을 따로 감춰둔대. 그러니까 그 뱀을 죽이려면 뱀이 제 은신처를 비웠을 때 그곳에 들어가서 박동하는 심장을 찾아내 두 쪽으로 베어버려야 해. 물론 간단한 일은 아니지만."

기노는 이모의 박식함에 감탄했다.

"지난번에 NHK 방송을 보는데 세계의 신화를 비교하는 프로그램에서 어느 대학교 선생이 그런 얘기를 하더구나. 텔레비전에도 꽤 유익한 내용이 나온다니까. 무시하기만 할 건 아니야. 시간 나면 너도 텔레비전도 좀 보고 그러렴."

일주일 동안 이 집 주위에서 서로 다른 뱀을 세 마리나 본 것은 평범한 일이라고 할 수 없다—그것이 이모와의 대화에서 한 가지 명확해진 것이었다.

열두시에 가게를 닫고 문단속을 하고 2층으로 올라간다. 목욕을 하고 잠시 책을 읽다가 두시 전에는 불을 끄고 잔다. 그런 시간에 기노는 자신이 뱀들에게 둘러싸여 있다는 느낌을 받았다. 집 주위를 무수히 많은 뱀들이 둘러싸고 있는 것이다. 그 은밀한 기척이 느껴졌다. 한밤중이면 일대는 고요하게 가라앉고 이따금 지나가는 구급차 사이렌을 빼고는 아무 소리도 들려오지 않는다. 뱀이 기어가는 소리까지 들릴 것 같다. 그는 고양이를 위해 뚫어둔 문에 판자를 대고 못을 박아 막았다. 뱀들이 집안으로 들어오지 못하도록.

뱀들은 적어도 현재로서는 기노에게 뭔가를 할 마음은 없는 것 같았다. 그들은 그저 이 작은 집 주위를 고요히, 양의적으로 둘러싸고 있을 뿐이다. 그 회색 암고양이가 가게에 오지 않게 된 것도 어쩌면 그 탓인지 모른다. 화상 자국 여자도 한동안 나타나지 않았다. 기노는 비 오는 날 밤 그녀가 혼자서 가게로 찾아오지 않을까 두려운 동시에 마음 깊은 곳에서 은밀히 원하기도 했다. 그 역시 양의적인 것 중 하나였다.

어느 날 밤 가미타가 열시 조금 전에 나타났다. 맥주를 주문하고 화이트 라벨 더블을 마시고 그사이에 양배추롤까지 주문해 먹었다. 그가 그렇게 늦은 시간에 가게에 온 것도, 그렇게 오래 머무는 것도 이례적인 일이었다. 가미타는 이따금 읽던 책에서 눈을 들어 정면 벽을 가만히 바라보았다. 뭔가를 곰곰이 생각하는 것 같았다. 그리고 폐점시간이 가까워오자 자신이 마지막 손님이 되기를 기다렸다.

"기노 씨." 가미타는 계산을 마친 뒤 정색한 목소리로 말했다. "이런 일이 생겨서 유감스럽기 짝이 없습니다."

"이런 일이라니요?" 기노는 저도 모르게 되물었다.

"가게문을 닫아야 하는 것 말입니다. 설령 일시적이라 해도."

기노는 말없이 가미타의 얼굴을 쳐다보았다. 가게문을 닫는다고?

가미타는 아무도 없는 가게 안을 한번 둘러보았다. 그러고는 기노의 얼굴을 보고 말했다. "아무래도 내 말뜻을 아직 이해하지 못하는 것 같군요."

"네, 무슨 말인지 잘 모르겠습니다."

가미타는 고백하는 투로 말했다. "나는 이곳이 무척 마음에 들었습니다. 조용히 책을 읽기에도 좋고, 흐르는 음악도 좋았어요. 이 가게가 이 장소에 생긴 것이 기뻤습니다. 하지만 안타깝게도 많은 것이 빠져버린 것 같습니다."

"빠져버렸다?" 기노는 말했다. 그 말이 구체적으로 무엇을 의미하는지 기노는 알 수 없었다. 그가 떠올릴 수 있는 것은 살짝 이가 빠진 찻잔 정도였다.

"그 회색 고양이는 이제 여기 돌아오지 않을 겁니다." 가미타는 기노의 말에 대답하지 않고 말을 이었다. "적어도 당분간은."

"그건 이 장소에서 무언가가 빠져버렸기 때문인가요?"

가미타는 대답하지 않았다.

기노는 조금 전 가미타가 했던 대로 가게 안을 주의깊게 둘러보았지만 평소와 다른 점은 눈에 띄지 않았다. 다만 기분 탓인지 여느 때보다 공허하게, 또한 활력과 색채를 잃은 듯 느껴졌다. 폐점 후의 가게는 안 그래도 휑뎅그렁한 법이지만, 그보다 더.

가미타는 말했다. "기노 씨는 제 스스로 잘못을 저지를 수 있는 사람이 아닙니다. 그건 잘 알아요. 하지만 옳지 않은 일을 하지 않는 것만으로는 부족한 경우도 이 세상에는 있습니다. 그런 공백을 샛길처럼 이용하는 자도 있어요. 내 말이 무슨 뜻인지 알겠습니까?"

기노는 이해되지 않았다. 잘 모르겠다고 그는 말했다.

"한번 잘 생각해보세요." 가미타는 기노의 눈을 똑바로 바라보며 말했다. "깊게 생각해봐야 할 중요한 문제입니다. 대답은 그리 간단히 나오지 않겠지만."

"가미타 씨 말은, 내가 뭔가 옳지 않은 일을 했기 때문이 아니라 옳은 일을 하지 않았기 때문에 중대한 문제가 발생했다는 건가요? 이 가게에, 혹은 나 자신에."

가미타는 고개를 끄덕였다. "엄밀히 말하자면 그럴지도 모르겠군요. 하지만 그렇다 해도 기노 씨 한 사람만 비난할 생각은 없습니다. 나도 미리 눈치챘어야 했어요. 내가 방심한 탓도 있습니다. 분명 여기는 나뿐만 아니라 누구에게나 거하기 좋은 장소였던 것이지요."

"내가 이제부터 뭘 어떻게 하면 되죠?" 기노는 물었다.

가미타는 레인코트 호주머니에 두 손을 넣은 채 가만히 있었다. 그러고는 말했다. "잠시 가게문을 닫고 멀리 떠나는 것입니다. 현시점에서 그것 말고는 할 수 있는 일이 없을 것 같군요. 고명한 스님 중 아는 분이 있다면 독경을 부탁드리고 집 주위에 부적을 써붙여도 좋겠지요. 하지만 요즘 세상에 그런 사람은 쉽게 찾을 수 없어요. 그러니 이다음 긴 비가 내리기 전에 이곳을 떠나는 게 좋겠습니다. 실례지만, 긴 여행을 할 만한 여유 자금은 있습니까?"

"기간에 따라 다르겠지만, 한동안은 감당할 수 있을 겁니다." 기노는 말했다.

"다행이군요. 나중 일은 나중에 생각하는 수밖에요."

"그런데, 당신은 대체 누구시죠?"

"나는 그저 가미타라는 사람입니다." 가미타는 말했다. "귀신 신에 밭 전 자를 쓰지만 간다는 아니에요. 오래전부터 이 근처에 살고 있습니다."

기노는 마음을 정하고 물어보았다. "가미타 씨, 한 가지 물어보고 싶은데, 지금까지 이 근방에서 뱀을 본 적이 있습니까?"

가미타는 그 말에는 대답하지 않았다. "명심하십시오. 되도록 멀리 떠나고, 되도록 자주 이동해야 합니다. 또 한 가지, 매주 월요일과 목요일에는 반드시 그림엽서를 보내주세요. 그러면 기노 씨가 무사하다는 걸 알 수 있습니다."

"그림엽서?"

"그 지역의 그림엽서라면 뭐든 괜찮습니다."

"그 엽서를 누구한테 보내죠?"

"이즈의 이모님 앞으로 보내면 좋겠지요. 보내는 사람 이름도 메시지도 일절 써서는 안 됩니다. 오로지 받는 사람 주소와 이름만 쓰세요. 중요한 사항이니 절대 잊으면 안 됩니다."

기노는 놀라서 상대의 얼굴을 보았다. "우리 이모를 알아요?"

"네, 이모님을 아주 잘 알고 있습니다. 실은 그분에게 미리 부탁을 받았어요. 당신 신상에 나쁜 일이 일어나지 않도록 잘 지켜봐달라고. 하지만 아무래도 그 기대에 부응하지 못한 것 같군요."

이 남자는 대체 누구인가? 하지만 가미타가 제 입으로 밝히지 않는 이상, 기노는 알 도리가 없었다.

"이제 돌아와도 괜찮겠다 싶으면 알려드리겠습니다. 기노 씨, 그때까지는 이 근처에 오지 않도록 해야 합니다. 알겠습니까?"

기노는 그날 밤 여행가방을 꾸렸다. 이다음 긴 비가 내리기 전에 이곳을 떠나는 게 좋다. 그것은 너무도 느닷없는 통보였다. 설명도 없을뿐더러 전후 사정도 불명확하다. 하지만 기노는 가미타의 말을 그대로 믿었다. 매우 난폭한 이야기였지만 의심할 마음은 왠지 생기지 않았다. 가미타가 하는 말에는 논리를 뛰어넘은 신비한 설득력이 있었다. 갈아입을 옷과 세면도구는 중형 숄더백 하나로 충분했다. 스포츠용품 회사에 다니던 시절, 이 가방에 직접 짐을 꾸려 출장을 다녔다. 긴 여행에 무엇이 필요하고 무엇이 필요 없는지 잘 알고 있다.

날이 밝자 그는 '대단히 죄송하오나 당분간 휴업합니다'라고 쓴 종이를 가게문에 핀으로 꽂았다. 멀리, 라고 가미타는 말했다. 하지만 구체적으로 어디로 가면 좋을지 생각이 떠오르지 않았다. 북쪽으로 갈지 남쪽으로 갈지, 그것도 알 수 없었다. 그래서 우선은 러닝슈즈 영업을 다니던 시절에 자주 돌던 코스를 그대로 따라가기로 했다. 고속버스를 타고 다카마쓰로 갔다. 시코쿠를 한 바퀴 돌고 그다음에는 규슈로 건너갈 생각이었다.

다카마쓰 역 근처의 비즈니스호텔을 잡고 거기서 사흘을 보냈다. 거리를 정처 없이 돌아다니고 영화를 몇 편 보았다. 한낮의 영화관은 어디나 텅텅 비어 있었고 영화는 하나같이 재미없었다. 날이 저물면 호텔방에 돌아가 텔레비전을 켰다. 이모의 권유에 따라 교육방송을 중심으로 보았다. 하지만 유익한 정보는 아무것도 얻을 수 없었다. 다카마쓰에서 보낸 이틀째가 목요일이었기 때문에 편의점에서 그림엽서를 사서 우표를 붙여 이모에게 보냈다. 가미타가 하라는 대로 이모 이름과 주소만 썼다.

사흘째 밤에 문득 생각이 나서 여자를 샀다. 전화번호는 택시 운전기사가 알려주었다. 상대는 스무 살 전후의 젊은 아가씨로 몸매가 늘씬하고 아름다웠다. 하지만 그 여자와의 섹스는 처음부터 끝까지 무미건조했다. 그것은 단순한 성욕 해소에 지나지 않았고, 그나마 거의 해소도 안 되는 짓이었다. 도리어 갈증이 더해졌을 뿐이다.

"한번 잘 생각해보세요." 가미타는 말했다. "깊이 생각해봐야 할 중요한 문제입니다." 하지만 아무리 깊이 생각해도 지금 무엇이 문제인지, 기노는 이해할 수 없었다.

그날 밤은 비가 내렸다. 빗발이 그리 굵지는 않지만 멎을 조짐이 보이지 않는, 전형적인 가을장마였다. 여러 말을 되풀이하는 단조로운 고백처럼 단락도 없고 강약도 없다. 언제부터 내리기 시작했는지조차 이제는 생각나지 않는다. 기나긴 비가 불러오는 것은 싸늘하게 젖은 무력감이다. 우산을 받쳐들고 어딘가 나가서 저녁 먹을 마음도 들지 않는다. 그렇다면 아무것도 먹지 않아도 된다. 베갯머리의 유리창이 가느다란 물방울로 뒤덮이고, 물방울은 줄줄이 새것으로 바뀌어갔다. 기노는 유리창 물무늬의 세세한 변화를 종잡을 수 없는 마음으로 관찰했다. 그 물무늬 너머로는 어두운 거리가 끝없이 펼쳐져 있었다. 포켓병에 든 위스키를 잔에 따르고, 같은 양의 생수로 희석해 마셨다. 얼음은 없다. 복도의 제빙기까지 걸음을 옮길 기분도 나지 않았다. 미지근한 술이 나른한 몸에 잘 스며들었다.

기노는 구마모토 역 근처의 싸구려 비즈니스호텔에 묵고 있었다. 낮은 천장, 좁은 침대, 작은 텔레비전, 작은 욕조, 밤톨만한 냉장고. 방안 모든 것이 아담한 사이즈였다. 그런 곳에 있으니 마치 자신이 보기 흉한 거인이 된 기분이었다. 하지만 그는 그 비좁음을 딱히 불편하게 느끼지도 않고 종일 방에 틀어박혀 있었다. 비가 오기도 해서, 근처 편의점에 잠시 다녀온 것을 빼고는 한 번도 밖에 나가지 않았다. 편의점에서는 위스키 포켓병과 생수, 그리고 안주로 먹을 크래커를 샀다. 침대에 누워 책을 읽고, 책을 읽다 싫증나면 텔레비전을 보고, 텔레비전을 보다 싫증나면 다시 책을 읽었다.

구마모토에서 머문 지 나흘째였다. 은행 잔고도 아직 여유가 있으니 마음만 먹으면 좀더 괜찮은 호텔에서 묵을 수도 있었다. 하지만 지금 자신에게는 이 정도 장소가 딱 어울린다는 느낌이었다. 비좁은 곳에서 가만히 있다보면 쓸데없는 생각을 할 필요도 없고, 팔을 뻗으면 대부분의 물건이 손에 닿는다. 기노는 그것이 의외로 고마웠다. 여기에 음악까지 있다면 더 바랄 것 없겠다고 그는 생각했다. 테디 윌슨, 빅 디킨슨, 벅 클레이턴 같은 고풍스러운 재즈가 때때로 간절히 듣고 싶었다. 견실한 테크닉, 심플한 코드, 연주하는 것 자체의 소박한 기쁨, 기막힐 정도의 낙천주의. 지금 기노가 원하는 것은 그런, 이제는 존재하지 않는 종류의 음악이었다. 하지만 그의 레코드 컬렉션은 멀리 떨어진 곳에 있었다. 불빛이 꺼지고 괴괴하게 가라앉은, 문 닫힌 '기노'의 내부를 그는 떠올려보았다. 골목 안쪽, 키 큰 버드나무. 찾아온 손님들은 휴업을 알리는 글을 보고 체념한 채 발길을 돌린다. 고양이는 어떻게 되었을까? 돌아왔다고 해도 문이 막힌 것을 알고 분명 실망했으리라. 그리고 비밀스러운 뱀들은 아직도 그 집을 조용히 포위하고 있을까?

8층 창문 맞은편에는 오피스빌딩 창이 보였다. 날림으로 지은 좁고 길쭉한 건물이다. 아침부터 저녁까지 맞은편 층에서 일하는 사람들의 모습이 유리창 너머로 보였다. 군데군데 내려진 블라인드 탓에 내부가 훤히 보이진 않아서 어떤 업종인지까지는 알 수 없었다. 넥타이를 맨 남자들이 들락날락하고 여자들은 컴퓨터 자판을 두드리거나 전화를 받거나 서류를 정리했다. 지켜본다고 딱히 흥미가 이는 광경은 아니었다. 일하는 사람들의 얼굴도 옷차림도 하나같이 범용했다. 기노가 그 광경을 오랜 시간 질리는 줄도 모르고 바라본 유일한 이유는 그것 말고는 딱히 할 일이 없었기 때문이다. 그러면서 기노가 가장 의외라고 생각한 것, 혹은 놀란 것은 그들이 때때로 즐거운 표정을 짓는다는 사실이었다. 개중에는 크게 입을 벌리고 웃는 사람도 있었다. 어째서일까? 저렇게 보잘것없는 사무실에서 하루종일 일하고, 따분하기 이를 데 없는 작업(기노의 눈에는 그렇게밖에 보이지 않았다)에 쫓기면서, 어떻게 유쾌할 수 있을까? 거기에는 내가 이해할 수 없는 중요한 비밀 같은 것이 감춰져 있는 걸까? 그렇게 생각하니 기노는 왠지 조금 불안해졌다.

이제 슬슬 다음 장소로 옮겨야 한다. 되도록 자주 이동해야 합니다—가미타가 그렇게 말했었다. 하지만 기노는 이 구마모토의 비좁은 비즈니스호텔에서 왠지 털고 일어날 수가 없었다. 이제부터 가고 싶은 곳도, 보고 싶은 풍경도 전혀 생각나지 않았다. 세계는 표지판 없는 광대한 바다이고, 기노는 항해도를 잃고 닻을 잃은 작은 배였다. 앞으로 어디로 가야 할지 규슈 지도를 펼쳐놓고 찾고 있으려니 뱃멀미처럼 가벼운 구토감이 덮쳤다. 기노는 침대에 드러누워 책을 읽고, 간간이 고개를 들어 맞은편 오피스빌딩에서 일하는 사람들의 모습을 관찰했다. 시간이 흐를수록 자신의 몸이 점점 무게를 잃고 피부가 투명해져가는 것처럼 느껴졌다.

그 전날은 월요일이라 기노는 호텔 매점에서 구마모토 성城 그림엽서를 구입해 볼펜으로 이모 이름과 이즈의 주소를 적었다. 우표를 붙이고는 엽서를 손에 들고 오랫동안 무심히 구마모토 성의 사진을 바라보았다. 그야말로 그림엽서에 사용할 법한 틀에 박힌 풍경사진이다. 파란 하늘과 흰 구름을 배경으로 당당하게 우뚝 솟은 천수각. '다른 이름은 은행銀杏 성. 일본 삼대 성 중 하나로 꼽힌다'는 설명이 적혀 있다. 아무리 들여다봐도 그 성과 기노 사이에 접점이라고 할 만한 것은 눈에 띄지 않았다. 그는 충동적으로 엽서를 뒤집어 흰 여백에 이모에게 보내는 글을 썼다.

'잘 지내시는지요. 허리 아픈 건 좀 어떠세요? 저는 아직 이렇게 혼자서 여기저기 여행중입니다. 이따금 저 자신이 반쯤 투명해지는 듯한 기분이 듭니다. 막 잡은 오징어처럼 내장까지 훤히 들여다보일 것 같아요. 하지만 그런 것 말고는 그럭저럭 건강합니다. 나중에 이즈에도 가고 싶네요. 기노.'

왜 그런 글을 써버렸는지 기노는 그때의 제 마음의 움직임을 제대로 더듬을 수 없다. 그것은 가미타가 엄금했던 일이었다. 받는 사람 이름과 주소 말고 어떤 것도 엽서에 써서는 안 된다. 중요한 사항이니 절대로 잊지 마라. 가미타는 그렇게 말했다. 하지만 기노는 이미 자신을 억제할 수 없었다. 어딘가에서 현실과 이어져야 한다. 그러지 않으면 나는 더이상 내가 아니게 된다. 나는 어디에도 없는 사람이 되고 만다. 기노의 손은 거의 자동적으로 움직여 엽서의 좁은 여백을 작고 각진 글씨로 채워나갔다. 그리고 마음이 바뀌기 전에 호텔 근처 우편함에 서둘러 엽서를 집어넣었다.

눈을 떴을 때, 베갯머리의 디지털시계는 두시 십오분을 표시하고 있었다. 누군가가 방문을 노크하고 있다. 강한 노크는 아니지만 그 소리는 솜씨 좋은 목수가 못을 박듯 간결하고 단단하게 응축되어 있다. 그리고 노크하는 누군가는 그 소리가 기노의 귀에 분명하게 가닿고 있음을 잘 알고 있다. 그 소리가 기노를 한밤중의 깊은 잠에서, 자비로운 잠깐의 휴식에서 억지로 끌어내 그의 의식을 가혹할 만큼 구석구석 밝게 깨우고 있다는 것을.

문을 두드리는 게 누구인지 기노는 안다. 그 노크는 그가 침대에서 내려와 안쪽에서 문을 열기를 요구하고 있다. 강하게, 집요하게. 그 누군가는 밖에서 문을 열 만한 힘이 없다. 문은 안쪽에서 기노 자신의 손으로 열어야만 한다.

기노는 그 방문이 자신이 무엇보다 원해왔던 것이며 동시에 무엇보다 두려워해왔던 것임을 새삼 깨달았다. 그렇다, 양의적이라는 건 결국 양극단 중간의 공동空洞을 떠안는 일인 것이다. "상처받았지, 조금은?" 아내는 그에게 물었다. "나도 인간이니까 상처받을 일에는 상처받아." 기노는 대답했다. 하지만 그건 사실이 아니다. 적어도 반은 거짓말이다. 나는 상처받아야 할 때 충분히 상처받지 않았다, 고 기노는 인정했다. 진짜 아픔을 느껴야 할 때 나는 결정적인 감각을 억눌러버렸다. 통절함을 받아들이고 싶지 않아서 진실과 정면으로 맞서기를 회피하고, 그 결과 이렇게 알맹이 없이 텅 빈 마음을 떠안게 되었다. 뱀들은 그 장소를 손에 넣고 차갑게 박동하는 그들의 심장을 거기에 감춰두려 하고 있다.

"분명 여기는 나뿐만 아니라 누구에게나 거하기 좋은 장소였던 것이지요." 가미타는 말했다. 그가 말하려 했던 것이 무엇인지 기노는 이제야 겨우 이해했다.

기노는 이불을 둘러쓰고 눈을 감고 두 손으로 귀를 틀어막고 자신의 비좁은 세계로 도망쳐 그 안에 틀어박혔다. 그리고 스스로에게 되뇌었다. 아무것도 보지 마, 아무것도 듣지 마. 하지만 그 소리를 지워버릴 수는 없다. 설령 세상 끝까지 도망치고 양쪽 귀를 찰흙으로 막아버린다 해도 살아 있는 한, 의식이 실낱만큼이라도 남아 있는 한 노크 소리는 그를 쫓아올 것이다. 그것이 두드리는 것은 비즈니스호텔 방의 문이 아니다. 그것은 그의 마음의 문을 두드리고 있다. 사람은 그런 소리로부터 완전히 도망칠 수 없다. 그리고 새벽이 오기까지는—만일 새벽이라는 게 아직 있다면—여전히 긴 시간이 가로누워 있다.

얼마나 시간이 지났을까, 정신이 들었을 때 노크 소리는 멈춰 있었다. 주위는 달의 뒷면처럼 고요히 가라앉았다. 그래도 기노는 이불을 둘러쓴 채 꼼짝하지 않았다. 방심해서는 안 된다. 그는 기척을 죽이고 귀를 기울여 침묵 속에서 불길한 암시를 들으려 했다. 문밖에 있는 자가 그리 쉽게 포기할 리 없다. 상대는 서

두를 필요가 없다. 달도 뜨지 않았다. 하늘에는 말라죽은 별자리가 거뭇거뭇 떠 있을 뿐이다. 세계는 아직 한참 동안 그들의 것이다. 그들은 몇 가지 또다른 방식이 있다. 요구는 다양한 형식을 취할 수 있다. 어두운 뿌리는 땅속 곳곳에 그 끄트머리를 뻗칠 수 있다. 참을성 있게 시간을 들여서 약한 부분을 찾아내 견고한 바위마저 깨부술 수 있다.

이윽고 예상대로 다시 노크가 시작되었다. 하지만 이번에는 들려오는 방향이 다르다. 소리의 울림도 달라졌다. 아까보다 훨씬 가까이에서, 말 그대로 귓가에서 소리가 들려온다. 그 누군가는 이제 베갯머리 쪽 창문 바로 바깥에 있는 것 같다. 아마도 지상 8층의 가파른 빌딩 벽에 달라붙어 얼굴을 창문에 바짝 들이대고 비에 젖은 유리창을 똑똑 두드리고 있는 것이리라. 그것 말고는 생각할 수 없다.

그래도 두드리는 방식은 변함이 없다. 두 번. 연달아서 두 번. 잠시 틈을 두었다가 다시 두 번. 그것을 한없이 되풀이한다. 소리가 미묘하게 커졌다가 다시 작아진다. 감정을 가진 특수한 심장의 박동처럼.

창문 커튼은 여전히 걷혀 있다. 그는 잠들기 전 유리창에 맺힌 물방울 무늬를 하염없이 바라보았다. 지금 여기서 이불 밖으로 얼굴을 내밀면 어두운 유리창 너머로 무엇이 보일지 기노는 대강 상상이 되었다. 아니, 그렇지 않다. 상상은 되지 않는다. 상상한다는 두뇌활동 자체를 지워버려야 한다. 어쨌든 나는 그것을 내 눈으로 차마 볼 수 없다. 아무리 텅 비었을지라도 그것은 아직까지는 나의 마음이다. 어렴풋하게나마 거기에는 사람들의 온기가 남아 있다. 몇 가지 개인적인 기억이 바닷가 말뚝에 엉킨 해초처럼 말없이 만조를 기다리고 있다. 몇 가지 감정은 베어내면 필시 붉은 피를 흘리리라. 아직은 그 마음을 영문 모를 곳으로 떠나보내 헤매게 할 수는 없다.

귀신 신에 밭 전 자를 쓰고 '가미타'라고 읽습니다. '간다'가 아니라. 이 근처에 삽니다.

"기억해두지." 몸집 큰 남자가 말했다.

"좋은 생각입니다. 기억은 여러모로 힘이 되지요." 가미타가 말했다.

가미타는 어쩌면 그 앞마당 오래된 버드나무와 어떤 형태로든 관련이 있는지도 모른다, 기노는 문득 그렇게 생각했다. 그 버드나무가 자신을, 그리고 작은 집을 보호해준 것이다. 말이 되는지는 모르겠지만, 일단 그런 생각이 머릿속에 떠오르자 이야기가 마디마디 이어지는 기분이 들었다.

풍성한 초록 가지를 땅 가까이까지 늘어뜨린 버드나무의 모습을 기노는 머릿속에 떠올렸다. 여름에는 시원한 그늘을 아담한 앞마당에 드리워주었다. 비 오는 날에는 무수한 은빛 물방울이 부드러운 가지에 맺혀 반짝였다. 바람 없는 날 그것은 깊고 조용한 사색에 잠기고, 바람 부는 날이면 미처 정하지 못한 마음을 정처 없이 뒤흔들었다. 작은 새들이 찾아와 높고 날카로운 소리로 서로 재잘대며 낭창낭창한 가지에 요령 있게 내려앉았다가 이윽고 다시 날아갔다. 새들이 날아간 뒤에 가지는 한동안 즐거운 듯 좌우로 흔들렸다.

기노는 이불 속에서 벌레처럼 몸을 웅크리고 눈을 꾹 감고 오로지 버드나무만 생각했다. 그 색깔과 모양, 움직임을 하나하나 구체적으로 머릿속에 떠올렸다. 그리고 새벽이 찾아오기를 염원했다. 주위가 점차 환해지고 까마귀며 작은 새들이 눈을 떠 하루의 활동을 시작하기를 이렇게 견디며 기다리는 수밖에 없다. 온 세상의 새들을 믿는 수밖에 없다. 날개가 있고 부리가 달린 모든 새들을. 그때까지 한시도 마음을 비워서는 안 된다. 공백이, 그곳에 생겨나는 진공이 그것들을 끌어들이는 것이다.

버드나무만으로는 부족해지자 기노는 늘씬한 회색 암고양이를 생각하고, 그 고양이가 구운 김을 즐겨 먹었던 것을 떠올렸다. 카운터 자리에서 책 읽기에 몰두해 있는 가미타의 모습을 생각하고, 육상 트랙에서 가혹한 반복훈련을 하는 젊은 중거리 주자들의 모습을 생각하고, 벤 웹스터가 부는 〈My Romance〉의

아름다운 색소폰 솔로를 생각했다(중간에 두 번 스크래치가 들어간다. 치직, 치직). 기억은 여러모로 힘이 된다. 그리고 머리를 짧게 자르고 파란색 새 원피스를 입은 옛 아내의 모습을 떠올렸다. 뭐가 어찌됐건 그녀가 새로운 자리에서 행복하고 건강하게 생활하기를 기노는 기원했다. 다치거나 하지 않고 잘 지내주면 좋겠다. 그녀는 얼굴을 마주보며 사과했고, 나는 그걸 받아들인 것이다. 나는 잊는 것뿐 아니라 용서하는 것도 배워야 한다.

하지만 시간은 그 움직임을 좀체 공평하게 결정하지 못하는 모양이었다. 피비린내 나는 욕망의 무게가, 회한의 녹슨 닻이, 본래의 합당한 시간 흐름을 가로막고 있었다. 그곳에서 시간은 일직선으로 날아가는 화살이 아니었다. 비는 줄기차게 내리고, 시곗바늘은 자꾸 머뭇거리고, 새들은 아직도 깊이 잠들었고, 얼굴 없는 우체부는 묵묵히 그림엽서를 분류하고, 아내는 모양 좋은 유방을 허공에 크게 흔들고, 누군가가 집요하게 유리창을 두드렸다. 그를 깊은 암시의 미궁으로 꾀어들이려는 듯, 한없이 규칙적으로. 똑똑. 똑똑. 그리고 다시 똑똑. 눈을 돌리지 말고 나를 똑바로 봐, 누군가가 귓가에서 그렇게 속닥였다. 이것이 네 마음의 모습이니까.

초여름 바람을 받아 버드나무 가지가 부드럽게 흔들렸다. 기노의 내면 깊은 곳에 있는 작고 어두운 방 한 칸에서 누군가의 따스한 손이 그의 손을 향해 다가와 포개지려 했다. 기노는 눈을 꼭 감은 채 그 살갗의 온기를 생각하고 부드럽고 도도록한 살집을 생각했다. 그것은 그가 오랫동안 잊고 있던 것이었다. 꽤 오랫동안 그에게서 멀어져 있던 것이었다. 그래, 나는 상처받았다, 그것도 몹시 깊이. 기노는 스스로에게 그렇게 말했다. 그리고 눈물을 흘렸다. 그 어둡고 조용한 방안에서.

그동안에도 비는 끊임없이, 싸늘하게 세상을 적셨다.

사랑하는 잠자

눈을 떴을 때, 그는 침대 위에서 그레고르 잠자로 변신한 자신의 모습을 발견했다.

그는 반듯이 누운 자세로 천장을 바라보고 있었다. 방안의 어둠침침함에 눈이 익숙해지기까지 시간이 걸렸다. 보아하니 그것은 어디에나 흔히 있는 지극히 평범한 천장이었다. 원래는 흰색이나 연한 크림색 계열로 칠했을 것이다. 하지만 세월이 몰고 온 먼지와 때 탓에 이제는 상해가는 우유를 떠올리게 하는 색으로 변했다. 장식도 없고 이렇다 할 특징도 없다. 주장도 메시지도 없다. 천장으로서의 구조적인 역할은 일단 무난하게 해내고 있으나, 그 이상의 의욕은 찾아볼 수 없다.

방 한쪽 벽(그의 위치에서 왼편)에 키 높은 창문이 있지만 안쪽에서 막혀 있었다. 원래 거기 있어야 할 커튼은 사라지고 창틀에 두툼한 판자 몇 장을 가로질러 못을 박아 막아버렸다. 판자와 판자 사이는—의도적인지 아닌지는 모르겠으나—각각 수 센티미터씩 벌어져서, 그 틈새로 비쳐든 아침 햇살이 방바닥에 몇 줄기 눈부신 평행선을 긋고 있었다. 무엇 때문에 이토록 단단히 창을 막았는지 이유는 알 수 없다. 이 방에 누군가 들어오지 못하게 하기 위해서일까? 아니면 여기서 누군가 나가지 못하게 하기 위해서일까(그 누군가는 어쩌면 그 자신인 걸까)? 아니면 큰 태풍이나 용오름이 조만간 덮치기라도 하는 걸까?

반듯이 누운 자세를 유지한 채 그는 눈과 목을 슬쩍 움직여 방 안을 살폈다.

방에는 그가 자고 있던 침대를 빼고는 가구라 할 만한 것이 하나도 없었다. 정리장도 없고 책상도 의자도 없다. 벽에는 그림도 시계도 거울도 걸려 있지 않다. 조명기구도 보이지 않는다. 그리고 시선이 닿는 한, 바닥에는 카펫도 러그도 깔려 있지 않은 것 같다. 마루가 고스란히 드러나 있다. 낡고 빛바랜 벽지에는 자잘한 무늬가 찍혀 있지만 이 빈약한 빛으로는—어쩌면 환한 빛이라 해도 마찬가지일지 모르지만—어떤 무늬인지 알아보기가 거의 불가능하다.

창문 반대편, 즉 그의 오른편 벽에는 문이 하나 있었다. 문에는 군데군데 변색된 놋쇠 손잡이가 달렸다. 이 방은 아마 누군가가 내내 지내던 곳일 것이다. 그런 분위기가 엿보였다. 하지만 지금은 방주인의 기척이 깨끗이 지워지고 없다. 그가 지금 누워 있는 침대만이 방 한복판에 덩그러니 남겨져 있다. 그러나 침대에는 침구가 세팅되어 있지 않다. 시트도 없고 이불도 베개도 없다. 낡은 매트리스만 덜렁 놓여 있을 뿐이다.

이곳이 어디인지, 이제부터 무엇을 해야 할지 잠자는 짐작도 가지 않았다. 가까스로 이해할 수 있는 건 자신이 이제 그레고르 잠자라는 이름을 가진 인간이 되었다는 사실이다. 그는 어떻게 그것을 알았을까? 잠든 사이 누군가가 그의 귓가에 몰래 속삭였는지도 모른다. "네 이름은 그레고르 잠자야"라고.

그렇다면 그레고르 잠자가 되기 전에 나는 대체 누구였을까? 무엇이었을까?

그러나 그런 것을 생각하기 시작하자 의식이 흐리멍덩하게 무거워졌다. 그리고 머릿속에 시커먼 모기떼 같은 것이 피어올랐다. 그것은 점점 두툼하고 농밀해지더니 윙윙대는 가벼운 소리를 내며 뇌의 물렁한 부분을 향해 몰려갔다. 그래서 잠자는 생각을 멈췄다. 뭔가를 깊이 생각하는 것은 지금 그에게는 분명 지나치게 부담스러운 일이다.

어찌됐든 몸을 움직이는 방법을 익혀야 한다. 언제까지고 여기 드러누워 쓸데없이 천장만 바라보고 있을 수는 없다. 이래서야 너무도 무방비하다. 이런 상태로 적을 맞닥뜨린다면—이를테면 모질고 사나운 새들의 습격을 받는다면—살아남을 가망이 없다. 우선 첫출발로 그는 손가락을 움직여보았다. 오른쪽 왼쪽 손에 각각 다섯 개씩 모두 열 개의 긴 손가락이 달려 있다. 손가락은 수많은 관절을 구비하고 있고, 그 작동 콤비네이션이 매우 복잡하다. 더구나 몸 전체가 마비된 듯한 상태여서(비중이 크고 끈끈한 액체에 온몸이 잠겨버린 것 같다) 말단부분까지 효과적으로 힘을 전달할 수 없었다.

그래도 눈을 감고 의식을 집중해 끈기 있게 시행착오를 거듭하는 사이에 양 손가락을 차츰 자유롭게 운용할 수 있었다. 관절을 움직이는 방법도 느리게나마 요령을 파악했다. 손가락을 움직이기 시작하자 그에 따라 몸 전체를 뒤덮고 있던 마비가 점차 풀리면서 물러갔다. 하지만 그 자리를 메우듯이—마치 썰물이 지자 어둡고 불길한 바위가 모습을 드러내는 것처럼—격렬한 고통이 그의 몸을 자근자근 괴롭히기 시작했다.

그게 공복감이라는 사실이 판명되기까지 잠시 시간이 걸렸다. 지금까지 한 번도 경험한 적 없는, 아니, 적어도 경험한 기억이 없는 압도적인 공복감이다. 벌써 일주일째 먹을 것이라고는 한 조각도 입에 넣지 못했다—그런 느낌이었다. 몸 한가운데 진공

상태의 동굴이 생긴 것 같다. 온몸의 뼈가 삐걱거리고 근육이 비틀리고 내장이 여기저기서 경련을 일으켰다.

잠자는 고통을 견딜 수 없어 매트리스에 양 팔꿈치를 짚고 조금씩 윗몸을 일으켰다. 등뼈가 우두둑 몇 번 소름끼치는 소리를 냈다. 대체 얼마나 오랫동안 이 침대에 누워 있었던 걸까? 일어나는 것에 대해, 현재의 자세를 바꾸는 것에 대해, 몸의 온갖 부분이 소리 높여 항의의 뜻을 표명했다. 그래도 아픔을 견뎌가며 온 힘을 끌어모은 결과 어찌어찌 몸을 일으켜 침대 위에 앉을 수 있었다.

이 무슨 꼴사나운 몸뚱이인가. 벌거벗은 자신의 육체를 쭉 훑어보고 보이지 않는 부분은 손으로 더듬어보며 잠자는 그렇게 생각하지 않을 수 없었다. 꼴사납기만 한 것이 아니다. 너무도 무방비하다. 미끄럽고 허여멀건 피부(허울뿐인 체모가 덮여 있다), 보호해주는 게 전혀 없는 보들보들한 복부, 믿을 수 없을 만큼 기묘한 모양의 생식기, 두 개씩밖에 없는 길쭉한 팔다리, 퍼렇게 도드라진 허약한 혈관, 금세라도 부러질 듯 불안정하고 가느다란 목, 일그러진 큰 머리통. 그 위를 뒤덮은 잔뜩 헝클어진 긴 머리털, 조개껍데기처럼 좌우로 불쑥 튀어나온 귀. 이런 것이 정말 나인가? 이렇게 불합리한, 그리고 간단히 손상될 듯한 몸뚱이로(방어할 껍데기도, 공격할 무기도 주어져 있지 않다) 과연

이 세계에서 목숨을 부지할 수 있을까? 왜 물고기가 되지 않았을까. 왜 해바라기가 되지 않았을까. 물고기나 해바라기라면 그나마 좀 말이 된다. 적어도 그레고르 잠자인 것보다는 훨씬 말이 된다. 그는 그렇게 생각하지 않을 수 없었다.

그래도 마음을 굳게 먹고 두 다리를 침대에서 내려 발을 바닥에 디뎌보았다. 마룻바닥이 예상했던 것보다 훨씬 차가워서 그는 저도 모르게 숨을 헉 삼켰다. 그로부터 호된 실패를 수없이 거듭하고 곳곳에 몸을 부딪혀가며 겨우겨우 두 다리로 서는 데 성공했다. 한 손으로 침대 난간을 부여잡고 잠시 그 자세를 유지했다. 하지만 가만히 서 있으려니 머리가 이상하게 무겁게 느껴져 고개를 똑바로 들 수 없었다. 겨드랑이에서 땀이 흐르고 극도의 긴장으로 생식기가 오그라들었다. 몇 번씩 크게 심호흡을 하며 딱딱하게 굳어버린 몸을 다독여야 했다.

바닥에 서 있는 것에 몸이 어느 정도 적응하자 그다음은 걷기 연습에 들어갔다. 하지만 두 다리로 걷는 것은 거의 고문에 가까운 고역이어서 동작 하나하나가 격심한 육체적 고통을 몰고 왔다. 좌우 양쪽 다리를 번갈아 내밀며 앞으로 나아가는 것은 어떤 관점에서 보더라도 자연의 법칙에 반하는 불합리한 동작이었고, 시점視點이 높고 불안정한 탓에 절로 오금이 저렸다. 허리뼈와 무릎관절의 연동성을 이해하고 균형을 잡는 것도 처음에는 몹시 어려웠다. 한 걸음 앞으로 내디딜 때마다 금방이라도 꺼꾸러질 듯한 공포에 무르팍이 후들후들 떨려 양손으로 벽을 짚고 매달려야 했다.

그렇다고 언제까지나 이 방에 머물러 있을 수는 없다. 어디서든 음식다운 음식을 찾아 입에 넣지 않는다면, 이 통렬한 허기가 조만간 그의 몸을 남김없이 파먹어버릴 것이다.

벽을 짚고 비틀비틀 걸음을 옮겨 문에 도착하기까지 긴 시간이 걸렸다. 시간의 단위도, 그걸 측정하는 방법도 모른다. 하지만 아무튼 긴 시간이다. 덮쳐오는 고통의 총량이 그것을 뼈저리게 알려주었다. 그래도 이동하는 사이 그는 관절과 근육의 사용법을 하나하나 깨쳐나갔다. 아직 속도가 더디고 움직임도 어색하다. 붙잡고 기댈 것도 필요하다. 하지만 몸이 불편한 인간이라고 하면 그럭저럭 통할지 모른다.

문손잡이를 잡고 앞으로 당겨보았다. 꿈쩍도 하지 않는다. 밀어봐도 소용없다. 다음에는 오른쪽으로 돌려서 당겨보았다. 문이 삐걱이는 소리를 낮게 지르며 안쪽으로 열렸다. 잠겨 있진 않았다. 그는 문틈으로 슬쩍 고개를 내밀었다. 복도에는 인기척이 없었다. 주위는 깊은 바다 밑처럼 고요하다. 그는 먼저 왼발을 복도에 내딛고, 한 손으로 문 가장자리를 잡은 채 윗몸을 밖으로 내민 다음 오른발을 마저 내디뎠다. 그리고 벽을 손으로 짚으며 맨발로 슬금슬금 복도로 나아갔다.

복도에는 그가 나온 방을 포함해 모두 네 개의 문이 있었다. 하나같이 비슷한 모양에 어두운 색감의 나무로 만든 문이다. 저 안은 어떤 모습일까. 다른 누군가가 있을까. 문을 열고 안을 들여다보고 싶은 생각이 굴뚝같았다. 그러면 그가 처한 불가해한 상황도 조금은 해명될지 모른다. 이 일의 실마리 같은 것을 찾아낼지도 모른다. 하지만 그는 그 문들 앞을 발소리 죽여 그대로 지나쳤다. 호기심보다 배를 채우는 게 우선이다. 몸속에 똬리를 튼 이 준열한 공동空洞을, 한시라도 빨리 실속 있는 것으로 채워야 한다.

그리고 그 실속 있는 것을 손에 넣으려면 어디로 향해야 하는지, 잠자는 이제 자신이 갈 곳을 알 수 있었다.

이 냄새를 따라가면 된다, 그는 콧구멍을 벌름거리며 생각했다. 따뜻한 음식 냄새다. 조리된 식품의 냄새가 미세한 입자가 되어 공중을 소리 없이 떠다닌다. 그 입자가 코점막을 미치도록 자극한다. 후각 정보가 순식간에 뇌에 전달되고, 그 결과 생생한 예감과 거센 갈망이 숙달된 이단심문관처럼 소화기관을 매 순간 조여온다. 입안이 침으로 가득해진다.

하지만 그 냄새의 원천에 다다르려면 우선 계단을 내려가야만

한다. 그는 아직 평평한 곳을 걷는 것조차 어려운 상황이다. 도합 열일곱 단의 가파른 계단을 내려가는 건 악몽 그 자체다. 두 손으로 난간을 잡고 매달리며 그는 아래층으로 향했다. 한 단씩 내려갈 때마다 가는 발목에 체중이 실렸고, 균형을 잡기가 힘들어 몇 번이나 아래로 굴러떨어질 뻔했다. 부자연스러운 자세를 취할 때마다 온몸의 뼈와 근육이 비명을 내질렀다.

계단을 내려가는 내내 잠자는 물고기와 해바라기를 생각했다. 물고기나 해바라기였다면 아마 이런 계단을 오르내릴 필요 없이 평온하게 일생을 보낼 수 있었을 것이다. 그런데 왜 나는 이렇게 부자연스럽고 위험하기 짝이 없는 작업에 몸을 던져야 하는가. 도대체 말이 안 되는 일이다.

열일곱 단의 계단을 가까스로 내려오자 잠자는 다시금 자세를 바로잡고 남은 힘을 쥐어짜 음식 냄새가 풍겨오는 쪽으로 향했다. 천장이 높은 현관홀을 지나 문이 열린 식당으로 들어섰다. 식당 안 커다란 타원형 테이블 위에 요리 접시들이 차려져 있었다. 테이블 주위에 의자 다섯 개가 있지만 인기척은 없었다. 접시에서는 아직 희미하게 김이 피어올랐다. 테이블 한가운데 유리 꽃병이 놓였고 흰 백합이 한 다발 꽂혀 있다. 사 인분의 나이프와 포크, 흰 냅킨이 세팅되어 있는데 손을 댄 흔적은 전혀 없었다. 아침식사 준비를 마치고 식구들이 모여 이제 먹어볼까 하는 참에 갑작스럽게 예상치 못한 일이 생겨 모두 자리에서 일어났고, 그길로 어디론가 사라져버렸다—그런 기척이 남아 있었다. 그런 일이 일어나고 아직 그리 오랜 시간이 지나지 않았다.

대체 무슨 일이 있었던 걸까? 사람들은 어디로 갔을까? 혹은 어디로 끌려갔을까? 그들은 다시 아침을 먹으러 이곳으로 돌아올까?

하지만 잠자는 그런 것을 길게 생각할 여유가 없었다. 그는 쓰러지듯이 가장 가까운 의자에 앉아 나이프도 스푼도 포크도 냅킨도 쓰지 않은 채 테이블 위에 차려진 요리를 차례차례 손으로 집어먹었다. 버터도 잼도 바르지 않고 빵을 그대로 뜯어 입에 넣고, 삶아낸 굵직한 소시지를 통째로 베어물고, 껍데기를 벗기는 시간도 아까워 삶은 달걀을 그대로 덥석 깨물고, 식초에 절인 야채를 손으로 움켜쥐고 먹었다. 따뜻한 매시트포테이토는 손가락으로 퍼서 입으로 날랐다. 여러 가지를 입안에 넣어 한꺼번에 씹어 삼키고, 씹어 삼키고 입에 남은 것은 물병의 물로 목에 흘려넣었다. 맛을 생각할 겨를이 없었다. 맛이 있는지 없는지, 매운지 새콤한지, 그런 것도 구별되지 않았다. 아무튼 몸속의 공백을 채우는 것이 최우선이었다. 그는 마치 시간과 경쟁하듯 허겁지겁 음식을 먹었다. 손에 든 것을 베어물다가 잘못해서 손가락을 힘껏 깨물었을 정도다. 음식 찌꺼기가 테이블 위로 뚝뚝 떨어지고 큰 접시 한 장이 바닥에 떨어져 산산조각 났지만 아랑곳하지 않았다.

식탁은 보기에도 무참한 꼴이 되었다. 마치 활짝 열린 창으로 엄청난 수의 까마귀떼가 날아들어 그곳에 있는 것을 앞다퉈 쪼아 먹고 그대로 날아가버린 것 같다. 그가 더이상 먹을 수 없을 때까지 실컷 먹고 겨우 한숨 돌렸을 때 테이블 위의 요리는 거의 남아 있지 않았다. 손대지 않은 건 꽃병의 백합 정도다. 만일 요리가 넉넉하지 않았더라면 그는 아마 그 백합까지 남김없이 먹어버렸을지 모른다. 그럴 만큼 잠자는 심하게 배를 곯았던 것이다.

그로부터 오랜 시간, 잠자는 식탁 의자에 넋을 놓고 앉아 있었다. 양손을 테이블 위에 올려놓고 어깻숨을 몰아쉬며 반쯤 감긴 눈으로 테이블 한가운데 놓인 흰 백합을 멍하니 바라보았다. 해안에 물이 차오르듯 서서히 포만감이 밀려왔다. 몸속의 공동이 서서히 메워지면서 진공의 영역이 줄어드는 게 느껴졌다.

그리고 그는 금속 포트를 집어 흰 도자기 잔에 커피를 따랐다. 강한 커피 향기를 맡자 그의 머릿속에 뭔가가 떠올랐다. 직접적인 기억은 아니다. 어디까지나 간접적인, 몇 개의 단계를 거쳐온 기억이다. 지금 이렇게 경험하는 것을 미래의 어느 순간에 옛 기억으로서 엿보고 있는 듯한 그런 기묘한 시간의 이중성이 거기에 있었다. 경험과 기억이, 닫힌 사이클 안을 순환하며 오락가락하는 것 같았다. 그는 커피에 크림을 듬뿍 넣고 손가락으로 저어서 마셨다. 커피는 조금 식었지만 그래도 아직 희미하게 온기가 남아 있었다. 그는 그것을 잠시 입에 머금고 있다가 조금씩 조심스럽게 삼켰다. 커피는 그의 흥분을 얼마간 가라앉혀주었다.

그런 뒤에 그는 불현듯 추위를 느꼈다. 몸이 크게 부르르 떨렸다. 그때까지는 공복감이 너무도 강렬했던 탓에 다른 신체감각에는 신경쓸 여유가 없었던 것이리라. 하지만 마침내 허기가 채워지고, 문득 깨닫고 보니 아침 공기가 썰렁했다. 난로도 불이 꺼진 채 차갑게 식어 있었다. 게다가 그는 알몸에 맨발이었다.

뭔가를 몸에 걸쳐야 한다, 고 잠자는 인식했다. 이대로는 좀 지나치게 춥다. 사람들 앞에 나서기에도 이 모습은 적절하다고 할 수 없다. 언제 어느 때 사람들이 현관에 나타날지 모른다. 조금 전까지 여기 있었던—아침을 막 뜨려던—사람들이 조만간 돌아올지도 모른다. 그때 자신이 이런 모습이라면 아마도 문제가 발생할 것이다.

그는 왠지 모르게 그걸 알았다. 그것은 추측도 아니고 지식도 아닌 완벽하게 순수한 인식이었다. 그런 인식이 어디서 어떤 경로를 밟아 찾아오는 것인지 잠자는 알지 못했다. 그것 또한 순환하는 기억의 일부인지 모른다.

잠자는 자리에서 일어나 식당을 나서 현관홀로 갔다. 아직 많이 어색했지만, 그리고 시간이 필요했지만 이제는 뭔가를 붙잡지 않고도 두 다리로 걸을 수는 있었다. 현관홀에는 철제 우산꽂이가 있고, 그곳에 박쥐우산과 함께 지팡이 몇 개가 꽂혀 있었다. 그는 검은 떡갈나무 지팡이를 골라 보행의 보조기구로 사용하기로 했다. 지팡이 손잡이의 견고한 감촉이 그에게 침착함과 격려를 안겨주었다. 새에게 습격당할 때는 무기로도 쓸 수 있을 것이다. 그는 창가로 다가가 흰 레이스 커튼 사이로 잠시 바깥 상황을 살폈다.

집 앞은 도로였다. 그다지 넓은 길은 아니다. 오가는 사람이 거의 없어 묘하게 휑뎅그렁하다. 이따금 총총걸음으로 지나가는 사람들은 모두 옷을 빈틈없이 챙겨 입고 있었다. 다양한 색깔에 다양한 모양의 옷이다. 대부분 남자지만 여자도 한두 명 있었다. 남녀에 따라 입은 옷이 다르다. 그리고 탄탄한 가죽으로 만든 구두를 신었다. 잘 닦은 장화를 신은 사람도 있다. 구둣바닥은 둥근 돌이 깔린 노면에 또각또각 빠르고 딱딱한 소리를 냈다. 다들 모자를 썼다. 누구나 당연하다는 듯이 두 다리로 걷고, 어느 누구도 생식기를 내놓고 다니지 않았다. 잠자는 현관에 달린 사람 키만한 거울 앞에 서서 길 가는 사람들과 자신의 모습을 비교해보았다. 거울 속의 그는 정말이지 추레하고 허약하게 보였다. 배에는 고깃국물이며 소스가 묻었고 거웃에는 빵 부스러기가 솜처럼 들러붙었다. 그는 그것들을 손으로 털어냈다.

옷을 몸에 걸쳐야 한다, 그는 새삼 생각했다.

다시 한번 길거리로 시선을 던져 새들의 모습을 찾아보았다. 그곳에는 새가 한 마리도 보이지 않았다.

1층에는 현관과 식당과 주방과 거실이 있었다. 그러나 옷 비슷한 것은 어디에도 보이지 않았다. 1층은 아마 사람들이 옷을 갈아입는 장소가 아닌 모양이다. 옷은 2층 어딘가에 한데 정리되어 있을 것이다.

그는 마음을 정하고 다시 계단을 올라갔다. 뜻밖에도 올라가는 것이 내려가는 것보다 훨씬 편했다. 난간을 잡은 채 그다지 큰 공포도 고통도 느끼는 일 없이, 틈틈이 멈춰 숨을 고르면서도 열일곱 단의 계단을 비교적 짧은 시간에 오를 수 있었다.

다행히(라고 해야 할 것이다) 어떤 문도 잠겨 있지 않았다. 손잡이를 오른쪽으로 돌려서 밀자 안쪽으로 문이 열렸다. 2층에 있는 네 개의 방은 그가 눈을 떴던 맨바닥의 살풍경하고 썰렁한 방을 빼고는 전부 안락하게 꾸며져 있었다. 깨끗한 침구를 씌운 침대, 정리장, 책상이 있고 조명이 달렸으며 바닥에는 복잡한 무늬의 카펫이 깔려 있었다. 말끔하게 정돈되고 구석구석 청소도 잘되어 있다. 책장에는 책이 가지런히 꽂혔고 벽에는 유화 풍경화

액자가 걸려 있었다. 허연 절벽이 우뚝 서 있는 바닷가 그림이다. 과자 같은 모양의 흰 구름이 짙푸른 하늘에 떠 있다. 유리 꽃병에는 선명한 색깔의 꽃이 꽂혀 있었다. 어떤 방도 투박한 판자로 창문을 막아놓지 않았다. 레이스 커튼이 드리운 창문으로 은혜로운 햇빛이 은은히 비쳐들었다. 각각의 침대에는 조금 전까지 누군가 누워 잔 흔적이 있었다. 하얗고 큼직한 베개에 움푹한 머리 자국이 아직 남아 있었다.

가장 넓은 방의 옷장에서 그의 몸에 맞는 가운을 발견했다. 그거라면 그럭저럭 걸칠 수 있을 것 같았다. 다른 옷들은 어떻게 입어야 하는지, 어떤 조합으로 입어야 하는지 너무 복잡해서 짐작도 가지 않았다. 단추가 너무 많고 앞뒤며 위아래도 잘 구분할 수 없다. 속옷과 겉옷의 차이도 가늠할 수 없었다. 옷에 관해서는 학습해야 할 것이 너무나 많다. 그에 비해 가운은 훨씬 단순하고 실용적으로 생겼고 장식적인 요소도 적어서 그럭저럭 입을 수 있을 것 같았다. 가볍고 부드러운 천이라 살에 닿는 감촉도 좋았다. 색은 남색이다. 가운과 한 세트로 보이는 같은 색깔 슬리퍼도 찾아냈다.

그는 알몸에 가운을 걸치고 수많은 시행착오를 거듭한 끝에 끈을 몸 앞으로 묶는 데 성공했다. 그렇게 가운을 입고 슬리퍼를 신고 거울 앞에 섰다. 적어도 알몸으로 돌아다니는 것보다는 훨씬 낫다. 주위 사람들의 차림새를 자세히 관찰하다보면 다른 옷들도 어떻게 입는지 차차 알게 될 것이다. 그때까지는 이 가운으로 견뎌야 한다. 충분히 따뜻하다고는 결코 말할 수 없으나, 그래도 집안에서라면 그런대로 추위를 면할 수 있다. 무엇보다 자신의 말랑말랑한 맨살이 새들 앞에 무방비로 드러나지는 않는다는 사실이 잠자를 안심시켜주었다.

벨이 울렸을 때 그는 가장 넓은 방의 침대에서(이 집에서 가장 큰 침대이기도 했다) 이불을 둘러쓰고 꾸벅꾸벅 졸고 있었다. 깃털이불이 무척 따스해서 마치 달걀 껍데기 속에 들어 있는 것처럼 포근했다. 그는 꿈을 꾸고 있었다. 어떤 꿈이었는지는 생각나지 않는다. 아무튼 기분이 좋아지는, 뭔가 밝은 꿈이다. 하지만 그 순간 초인종 소리가 집안에 울려퍼지면서 그 꿈을 어딘가로 걷어차 쫓아버리고 잠자를 다시 차가운 현실로 끌어냈다.

그는 침대에서 내려와 가운 끈을 고쳐묶고 남색 슬리퍼를 신었다. 검은 지팡이를 들고 난간에 기대 천천히 계단을 내려갔다. 계단을 내려가는 것도 처음보다 훨씬 편해졌다. 하지만 꼬꾸라질 위험이 있다는 데는 변함이 없다. 잠시도 방심할 수 없다. 그는 신중하게 한 단 한 단 발밑을 확인하며 아래층으로 향했다. 그사이에도 초인종은 귀에 거슬리는 큰 소리를 쉴새없이 내질렀다. 초인종을 누르는 사람이 성급하고 집요한 성격의 소유자인 모양이었다.

겨우 계단 아래까지 내려간 그는 왼손으로 지팡이를 움켜쥐고 현관문을 열었다. 손잡이를 오른쪽으로 돌려서 안쪽으로 당기자 문이 열렸다.

문밖에는 작은 여자가 서 있었다. 매우 작은 여자다. 용케도 초인종 버튼에 손이 닿았구나 싶었다. 하지만 잘 보니 여자는 결코 작은 게 아니었다. 등이 굽어 몸이 앞으로 푹 숙여진 것이었다. 그래서 작게 보였다. 하지만 체격 자체는 작은 편이 아니다. 머리는 앞으로 흘러내리지 않게 뒤로 묶었다. 숱이 꽤 많은 진한 갈색 머리다. 발목까지 가리는 길고 펑퍼짐한 스커트를 입고 후줄근한 트위드 재킷을 걸쳤다. 목에는 줄무늬 면 스카프를 둘둘 감고 있다. 모자는 쓰지 않았다. 신발은 끈 묶는 탄탄한 반부츠, 나이는 아마 이십대 초반일 것이다. 아직 앳된 티가 남아 있다. 눈이 크고 코는 작고 입술이 여윈 달처럼 약간 한쪽으로 기울었다. 새카만 일자 눈썹 탓에 어딘지 의심 많은 성격으로 보였다.

"잠자 씨 댁이죠?" 여자는 고개를 꺾어 아래쪽에서 잠자의 얼굴을 올려다보며 말했다. 그리고 몸을 굼실굼실 크게 뒤틀었다. 거센 지진의 습격을 받은 대지가 몸부림치듯이.

잠자는 잠시 망설인 끝에 용기를 내어 대답했다. "그렇습니다." 자기가 그레고르 잠자니까 이 집은 아마 잠자 씨네 집일 것이다. 그러니 그렇게 대답해도 큰 문제는 없을 터였다.

하지만 여자는 그의 대답이 어쩐지 마음에 들지 않은 모양이었다. 그녀는 슬쩍 얼굴을 찌푸렸다. 아마도 잠자의 대답에서 희미한 망설임을 읽어낸 것이리라.

"여기, 정말로 잠자 씨 댁이에요?" 아가씨는 날카롭게 말했다. 연륜 있는 문지기가 추레한 몰골의 외부인을 추궁하듯이.

"나는 그레고르 잠자예요." 잠자는 최대한 침착하게 대답했다. 그건 틀림없는 사실이다.

"뭐, 그럼 됐고요." 여자는 말했다. 그러고는 발밑에 놓인 큼직한 검은색 천가방을 힘겹게 들어올렸다. 오랜 세월 사용했는지 군데군데 해졌다. 아마 누군가에게서 물려받은 것이리라. "어디 좀 볼까요?"

그리고 여자는 대답을 기다리지도 않고 냉큼 집안으로 들어섰다. 잠자는 문을 닫았다. 여자는 현관에 서서 가운에 슬리퍼 차림의 잠자를 미심쩍은 눈초리로 위에서 아래로 훑어보았다. 그리고 냉랭한 목소리로 말했다.

"주무시는 걸 깨운 모양이네요."

"아뇨, 괜찮아요." 잠자는 말했다. 그리고 상대의 어두운 눈초리를 보고 자기가 입은 옷이 이 상황에 그다지 걸맞지 않다는 것을 알았다.

"이런 차림새라서 미안한데, 이래저래 사정이 좀 있어서요." 그는 말했다.

여자는 거기에 대해서는 별말 없이 입술을 일자로 꾹 다물었다가 말했다. "그래서요?"

"그래서요?" 잠자는 말했다.

"그래서, 문제의 자물쇠는 어디 있죠?"

"자물쇠?"

"고장난 자물쇠 말이에요." 목소리에 짜증이 묻어났다. 여자는 그걸 숨기려는 노력은 아예 포기하고 있었다. "자물쇠가 고장났다고 수리하러 와달라고 했잖아요?"

"아하." 잠자는 말했다. "고장난 자물쇠."

잠자는 필사적으로 머리를 굴렸다. 하지만 의식을 한데 집중하자 다시 머릿속에서 시커먼 모기떼가 피어오르는 느낌이 들었다.

"나는 아무 얘기도 못 들었는데요." 그는 말했다. "하지만 아마도 2층에 있는 문 중 어느 하나일 거예요."

여자는 얼굴을 확 찌푸리고 고개를 꺾어 잠자를 올려다보았다. "아마도?" 그 목소리에 한층 냉랭함이 더해졌다. 한쪽 눈썹이 쭉 추켜올라갔다. "어느 하나?"

잠자는 얼굴이 붉어지는 것을 느꼈다. 고장난 자물쇠에 대해 아무것도 모르고 있다는 것이 몹시 창피했다. 그는 헛기침을 했지만 선뜻 말이 나오지 않았다.

“잠자 씨, 부모님은 지금 안 계세요? 내가 부모님과 직접 얘기하는 게 나을 것 같은데.”

“볼일이 있어서 밖에 나간 모양이에요.” 잠자는 말했다.

“밖에 나가요?” 여자가 어처구니없다는 듯이 말했다. “이 와중에 대체 무슨 볼일이 있다는 거죠?”

“잘은 모르겠는데, 아침에 일어났더니 집안에 아무도 없었어요.” 잠자는 말했다.

“미치겠네.” 아가씨는 말했다. 그리고 긴 한숨을 내쉬었다. “아침 이 시간에 수리하러 오겠다고 분명하게 말씀드렸는데.”

“미안합니다.”

여자는 잠시 입술을 삐뚜름하게 틀었다. 그러고는 추켜올린 눈썹을 천천히 내리고 잠자의 왼손에 들린 검은 지팡이를 바라보았다. “다리가 불편해요, 그레고르 씨?”

“네, 조금.” 잠자는 애매하게 말했다.

여자는 잔뜩 웅크린 자세로 다시 몸을 굼실굼실 크게 뒤틀었다. 그 동작이 무엇을 의미하는지, 목적은 무엇인지 잠자는 알 수 없었다. 하지만 그는 그 복잡한 몸의 움직임에 본능적으로 호감을 느끼지 않을 수 없었다.

여자는 포기한 듯이 말했다. "별수없네요. 일단 그 2층 문 자물쇠를 좀 보죠. 이 난리판에 시내를 가로지르고 다리를 건너 힘들게 여기까지 왔어요. 정말 목숨 걸고 왔다고요. 그런데 아무것도 안 하고 '그렇습니까, 집에 안 계시다고요, 네, 그럼 이만' 하고 돌아갈 수는 없잖아요. 안 그래요?"

이 난리판? 잠자는 뭐가 뭔지 영문을 알 수 없었다. 대체 뭐가 난리판이라는 걸까? 하지만 그에 대해서는 아무것도 묻지 않기로 했다. 더이상 자신의 무지를 드러내지 않는 게 좋을 것이다.

여자는 몸을 반으로 접은 채 오른손에 묵직해 보이는 검은 가방을 들고 마치 벌레가 기어가듯이 꾸물꾸물 계단을 올라갔다. 잠자는 난간을 잡고 그뒤를 천천히 따라갔다. 그녀의 걸음걸이가 그의 내면에 어떤 그리운 공감을 불러일으켰다.

여자는 2층 복도에 서서 네 개의 문을 바라보았다. "자물쇠가 고장난 게 아마도 이 문들 중 어느 하나라는 거죠?"

잠자의 얼굴이 다시 붉어졌다. "그래요. 어느 하나일 거예요." 그는 말했다. 그러고는 머뭇머뭇 덧붙였다. "저, 어쩌면 왼편 가장 안쪽 문이 아닐까 싶기도 한데." 그것은 잠자가 오늘 아침에 눈을 뜬, 가구도 없이 맨마룻바닥을 드러낸 방의 문이었다.

"싶기도 하다." 여자는 꺼진 모닥불을 연상시키는 무표정한 목소리로 말했다. "어쩌면." 그리고 몸을 돌려 잠자의 얼굴을 쓱 올려다보았다.

"왠지 그냥." 잠자는 말했다.

"그레고르 잠자 씨, 당신과 대화하는 거 아주 즐겁네요. 어휘가 풍부하고 표현도 적확하셔서." 그녀는 메마른 목소리로 말했다. 그러고는 다시 한 차례 한숨을 내쉬고 목소리 톤을 바꾸었다. "뭐, 좋아요. 아무튼 왼편 가장 안쪽 문이라는 것부터 살펴보자고요."

여자는 그 문 앞으로 다가가 손잡이를 돌렸다. 그러고는 문을 밀었다. 문은 안쪽으로 열렸다. 방안은 그가 나왔을 때와 전혀 달라진 게 없다. 가구는 침대 하나뿐이다. 방 한복판에, 해류 속 외딴섬처럼 덩그러니 놓여 있다. 침대에는 그다지 깨끗하다고 할 수 없는 매트리스가 아무것도 씌워지지 않은 채 놓여 있다. 그 매트리스 위에서 그는 그레고르 잠자로서 깨어난 것이다. 그것은 꿈이 아니다. 맨마룻바닥이 썰렁하게 드러나 있다. 창문은 판자로 단단히 막혀 있다. 그러나 여자는 그런 광경에도 딱히 놀라는 기색을 보이지 않았다. 그 정도는 이 도시에서 흔한 일이라는 듯한 반응이었다.

그녀는 웅크리고 앉아 검은색 가방을 열고 크림색 플란넬 천을 한 장 꺼내 바닥에 펼쳤다. 그리고 몇 가지 공구를 골라 차례

차례 천 위에 늘어놓았다. 숙달된 고문 기술자가 가엾은 희생자 앞에서 불길한 도구를 꼼꼼히 준비하는 것처럼.

그녀는 우선 중간 정도 굵기의 철사를 들고 열쇠구멍에 꽂아 익숙한 손놀림으로 이리저리 돌렸다. 그동안 그녀의 눈은 주의 깊게 가늘어졌다. 귀도 바짝 기울였다. 그리고 이번에는 좀더 가느다란 쇠붙이를 들고 같은 동작을 되풀이했다. 그녀는 뭔가 마뜩잖다는 듯 입술을 중국 칼처럼 냉철한 모양으로 일그러뜨렸다. 그러고는 커다란 손전등을 들고 삼엄하기 그지없는 눈초리로 자물쇠의 세부를 점검했다.

"이 문 열쇠는 있어요?" 여자는 잠자에게 물었다.

"그 열쇠가 어디 있는지 나는 몰라요." 그는 솔직히 대답했다.

"아, 그레고르 잠자 씨. 진짜 답답해 죽겠네." 여자는 천장에 대고 말했다.

하지만 그녀는 더이상 잠자를 아랑곳하지 않고 플란넬 천 위에 늘어놓은 공구 중 이번에는 드라이버를 집어들고 아예 자물쇠를 떼어내는 작업에 들어갔다. 나사에 흠집이 나지 않도록 천천히, 주의깊게. 그동안에도 몇 번 손을 멈추고 몸을 굼실굼실 크게 뒤틀었다.

그 뒤트는 동작을 등뒤에서 관찰하는 사이에 잠자의 몸에서 신기한 반응이 일어났다. 어디랄 것도 없이 몸이 서서히 달아오르고 콧구멍이 벌름거렸다. 입안이 바짝 말라 침을 삼키자 귓가에서 꿀꺽하는 큰 소리가 났다. 귓불이 왠지 근질근질했다. 그리고 그때까지 마냥 힘없이 늘어져 있던 생식기가 탱탱하게 부풀면서 굵고 길어지더니 점점 위로 들렸다. 그 바람에 가운 앞이 불룩해졌다. 하지만 그게 과연 무슨 의미를 가진 것인지 잠자는 알지 못했다.

여자는 문에서 떼어낸 자물쇠 일습을 들고 창가로 가서 판자 틈새로 들어오는 햇빛에 대고 자세히 살펴보았다. 일그러진 입술을 꼭 다문 채 우울한 표정으로 자물쇠 안을 가느다란 쇠붙이로 쿡쿡 쑤셔보고 세게 흔들어 소리를 확인하기도 했다. 그러고는 어깨를 들썩하며 크게 한숨을 내쉬고 잠자 쪽을 돌아보았다.

"내부가 완전히 망가졌어요." 아가씨는 말했다. "아닌 게 아니라 잠자 씨 말이 맞네요. 이 방 자물쇠가 문제였어요."

"다행이군요." 잠자는 말했다.

"별로 다행일 것도 없어요." 아가씨는 말했다. "이 자물쇠는 여기서 바로 못 고쳐요. 좀 특별한 종류의 제품이라서. 집에 가져가 아버지나 오빠들에게 봐달라고 해야겠어요. 그들이라면 고칠 수 있을 거예요. 나한테는 힘에 부쳐요. 아직 배우는 중이라 평범한 자물쇠밖에 못 고쳐요."

"그렇군요." 잠자는 말했다. 이 아가씨에게는 아버지와 몇 명의 오빠가 있다. 그리고 그들 모두 열쇠수리공이다.

"사실은 오늘 아버지나 오빠가 오기로 했었는데, 아시다시피 이 난리가 났잖아요. 그래서 내가 대신 왔어요. 아무튼 도시 곳곳에 검문소가 깔렸으니까."

그리고 그녀는 온몸으로 한숨을 내쉬었다.

"그나저나 어쩌면 이렇게 괴상하게 고장날 수가 있죠? 누가 이랬는지 모르겠지만, 무슨 특별한 기구를 써서 자물쇠 안을 망가뜨렸다고 생각할 수밖에 없네요."

그리고 여자는 다시 몸을 굼실굼실 크게 뒤틀었다. 몸을 뒤틀 때 그녀의 두 팔은, 마치 특수한 영법으로 헤엄치는 사람처럼 빙글빙글 입체적으로 회전했다. 그리고 그 움직임은 왠지 모르게 잠자의 마음을 매료시키고 강하게 뒤흔들었다.

"한 가지 질문 좀 해도 될까요?" 잠자는 마음먹고 아가씨에게 물었다.

"질문?" 여자가 미심쩍은 눈빛으로 말했다. "뭔지는 모르겠지만, 해보시든지."

"몸을 이따금 그렇게 뒤트는 이유가 뭔가요?"

여자는 가볍게 입을 벌리고 잠자의 얼굴을 보았다. "뒤튼다?" 그리고 잠시 그 말에 대해 생각했다. "이거 말이에요?" 여자는 몸을 굼실굼실 뒤트는 동작을 실제로 해 보였다.

"맞아요." 잠자는 말했다.

아가씨는 잠시 한 쌍의 돌멩이 같은 눈으로 잠자의 얼굴을 빤히 쳐다보았다. 그러고는 마뜩잖다는 듯이 말했다. "브래지어가 몸에 잘 안 맞아서 그래요. 그냥 그뿐이에요."

"브래지어?" 잠자는 말했다. 그 단어는 그가 지닌 어떤 기억과도 연결되지 않았다.

"그래요. 브래지어 몰라요?" 아가씨가 내뱉듯이 말했다. "그게 아니면, 뭐, 꼽추 주제에 여자랍시고 브래지어 하는 게 이상하다는 거예요? 주제넘은 짓이라고?"

"꼽추?" 잠자는 말했다. 그 단어도 그의 의식 속 막막한 공백의 영역으로 빨려들어갔다. 그녀가 무슨 말을 하는지 잠자는 전혀 이해되지 않았다. 하지만 무슨 말이든 해야 한다.

"아뇨, 그런 생각은 전혀 안 했어요." 그는 작은 소리로 변명했다.

"이봐요, 나한테도 분명히 가슴 두 짝이 달려 있고, 그걸 브래지어로 잘 고정해줄 필요도 있어요. 무슨 젖소도 아니고, 덜렁거리면서 돌아다니고 싶진 않다고요."

"물론입니다." 잠자는 잘 이해하지 못한 채 맞장구를 쳤다.

"하지만 몸이 이러니 영 맞지를 않아요. 보통 여자들이랑 체형이 좀 다르니까. 그래서 이렇게 이따금 굼실굼실 몸을 뒤틀어 위치를 맞춰줘야 해요. 여자로 산다는 건 당신 생각보다 훨씬 힘들다고요. 이래저래. 그걸 뒤에서 흘끔흘끔 구경하는 게 그렇게 좋아요? 재밌어요?"

"아니, 재미있는 건 아니에요. 그냥 무엇 때문에 그런 동작을 하는지 문득 궁금해서."

브래지어란 유방을 고정하는 것을 말하고, 꼽추라는 건 그녀의 독특한 체형을 가리키는 말이라고 잠자는 짐작했다. 이 세계에 대해 학습해야 할 것이 실로 많다.

"당신, 지금 사람 놀리는 거 아니죠?" 아가씨는 말했다.

"놀리다뇨, 그렇지 않아요."

여자는 고개를 꺾어 잠자의 얼굴을 올려다보았다. 그리고 그가 결코 자신을 놀리는 게 아니라는 걸 이해했다. 악의도 없어 보인다. 아마도 지능이 정상으로 작동하지 않는 모양이라고 그녀는 생각했다. 그래도 가정교육은 잘 받은 것 같고 얼굴도 제법 핸섬하다. 나이는 서른 살 전후. 아무리 봐도 지나치게 마른 편이고 귀가 너무 크고 안색도 좋지 않지만, 그래도 예의는 바르다.

그러다가 그녀는 잠자가 입은 가운 아랫배 부분이 가파르게 불룩 솟아 있는 걸 알아차렸다.

"뭐예요, 그거?" 아가씨는 차갑기 그지없는 목소리로 말했다. "그 불룩한 건 대체 뭐냐고요."

잠자는 가운 앞의 불룩 솟은 부분을 내려다보았다. 상대의 말투로 보아 아무래도 남들 앞에 드러내기에 적절하지 않은 현상인 모양이라고 잠자는 짐작했다.

"알겠네. 당신, 꼽추 여자와 퍽fuck을 하면 어떨지 궁금한 모양이지?" 아가씨가 내뱉듯이 말했다.

"퍽?" 그는 말했다. 그 단어도 들어본 기억이 없다.

"등이 앞으로 굽었으니까 뒤에서 넣기에 딱 좋겠다고 생각했죠?" 아가씨가 말했다. "그런 변태 같은 생각을 하는 인간이 세상에 꽤 많더라니까. 그리고 그런 놈들은 나 같은 여자는 금세 대줄 거라고 생각하지. 하지만 유감스럽게도 그렇게 마음대로 되진 않을걸."

"무슨 말인지 잘 모르겠지만." 잠자는 말했다. "당신을 불쾌하게 했다면 미안합니다. 사과할게요. 용서해줘요. 딱히 나쁜 마음은 없었어요. 한동안 병에 걸려 있었던 터라 아직 잘 모르는 게 많아요."

아가씨는 다시 한숨을 내쉬었다. "됐어요, 알았다고요." 그녀는 말했다. "당신, 머리가 좀 모자란 모양이네. 그래도 고추만은 여전히 씩씩하시고. 못 말려."

"미안합니다." 잠자는 사과했다.

"됐다니까요." 아가씨는 포기한 듯이 말했다. "우리집에 별 볼

일 없는 오빠들이 넷이나 있어서 그런 건 어렸을 때부터 지겨울 만큼 봐왔어요. 날 놀리려고 일부러 꺼내서 보여준다니까. 아주 악질이야. 뭐, 그래서 익숙하다면 익숙한 편이죠."

그리고 바닥에 웅크리고 앉아 펼쳐놓은 공구를 하나하나 정리하고 고장난 자물쇠를 크림색 플란넬 천으로 감싸 공구와 함께 소중히 검은색 가방에 챙겨넣었다. 그러고는 그 가방을 들고 일어섰다.

"이 자물쇠는 내가 가져갈게요. 부모님께 그렇게 말씀드리세요. 가져가서 수리하든지, 아니면 아예 새것으로 교체하는 수밖에 없어요. 그렇지만 한동안 새 자물쇠는 구하기 어려울 수도 있어요. 부모님이 오시면 그렇게 전해요. 알았죠? 내 말, 기억할 수 있어요?"

기억할 수 있다고 잠자는 말했다.

아가씨가 앞장서서 천천히 계단을 내려가고 그 뒤를 잠자가 슬슬 따라갔다. 계단을 내려가는 두 사람의 모습은 그야말로 대조적이었다. 한 사람은 네발로 기다시피 하고, 또 한 사람은 부자연스럽게 몸을 뒤로 젖힌 채, 그래도 거의 비슷한 속도로 두 사람은 아래층으로 향했다. 그동안 잠자는 어떻게든 '불룩한' 것을 가라앉히려고 노력했지만 좀체 원래 모습으로 돌아가지 않았다. 특히 그녀의 걸음걸이를 뒤에서 보고 있자니 그의 심장은 딱

딱하고 메마른 소리를 냈다. 거기서 힘차게 뿜어내는 뜨겁고 신선한 피가 그 '불룩한' 상태를 집요하게 유지하고 있었다.

"아까도 말했지만, 원래는 아버지나 오빠가 오기로 했었어요." 아가씨는 현관 앞에서 말했다. "하지만 온 시내에 총을 든 병사들이 우글거리고, 곳곳에 엄청 큰 탱크가 진을 치고 있어요. 다리마다 검문소가 생겼고 수많은 사람들이 어딘가로 끌려가고 있다니까요. 그래서 우리집 남자들은 밖으로 나올 수 없었어요. 일단 끌려가면 언제 돌아올지 모르니까. 정말이지 위험해요. 그래서 내가 대신 온 거예요. 나 혼자 걸어서 프라하 거리를 가로질러 왔죠. 나한테는 분명 아무도 관심 갖지 않을 거래요. 가끔은 나 같은 여자도 써먹을 데가 있어요."

"탱크?" 잠자는 멍하니 반복했다.

"탱크가 엄청 많아요. 대포랑 기관총 달린 거." 그녀는 그렇게 말하고 잠자의 가운 앞쪽 불룩한 것을 가리켰다. "당신 대포도 제법 근사한 것 같지만, 그보다 훨씬 크고 단단하고 흉악한 놈이에요. 당신 가족들도 모두 무사히 돌아오면 좋을 텐데. 다들 어디로 갔는지 당신도 솔직히 모르죠?"

잠자는 고개를 저었다. 어디로 갔는지 모른다.

"당신을 다시 만날 수 있을까요?" 잠자는 용기를 내어 물었다.

아가씨는 천천히 고개를 꺾어 잠자의 얼굴을 미심쩍다는 듯

올려다보았다. "당신, 나를 다시 만나고 싶다는 거예요?"

"네, 당신을 다시 만나고 싶어요."

"그렇게 고추를 불뚝 세우고?"

잠자는 그 불룩한 것을 다시 한번 바라보았다. "잘 설명은 못 하겠지만, 이건 내 마음과 관계없는 일 같아요. 이건 아마도 심장의 문제일 거예요."

"와우." 아가씨는 감탄한 듯이 말했다. "심장의 문제라. 그거 꽤 재미있는 의견이네요. 그런 소린 처음 들어봤어."

"이건 내가 어떻게 할 수 없는 거니까요."

"그러니까 퍽과는 관계없다고요?"

"퍽에 대한 생각은 없어요. 정말로."

"고추가 그렇게 단단하게 커지는 건 퍽에 대해 생각하는 것과 별개다, 그저 심장 탓이다. 당신은 그렇게 말하고 싶은 거예요?"

잠자는 고개를 끄덕였다.

"신께 맹세해요?" 아가씨는 말했다.

"신." 잠자는 말했다. 그 단어도 들어본 기억이 없다. 그는 그대로 잠시 침묵을 지켰다.

아가씨는 힘없이 고개를 저었다. 그리고 다시 굼실굼실 몸을 입체적으로 뒤틀며 브래지어 위치를 조정했다. "뭐, 그건 됐어요. 신은 분명 며칠 전에 프라하를 떠난 모양이에요. 다른 중요한 볼일이라도 있나보죠. 그러니 신에 대해서는 잊어버려요."

"당신을 다시 만날 수 있을까요?" 잠자는 다시 물었다.

아가씨는 한쪽 눈썹을 추켜올렸다. 그리고 안개가 서린 먼 풍경을 바라보는 듯한 표정을 지었다. "날 다시 만나고 싶어요?"

잠자는 말없이 고개를 끄덕였다.

"만나서 어쩔 건데요?"

"둘이서 천천히 이야기를 하고 싶어요."

"이를테면 어떤 이야기를?" 아가씨는 물었다.

"여러 가지 이야기를, 아주 많이."

"그게 다예요?"

"당신에게 물어보고 싶은 게 아주 많아요." 잠자는 말했다.

"무엇에 대해서?"

"이 세계의 내력에 대해서. 당신에 대해서. 나에 대해서."

아가씨는 그 말에 대해 한참 동안 생각했다. "그냥 그걸 거기에 쑤셔박고 싶다든가, 그런 게 아니고?"

"그런 게 아니고." 잠자는 똑똑히 말했다. "단지 나와 당신이 이야기해야 할 것이 아주 많다는 생각이 들어요. 탱크에 대해서, 신에 대해서, 브래지어에 대해서, 자물쇠에 대해서."

두 사람 사이에 잠시 깊은 침묵이 내려앉았다. 누군가 짐수레 같은 것을 끌고 집 앞을 지나가는 소리가 들려왔다. 어딘가 마음이 답답해지는 불길한 소리였다.

"글쎄, 어떨까." 아가씨는 천천히 고개를 저으며 말했다. 하지만 목소리는 아까만큼 냉랭하지는 않았다. "당신은 나에 비해 지나치게 집안 환경이 좋아요. 부모님도 귀한 아들이 나 같은 여자와 사귀는 건 환영하지 않겠죠. 게다가 지금 이 도시는 외국 탱크와 병사 들로 넘쳐나고 있어요. 앞으로 어떻게 될지, 무슨 일이 일어날지 아무도 알지 못해요."

앞으로 어떻게 될지, 그건 물론 잠자도 알지 못한다. 미래는 물론 현재도 과거도 그는 거의 알지 못한다. 옷을 입는 방법조차 모른다.

"아무튼 며칠 뒤에 다시 여기에 올 거예요." 아가씨는 말했다. "자물쇠를 가지고. 수리가 되면 그걸 들고 올 테고, 수리가 안 되더라도 돌려주러 올 거고. 출장비도 받아야 하고요. 그때 당신이 여기 있으면 다시 만날 수는 있겠죠. 이 세계의 내력에 대해 천천히 얘기할 수 있을지 어떨지, 그건 잘 모르겠지만. 어쨌든 부모님 앞에서는 그 불룩한 건 숨겨두는 게 좋아요. 평범한 사람들의 세계에서 그런 걸 여봐란듯이 남들 앞에 내보이는 건 별로 칭찬받을 짓이 못 되니까요."

잠자는 고개를 끄덕였다. 어떻게 사람들의 시선으로부터 그걸 숨길 수 있을지는 잘 모르겠지만, 그건 나중에 생각하면 된다.

"그나저나 이상한 일이죠." 아가씨는 사려 깊게 말했다. "세계 자체가 이렇게 무너져가는 판에 고장난 자물쇠 같은 걸 걱정하는 사람도 있고, 그걸 또 착실히 고치러 오는 사람도 있어요. 생각해보면 참 이상야릇하다니까요. 그렇죠? 하지만 뭐, 그게 맞는지도 모르겠어요. 의외로 그런 게 정답일 수 있어요. 설령 세계가 지금 당장 무너진다 해도, 그렇게 자잘한 일들을 꼬박꼬박 착실히 유지해가는 것으로 인간은 그럭저럭 제정신을 지켜내는지도 모르겠어요."

아가씨는 다시 크게 고개를 꺾어 잠자의 얼굴을 빤히 바라보았다. 한쪽 눈썹이 쭉 추켜올라갔다. 그러고는 입을 열었다. "그런데, 쓸데없는 참견인지 모르겠지만, 2층의 그 방은 대체 뭐하던 데예요? 가구 하나 없는 방에 이렇게 튼튼한 자물쇠를 달아놓고, 그게 망가졌다고 당신 부모님은 그렇게 걱정하고. 그리고 창문은 왜 또 그렇게 두꺼운 판자로 막아놨어요? 그 방에 뭘 가둬두기라도 한 거예요?"

잠자는 침묵했다. 만약 누군가가, 무언가가 그 방에 갇혀 있었다면 그건 자기 자신 이외의 어느 누구도 아니다. 하지만 왜 자신이 그 방에 갇혀야 했을까.

"하긴 당신한테 그런 걸 물어봤자 알 턱이 없죠." 아가씨는 말했다. "난 이만 갈게요. 늦게 들어가면 식구들이 걱정할 테니까.

부디 무사히 이 도시를 빠져나갈 수 있도록 나를 위해 기도해줘요. 병사들이 가엾은 꼽추 아가씨를 못 보고 지나가주기를. 그놈들 중에 변태 퍽을 좋아하는 놈이 없기를. 퍽을 당하는 건 이 도시 하나로 이미 충분하니까."

기도하겠노라고 잠자는 말했다. 변태 퍽이 무엇인지, 기도한다는 게 무엇인지 잘 알지는 못했지만.

그러고는 아가씨는 등을 반으로 접은 채 무거워 보이는 검은 천가방을 들고 문밖으로 나갔다.

"당신을 다시 만날 수 있을까요?" 잠자는 마지막으로 다시 한 번 물었다.

"누군가를 보고 싶다고 계속 생각하면 언젠가는 틀림없이 다시 만날 수 있어요." 아가씨는 말했다. 이제 그 목소리에는 아주 조금 다정한 여운이 담겨 있었다.

"새들을 조심해요." 그레고르 잠자는 그녀의 굽은 등을 향해 말했다.

아가씨는 뒤돌아보며 고개를 끄덕였다. 한쪽으로 일그러진 입술이 살짝 미소짓는 것처럼 보였다.

열쇠수리공 아가씨가 몸을 앞으로 푹 숙이고 둥근 돌이 깔린 거리로 멀어져가는 모습을 잠자는 커튼 사이로 바라보았다. 그녀의 걸음걸이는 얼핏 어색해 보이지만 속도는 빈틈없이 재빠르다. 그 몸짓 하나하나가 잠자의 눈에는 매혹적으로 보였다. 마치 물맴이가 수면을 스르륵 기어가는 것 같다. 그 걸음새는 어떻게 보건 두 다리로 불안정하게 걷는 것보다 훨씬 더 자연스럽고 이치에 맞는 방식이었다.

그녀의 모습이 사라지고 조금 시간이 지나자 그의 생식기는 다시 말랑하니 작아졌다. 한때의 거센 불룩함은 어느새 사라졌다. 그것은 이제 천진한 과일처럼 다리 사이에 온화하고 무방비하게 매달려 있었다. 한 쌍의 고환도 주머니 안에서 느긋하게 쉬고 있다. 그는 가운 끈을 고쳐묶고 식당 의자에 앉아 식은 커피를 마셨다.

이곳에 있던 사람들은 어디론가 가버렸다. 어떤 이들인지는 모르지만 아마도 그의 가족에 해당하는 사람들이리라. 그들은 무언가 이유가 있어 갑작스럽게 이곳을 떠났다. 그리고 두 번 다시 돌아오지 않을지도 모른다. 세계가 무너져가고 있다—그것이 무슨 뜻인지 그레고르 잠자는 알지 못한다. 짐작도 가지 않는다. 외국 병사, 검문소, 탱크…… 모든 것이 수수께끼에 싸여 있다.

그가 아는 건 자신의 마음이 다시 한번 그 꼽추 아가씨를 만나고 싶어한다는 것뿐이었다. 무척 만나고 싶다. 둘이 마주앉아 실컷 이야기를 나누고 싶다. 둘이서 조금씩 이 세계의 수수께끼를 풀어나가고 싶다. 그녀가 굼실굼실 입체적으로 몸을 뒤틀며 브래지어를 바로잡는 동작을 여러 각도에서 바라보고 싶다. 그리고 가능하다면 그녀의 몸 여기저기를 만져보고 싶다. 그 피부의 감촉을, 온기를 손끝으로 직접 느껴보고 싶다. 그리고 온 세상의 여러 계단을 둘이서 나란히 오르내리고 싶다.

그녀를 생각하고 그 모습을 떠올리자 가슴속이 아련히 따스해졌다. 그리고 자신이 물고기나 해바라기가 아니란 사실이 점점 기쁘게 다가왔다. 두 다리로 걷고 옷을 입고 나이프나 포크로 식사하는 것은 분명 몹시 성가신 일이다. 이 세계에는 배워야 할 것이 너무도 많다. 하지만 만일 자신이 인간이 아니라 물고기나 해바라기가 되었다면 이렇듯 신기한 마음속 온기를 느끼는 일도 없지 않았을까. 그런 생각이 들었다.

잠자는 오래도록 눈을 감고 가만히 앉아 있었다. 그는 마치 모닥불을 쬐듯이 혼자서 그 온기를 조용히 맛보았다. 그러고는 마음을 정하고 일어나 검은 지팡이를 들고 계단으로 향했다. 다시 2층으로 가서 옷을 올바르게 입는 방법을 어떻게든 깨쳐보자. 그것이 우선 그가 해야 할 일이었다.

이 세계는 그의 학습을 기다리고 있는 것이다.

여자 없는 남자들

한밤중 한시가 넘어 걸려온 전화가 나를 깨운다. 한밤중의 전화벨은 언제나 거칠다. 누군가가 흉포한 쇠붙이로 세상을 깨부수려는 것만 같다. 인류의 일원으로서 나는 그것을 막아야 한다. 그래서 침대에서 내려와 거실로 가서 수화기를 든다.

나지막한 남자 목소리가 내게 전한다, 한 여자가 이 세상에서 영원히 사라졌음을. 목소리 주인은 그녀의 남편이었다. 적어도 그는 자신을 그렇게 소개했다. 그리고 말했다. 아내가 지난주 수요일에 자살했습니다, 뭐가 어찌됐건 알려드려야겠다 싶어서, 라고 그는 말했다. 뭐가 어찌됐건. 내가 들은 한, 그의 말투에는 한 방울의 감정도 섞여 있지 않았다. 마치 전보를 치려고 쓴 문장 같았다. 말과 말 사이에 스페이스가 거의 없었다. 순수한 알

림. 수식 없는 사실. 피리어드.

거기에 대해 나는 뭐라고 했을까. 무슨 말을 하기는 했을 텐데 생각나지 않는다. 어쨌든 그뒤 한차례 침묵이 있었다. 도로 한가운데 뻥 뚫린 깊은 구덩이를 양끝에서 둘이 들여다보고 있는 듯한 침묵. 그러고 상대는 아무 말 없이 그대로 전화를 끊었다. 깨지기 쉬운 미술품을 살그머니 바닥에 내려놓듯이. 나는 그뒤로도 한동안 가만히 선 채 별 의미도 없이 수화기를 손에 들고 있었다. 흰 티셔츠에 파란색 복서 쇼츠 차림으로.

그가 어떻게 내 존재를 알았는지 그건 알 수 없다. 그녀가 '옛 연인'이라며 내 이름을 남편에게 알려주었을까? 무엇 때문에? 또 그는 어떻게 우리집 전화번호를 알았을까(전화번호부에는 실려 있지 않다). 그리고 무엇보다 왜 나인가? 어째서 남편이 굳이 내게 전화를 걸어 그녀의 죽음을 알려야 했을까? 그녀가 그렇게 해달라는 말을 유서에 남겼으리라고는 도저히 생각할 수 없다. 내가 그녀와 사귀었던 것은 아주 오래전 일이다. 그리고 헤어진 뒤로는 단 한 번도 얼굴을 마주하지 않았다. 전화 통화를 한 적도 없다.

뭐, 그런 건 아무래도 좋다. 문제는 그가 내게 아무런 설명도 해주지 않았다는 것이다. 그는 아내의 자살을 내게 알려야 한다고 판단했다. 그리고 어딘가에서 우리집 전화번호를 알아냈다.

하지만 그 이상 자세한 정보를 내게 줄 필요는 없다고 생각했다. 나를 지知와 무지無知의 중간지점에 데려다놓는 것, 아무래도 그가 의도하는 바는 그것인 모양이었다. 어째서일까? 내게 무언가를 떠올리게 하기 위해서일까?

이를테면 어떤 것을?

나는 알지 못한다. 물음표의 수가 늘어날 뿐이다. 어린아이가 노트에다 마구잡이로 고무도장을 찍어나가는 것처럼.

그런 까닭에 나는 그녀가 왜 자살했는지, 어떤 방법으로 목숨을 끊었는지, 아직 아는 것이 없다. 알아보려 해도 알아볼 방도가 없다. 그녀가 어디 사는지도 몰랐고, 그러고 보니 그녀가 결혼했다는 것도 모르고 있었다. 당연히 결혼 후 그녀의 성이 무엇으로 바뀌었는지도 알지 못한다(남자도 전화 통화에서 이름을 밝히지 않았다). 결혼한 지 얼마나 되었을까. 아이(들)는 있었을까.

하지만 나는 그 남편이 전화로 말한 것을 그냥 그대로 받아들였다. 의심할 마음은 들지 않았다. 그녀는 나와 헤어진 뒤에도 이 세계에서 계속 살았고, 누군가와 (아마도) 사랑에 빠져 결혼했고, 그리고 지난주 수요일 어떤 이유에서 어떤 방법을 택해 스스로 목숨을 끊은 것이다. 뭐가 어찌됐건. 그의 목소리에는 분명 죽은 자의 세계와 깊숙이 이어진 무언가가 있었다. 나는 밤의 정적 속에서 그 생생한 연결을 귀로 들을 수 있었다. 팽팽히 당겨진 실의 긴박감을, 그 날카로운 번뜩임을 눈으로 볼 수도 있었다. 그런 의미에서는—의도적이었는지 아닌지는 제쳐두고—한밤중 한시 넘어서 전화를 한 것은 그에게 올바른 선택이었다. 낮 한시에는 아마도 이렇지 못했을 것이다.

내가 겨우 수화기를 내려놓고 침대로 돌아갔을 때는 아내도 깨어 있었다.

"무슨 전화야? 누가 죽었어?" 아내가 물었다.

"아무도 죽지 않았어. 잘못 걸려온 전화야." 나는 말했다. 몹시 졸리다는 듯이 느릿한 목소리로.

물론 그녀는 믿지 않았다. 내 목소리에 죽은 자의 기척이 묻어 있었기 때문이다. 이제 막 죽은 자가 불러일으키는 동요는 강력한 감염성을 갖고 있다. 그것은 미세한 떨림이 되어 전화선을 타고 와 말의 울림을 변형시키고, 세계를 그 진동에 동기화한다. 하지만 아내는 더는 무어라 말하지 않았다. 우리는 어둠 속에 누워 그곳에 깔린 정적에 귀를 기울이며 각자 생각에 잠겨 있었다.

그렇게 그녀는 지금까지 내가 사귄 여자들 중 스스로 죽음의 길을 선택한 세번째 사람이 되었다. 생각하면, 아니 일일이 생각할 것도 없이 그건 상당한 치사율이다. 나는 정말 믿어지질 않는다. 애당초 내가 교제한 여자들이 그렇게 많은 것도 아니기 때문이다. 왜 그녀들이 젊은 나이에 차례차례 목숨을 끊는지, 끊지 않으면 안 되는지 도무지 이해할 수 없다. 그게 내 탓이 아니었으면 한다. 거기에 내가 관여되지 않았으면 한다. 혹은 그녀들이 나를 목격자로, 기록자로 상정하지 않았으면 한다. 진심으로 바란다. 그리고 뭐라고 해야 좋을까, 그녀는—세번째의 그녀는(이름이 없으면 불편하니 여기서는 임시로 '엠'이라 부르자)—아무리 생각해도 자살할 타입이 아니었다. 왜냐하면 엠은 언제나 전 세계의 강인한 뱃사람들이 지켜보고 감시하고 있었을 테니까.

엠이 어떤 여자였는지, 우리가 언제 어디서 만났고 어떤 일을 했는지, 그런 것들을 구체적으로 이야기할 수는 없다. 미안한 노릇이지만 사정을 다 밝혔다가는 현실적으로 여러 가지 일이 복잡해진다. 아마 (아직) 살아 있는 주위 사람들에게 피해를 주게 될 것이다. 그래서 여기서는, 꽤 오래전 한때 그녀와 매우 가깝게 지냈지만 사정이 있어서 어느 날 헤어졌다, 고밖에 쓸 수 없다.

나는 사실 엠을 열네 살에 만난 여자로 생각하고 있다. 실제로는 그렇지 않으나 적어도 여기서는 그렇게 가정하고 싶다. 우리는 열네 살 때 중학교 교실에서 만났다. 분명 '생물' 시간이었다. 암모나이트인지 실러캔스인지 하는 것들. 그녀는 내 옆자리에 앉아 있었다. "지우개를 안 가져왔는데, 남는 거 있으면 좀 빌려줄래?" 내가 묻자 그녀는 자기 지우개를 둘로 잘라 한쪽을 건

네주었다. 방긋 웃으면서. 나는 말 그대로 한순간에 그녀와 사랑에 빠졌다. 그녀는 내가 그때까지 본 사람 중 가장 아름다운 여자아이였다. 어쨌거나 그때 나는 그렇게 생각했다. 나는 엠을 그런 존재로 이해하고 싶다. 우리는 그렇게 중학교 교실에서 처음 만난 거라고. 암모나이트인지 실러캔스인지 하는 것들이 강력한 힘으로 은밀히 중개해주는 가운데. 그렇게 생각하면 여러 가지가 아주 쉽게 이해될 테니까.

나는 열네 살이고, 갓 만들어진 무언가처럼 건강하고, 당연히 따뜻한 서풍이 불 때마다 발기했다. 여하튼 그런 나이였다. 하지만 그녀는 나를 발기하게 하지 않았다. 그녀는 모든 서풍을 간단히 능가했기 때문이다. 아니, 서풍만이 아니다. 모든 방향에서 불어오는 모든 바람을 싹 지워버릴 만큼 멋있었다. 이토록 완벽한 소녀 앞에서 추잡하게 발기 같은 걸 할 수는 없잖아. 그런 마음을 갖게 하는 여자아이를 만난 것은 태어나서 처음이었다.

나는 그것이 엠과의 첫 만남이었다고 느끼고 있다. 실제로는 그렇지 않으나 그렇게 생각하면 앞뒤가 그럴듯하게 이어진다. 나는 열네 살이고, 그녀도 열네 살이었다. 그게 우리가 만나기에 실로 마땅한 나이였다. 우리는 사실 그렇게 만나야 했다.

하지만 그뒤 엠은 어느 틈에 자취를 감춰버린다. 어디로 간 것일까. 나는 엠을 놓치고 만다. 무언가에 잠깐 한눈을 판 사이 그녀는 어딘가로 떠나버린다. 방금 전까지 여기 있었는데, 문득 정신을 차리고 보니 그녀는 이미 없다. 아마 낯선 곳에서 온 능글맞은 뱃사람의 꾐에 빠져 마르세유인지 상아해안인지 하는 곳으로 따라간 것이리라. 나의 실망은 그들이 건너간 그 어떤 바다보다 깊다. 어떤 대왕오징어나 어떤 용왕이 숨어 있는 바다보다도 깊다. 나라는 인간이 정말이지 싫어진다. 아무것도 믿을 수 없어진다. 대체 무슨 일인가! 그토록 엠을 좋아했는데. 그토록 그녀를 소중히 여겼는데. 그토록 그녀를 원했는데. 어째서 나는 잠깐 한눈을 팔았을까?

하지만 거꾸로 말하면 엠은 그 이후 세상 곳곳에 존재한다. 세상 곳곳에서 목격된다. 그녀는 온갖 장소에 깃들어 있고, 온갖 시간에 깃들어 있고, 온갖 사람에 깃들어 있다. 나는 그걸 안다. 나는 지우개 반쪽을 비닐봉투에 넣어 항상 소중히 지니고 다녔다. 마치 무슨 부적처럼. 방향을 가늠하는 컴퍼스처럼. 그것만 호주머니에 있으면 언젠가 이 세상 어딘가에서 엠을 찾아낼 수 있으리라, 나는 그렇게 믿었다. 그녀는 세상 물정에 밝은 선원의 달콤한 말에 속아 큰 배를 타고 먼 곳으로 실려갔을 뿐이다. 그녀는 항상 무언가를 믿고자 하는 사람이었으니까. 새 지우개를 망설임 없이 둘로 잘라 그 반쪽을 내미는 사람이었으니까.

나는 온갖 장소에서, 온갖 사람에게서, 그녀의 조각을 조금이라도 손에 넣으려 한다. 그러나 물론 그것은 그저 조각에 지나지 않는다. 제아무리 많이 모아들여도 조각은 조각이다. 그녀의 핵심은 항상 신기루처럼 저멀리 달아나버린다. 그리고 지평선은 무한하다. 수평선 또한. 나는 그것을 좇아 쉴새없이 바쁘게 이동한다. 봄베이로, 케이프타운으로, 레이캬비크로, 그리고 바하마로. 항구가 있는 모든 도시를 나는 떠돈다. 하지만 내가 허위허위 도착했을 때, 그녀는 이미 사라지고 없다. 흐트러진 침대에는 그녀의 체온이 아직 희미하게 남아 있다. 그녀가 둘렀던 소용돌이무늬 스카프가 의자 등받이에 그대로 걸려 있다. 읽던 책이 테이블 위에 펼쳐진 채 엎어져 있다. 화장실에는 덜 마른 스타킹이 널려 있다. 하지만 그녀는 없다. 전 세계의 약아빠진 뱃사람들이 내 기척을 눈치채고 그녀를 잽싸게 어딘가로 빼돌린 것이다. 물론 그때는 나도 이미 열네 살이 아니다. 나는 좀더 피부가 그을리고 좀더 터프해졌다. 수염도 짙어지고 은유와 직유도 구분할 줄 알게 되었다. 하지만 나의 어떤 부분은 아직도 여전히 열네 살이다. 그리고 나의 영원한 일부인 열네 살의 나는 부드러운 서풍이 나의 순진무구한 성기를 어루만져주기를 참을성 있게 기다린다. 그러한 서풍이 부는 곳에 분명 엠이 있을 테니까.

그것이 내가 생각하는 엠이었다.

한 장소에 안착할 수 있는 여자가 아니다.

하지만 스스로 목숨을 끊을 타입도 아니다.

내가 여기서 대체 무슨 말을 하려는 건지, 나 자신도 잘 모르겠다. 아마도 사실이 아닌 본질을 쓰고 싶은 것이리라. 하지만 사실이 아닌 본질을 쓰는 일이란 달의 뒷면에서 누군가와 만나기로 약속하는 일과 다름없다. 캄캄하고 표지로 삼을 만한 것도 없다. 게다가 너무 넓다. 내가 하고 싶은 말은, 아무튼 엠은 내가 열네 살 때 사랑에 빠졌어야 하는 여자라는 것이다. 하지만 내가 실제로 그녀와 사랑에 빠진 것은 한참 나중 일이고, 그때 그녀는 (유감스럽게도) 이미 열네 살이 아니었다. 우리는 만남의 시기를 착각했던 것이다. 만나기로 한 날짜를 착각하듯이. 시간과 장소는 맞다. 하지만 날짜가 틀렸다.

그러나 엠 안에도 아직 열네 살의 소녀가 살고 있었다. 그 소녀는 하나의 총체로서—결코 부분으로서가 아니라—그녀 안에 존재했다. 주의깊게 시선을 집중하면 나는 엠 안을 오가는 그 소녀의 모습을 언뜻언뜻 엿볼 수 있었다. 나와 몸을 섞을 때 그녀는 내 품에서 몹시 늙어버리기도 하고 어린 소녀가 되기도 했다. 그녀는 그렇게 언제나 개인적인 시간을 오갔다. 나는 그런 그녀가 좋았다. 그런 때면 나는 엠이 아파할 만큼 힘껏 그녀를 껴안곤 했다. 힘이 좀 지나치게 들어갔는지도 모른다. 하지만 그러지 않을 도리가 없었다. 나는 그런 그녀를 어디로도 떠나보내고 싶지 않았으니까.

그러나 물론 그녀를 다시 잃을 때가 찾아왔다. 그도 그럴 것이 전 세계의 뱃사람들이 그녀를 노리고 있는 것이다. 나 혼자 지켜낼 수 있을 리가 없다. 누구라도 잠깐씩은 눈을 돌리게 마련이다. 잠도 자야 하고 화장실에도 가야 한다. 욕조도 청소해야 한다. 양파를 다지거나 강낭콩 꼭지를 따기도 한다. 자동차 타이어 공기압을 점검할 필요도 있다. 그렇게 우리는 헤어지게 되었다. 아니, 그렇다기보다 그녀가 내게서 떠나간 것이다. 물론 그곳에는 뱃사람들의 그림자가 명확하게 드리워져 있었다. 제 힘으로 혼자 빌딩 벽을 슬슬 기어오를 것 같은 농밀하고 자율적인 그림자다. 욕조나 양파나 공기압은 그 그림자가 압핀처럼 흩뿌려놓은 메타포 조각에 지나지 않는다.

그녀가 사라졌을 때 내가 얼마나 고뇌에 잠겼는지, 얼마나 깊은 늪에 빠졌는지, 어느 누구도 알지 못하리라. 아니, 당연히 알리가 없다. 나 자신도 잘 생각나지 않을 정도니까. 나는 얼마나 괴로워했는가? 나는 얼마나 가슴 아파했는가? 슬픔을 간단하고 정확하게 계측할 수 있는 기계가 이 세상에 있었다면 좋았을 텐데. 그렇다면 수치로 산출해 남겨둘 수 있었을 것이다. 그 기계가 손바닥에 들어올 정도의 크기라면 더 말할 나위 없다. 나는 타이어 공기압을 잴 때마다 그런 생각에 잠기고 만다.

그리고 끝내 그녀는 죽어버렸다. 한밤중의 전화가 내게 그것을 알려준다. 장소도 방법도 이유도 목적도 나는 알 수 없지만, 아무튼 엠은 스스로 목숨을 끊기로 결심하고 그것을 실행했다. 그리고 이 현실 세계에서 (아마도) 조용하게 물러났다. 설령 전 세계의 뱃사람들을 데려온다 해도, 그 모든 교묘하고 달콤한 말들로도, 엠을 깊은 황천의 나라에서 구해내기란—어쩌면 유괴하는 것도—이제는 불가능하다. 한밤중에 주의깊게 귀를 기울이면 분명 당신에게도 죽은 이를 애도하는 뱃사람들의 노랫소리가 아득히 들려올 것이다.

그리고 그녀의 죽음과 함께 나는 열네 살의 나를 영원히 잃어버린 것만 같다. 야구팀 등번호의 영구결번처럼 내 인생에서 열네 살이라는 부분이 송두리째 뽑혀나간다. 그것은 어느 견고한 금고에 안치된 채 복잡한 자물쇠로 봉인되어 바다 밑에 가라앉아버렸다. 아마 앞으로 십억 년쯤은 그 문이 열릴 일이 없다. 암모나이트와 실러캔스가 그것을 과묵하게 지켜본다. 근사한 서풍도 완전히 잦아들었다. 전 세계의 선원들이 그녀의 죽음을 진심으로 애도한다. 그리고 전 세계의 반反 선원들 또한.

엠이 죽었다는 소식을 들었을 때, 나는 내가 세상에서 두번째로 고독한 남자라고 느낀다.

세상에서 가장 고독한 남자는 역시 그녀의 남편일 것이다. 나는 그 자리를 그를 위해 남겨둔다. 나는 그가 어떤 사람인지 알지 못한다. 나이가 몇 살인지, 무슨 일을 하는지, 또 무슨 일을 하지 않는지, 전혀 정보가 없다. 내가 그에 관해 아는 것은 단 하나, 목소리가 나지막하다는 것뿐이다. 하지만 목소리가 나지막하다는 것은 그에 대한 구체적인 사실을 아무것도 알려주지 않는다. 그는 선원일까? 아니면 선원에 대항하는 자일까? 만일 후자라면 그는 나의 동포 중 한 사람이라는 얘기가 된다. 만일 전자라면…… 그래도 나는 역시 그를 긍휼히 여긴다. 그를 위해 무언가 해줄 수 있으면 좋겠다고 생각한다.

하지만 내가 예전에 만났던 그녀의 남편에게 접근할 방도는 없다. 그의 이름도 모르고, 사는 곳도 모른다. 어쩌면 그는 이미 이름과 있을 곳을 잃어버렸는지도 모른다. 어쨌거나 그는 세상에서 가장 고독한 남자니까. 나는 산책을 하다 일각수 상 앞에 앉아(내가 항상 산책하는 코스에 일각수 상이 세워진 공원이 있다) 차가운 분수를 바라보며 종종 그 남자를 생각한다. 그리고 세상에서 가장 고독하다는 것이 어떤 것일지 나 나름대로 상상한다. 세상에서 두번째로 고독하다는 것이 어떤 것인지는 이미 알고 있다. 하지만 세상에서 가장 고독하다는 것이 어떤 것인지는 아직 알지 못한다. 세상에서 두번째 고독과 세상에서 첫번째 고독 사이에는 깊은 골이 있다. 아마도. 깊을 뿐 아니라 폭도 엄청나게 넓다. 이 끝에서 저 끝으로 채 건너가기도 전에 힘이 다해 떨어져버린 새들의 주검이 골바닥에 높은 산을 이루었을 만큼.

어느 날 갑자기, 당신은 여자 없는 남자들이 된다. 그날은 아주 작은 예고나 힌트도 주지 않은 채, 예감도 징조도 없이, 노크도 헛기침도 생략하고 느닷없이 당신을 찾아온다. 모퉁이 하나를 돌면 자신이 이미 그곳에 있음을 당신은 안다. 하지만 이젠 되돌아갈 수 없다. 일단 모퉁이를 돌면 그것이 당신에게 단 하나의 세계가 되어버린다. 그 세계에서 당신은 '여자 없는 남자들'로 불린다. 한없이 차가운 복수형으로.

여자 없는 남자들이 되는 것이 얼마나 안타까운 일인지, 얼마나 가슴 아픈 일인지, 그건 여자 없는 남자들이 아니고는 이해하지 못한다. 근사한 서풍을 잃는 것. 열네 살을 영원히—십억 년은 아마 영원에 가까운 시간이리라—빼앗겨버리는 것. 저멀리 선원들의 쓸쓸하고도 서글픈 노랫소리를 듣는 것. 암모나이트와 실러캔스와 함께 캄캄한 바다 밑에 가라앉는 것. 한밤중 한시가 넘어 누군가의 집에 전화를 거는 것. 한밤중 한시가 넘어 누군가에게서 전화가 걸려오는 것. 지와 무지 사이 임의의 중간지점에서 낯선 상대와 만날 약속을 하는 것. 타이어 공기압을 측정하며 메마른 길바닥에 눈물을 떨구는 것.

어쨌든 그 일각수 상 앞에서 나는 그가 언젠가 다시 일어서기를 기도한다. 정말로 소중한 것만은—우리는 그것을 이따금 '본질'이라고 부른다—잊어버리지 않고, 그밖의 부수적인 사실들 대부분을 그가 깨끗이 잊기를 기도한다. 자신이 그것을 잊었다는 사실조차 잊어버리면 좋겠다고 생각한다. 진심으로 그러길 바란다. 대단한 일 아닌가. 세상에서 두번째로 고독한 남자가 세상에서 가장 고독한 (그리고 만난 적도 없는) 남자를 염려하고, 그를 위해 기도하는 것이니까.

어째서 그는 굳이 나에게 전화를 했을까? 비난하자는 건 결코 아니고 그저 단순히, 말하자면 근원적으로, 나는 지금도 그 의문을 여전히 품고 있다. 그는 내 존재를 어떻게 알았을까? 왜 나를 신경썼을까? 답은 아마도 간단할 것이다. 엠이 나를, 나의 무언가를 남편에게 얘기했기 때문이다. 그것밖에 생각할 수 없다. 그녀가 나에 대해 무슨 이야기를 했을지는 전혀 짐작도 할 수 없다. 과거의 연인으로서 나의 어떤 부분에 (굳이 남편에게까지) 이야기할 만한 가치가, 의미가 있었을까? 그녀의 죽음에 관련될 만큼 중대한 것이었을까? 그녀의 죽음에 내 존재가 모종의 그림자를 드리우고 있는 걸까? 어쩌면 엠은 내 성기의 모양새가 아름답다는 것을 남편에게 알려줬는지도 모른다. 그녀는 한낮의 침대에서 종종 내 페니스를 감상하곤 했다. 인도 왕관에 달린 전설의 보석을 즐거이 바라보듯이, 소중하게 손바닥에 얹고서. "모양새가 멋있어"라고 그녀는 말했다. 그게 정말인지 아닌지, 나는 잘 모르겠지만.

그런 이유로 엠의 남편이 내게 전화를 한 것일까? 내 페니스의 모양새에 경의를 표하기 위해 한밤중 한시가 넘어. 설마. 그럴 리가 있나. 게다가 내 페니스는 어떻게 봐도 그저 그런 물건이다. 좋게 말해봤자 보통이다. 생각해보면 엠의 심미안에는 예전부터 고개가 갸우뚱해지는 점이 많았다. 그녀는 워낙 다른 사람들과 상당히 다른, 기묘한 가치관을 갖고 있었다.

아마도 (나로서는 어디까지나 상상해볼 수밖에 없지만) 그녀는 자신이 중학교 교실에서 내게 지우개 반쪽을 건네준 얘기를 했던 게 아닐까. 딱히 별다른 뜻 없이, 나쁜 마음도 없이, 지극히 평범하고 소소한 추억담으로. 하지만 두말할 것 없이 그 이야기를 들은 남편은 질투한다. 설령 엠이 그때까지 버스 두 대분의 선원들과 잤다고 해도 그것보다 내가 받은 지우개 반쪽을 훨씬 통렬하게 질투할 것이다. 당연하지 않은가. 버스 두 대분의 강인한 선원 따위가 뭐 대수인가. 무엇보다 엠과 나는 둘 다 열네 살이었고, 특히 나는 서풍만 불어도 발기하던 때였다. 그런 상대에게 새 지우개를 반으로 잘라 건네줬다는 건 정말이지 엄청난 일이다. 거대한 용오름에 낡은 헛간 열두 채를 바치는 거나 다름 없다.

나는 그후로 일각수 상 앞을 지날 때마다 그곳에 잠깐 자리잡고 앉아 여자 없는 남자들에 대한 생각을 펼친다. 어째서 그곳일까? 어째서 일각수일까? 어쩌면 그 일각수도 여자 없는 남자들의 일원인지 모른다. 그도 그럴 것이 지금껏 일각수 한 쌍은 본 적이 없으니까. 그는—틀림없이 그다—언제나 홀로, 하늘을 향해 날카로운 뿔을 힘차게 치켜들고 있다. 우리는 그를 여자 없는 남자들의 대표로, 우리가 짊어진 고독의 상징으로 삼아야 하는지도 모른다. 우리는 일각수 모양 배지를 가슴이나 모자에 달고 전 세계 거리거리를 은밀히 행진해야 하는지도 모른다. 음악도 없이, 깃발도 없이, 색종이를 흩날리지도 않고. 아마도. (나는 '아마도'라는 말을 지나치게 많이 쓰고 있다. 아마도.)

여자 없는 남자들이 되는 것은 아주 간단하다. 한 여자를 깊이 사랑하고, 그후 그녀가 어딘가로 사라지면 되는 것이다. 대부분의 경우 (잘 아시다시피) 그녀를 데려가는 것은 간교함에 도가 튼 선원들이다. 그들은 능수능란한 말솜씨로 여자들을 꼬여내, 마르세유인지 상아해안인지 하는 곳으로 잽싸게 데려간다. 그런 때 우리가 손쓸 도리는 거의 없다. 혹 그녀들은 선원들과 상관없이 스스로 목숨을 끊을지 모른다. 그런 때도 우리가 손쓸 도리는 거의 없다. 선원들조차 손쓸 도리가 없다.

어쨌거나 당신은 그렇게 여자 없는 남자들이 된다. 눈 깜짝할 사이다. 그리고 한번 여자 없는 남자들이 되어버리면 그 고독의 빛은 당신 몸 깊숙이 배어든다. 연한 색 카펫에 흘린 레드 와인의 얼룩처럼. 당신이 아무리 전문적인 가정학 지식을 풍부하게 갖췄다 해도, 그 얼룩을 지우는 건 끔찍하게 어려운 작업이다. 시간과 함께 색은 다소 바랠지 모르지만 얼룩은 아마 당신이 숨을 거둘 때까지 그곳에, 어디까지나 얼룩으로 머물러 있을 것이다. 그것은 얼룩의 자격을 지녔고 때로는 얼룩으로서 공적인 발언권까지 지닐 것이다. 당신은 느리게 색이 바래가는 그 얼룩과 함께, 그 다의적인 윤곽과 함께 생을 보내는 수밖에 없다.

그 세계에서는 소리가 울리는 방식이 다르다. 갈증이 나는 방식이 다르다. 수염이 자라는 방식도 다르다. 스타벅스 점원의 응대도 다르다. 클리퍼드 브라운의 솔로 연주도 다른 것으로 들린다. 지하철 문이 닫히는 방식도 다르다. 오모테산도에서 아오야마 1가까지 걸어가는 거리 또한 상당히 달라진다. 설령 그후에 다른 새로운 여자와 맺어진다 해도, 그리고 그녀가 아무리 멋진 여자라고 해도(아니, 멋진 여자일수록 더더욱), 당신은 그 순간부터 이미 그녀들을 잃는 것을 생각하기 시작한다. 선원들의 의

미심장한 그림자가, 그들이 입에 올리는 외국어의 울림(그리스어? 에스토니아어? 타갈로그어?)이 당신을 불안하게 만든다. 전 세계 이국적인 항구의 이름들이 당신을 겁에 질리게 한다. 왜냐하면 당신은 여자 없는 남자들이 된다는 게 어떤 일인지 이미 알아버렸기 때문이다. 당신은 연한 색 페르시아 카펫이고, 고독은 절대 지워지지 않는 보르도 와인 얼룩이다. 그렇게 고독은 프랑스에서 실려오고, 상처의 통증은 중동에서 들어온다. 여자 없는 남자들에게 세계란 광대하고 통절한 혼합이며, 그건 그대로 고스란히 달의 뒷면이다.

내가 엠과 사귄 것은 대략 이 년이었다. 그다지 긴 시간은 아니다. 하지만 묵직한 이 년이었다. 고작 이 년, 이라고 할 수도 있다. 혹은 이 년이나 되는 오랜 시간, 이라고 할 수도 있다. 그것은 물론 보기에 따라 다르다. 사귀었다고는 해도 우리가 만난 것은 한 달에 두세 번꼴이었다. 그녀에게는 그녀의 사정이 있었고 내게는 내 사정이 있었다. 그리고 유감스럽게도 그때 우리는 더이상 열네 살이 아니었다. 그런 여러 가지 사정이 결국 우리 사이를 서서히 망가뜨린 것이다. 그녀를 보내지 않으려고 아무리 힘껏 끌어안는다 해도. 선원의 짙고 어두운 그림자가 메타포의 뾰족한 압핀을 사방에 훌훌 뿌려놓았다.

엠에 대해 내가 지금도 가장 또렷하게 기억하는 것은 그녀가 '엘리베이터 음악'을 사랑했다는 것이다. 엘리베이터 안에 곧잘 흐르는 그런 음악—즉 퍼시 페이스나 만토바니, 레몽 르페브르, 프랭크 책스필드, 프랑시스 레, 101스트링스, 폴 모리아, 빌리 본 같은 유의 음악들. 그녀는 (내 생각으로는) 무해한 그런 음악을 숙명적으로 좋아했다. 유려하기 짝이 없는 각종 현악기, 산뜻하게 떠오르는 목관악기, 약음기를 붙인 금관악기, 마음을 부드럽게 어루만지는 하프 소리. 절대로 무너지는 일 없는 차밍한 멜로디, 설탕과자처럼 착 감기는 하모니, 적당하게 에코를 살린 녹음.

나는 혼자서 차를 운전할 때 곧잘 록이나 블루스를 들었다. 데릭 앤드 더 도미노스나 오티스 레딩이나 도어스 같은. 그러나 엠은 그런 건 절대로 틀지 못하게 했다. 항상 엘리베이터 음악 카세트테이프 열두 개 정도를 종이봉투에 담아와 손에 잡히는 대로 틀었다. 우리는 여기저기 정처도 없이 드라이브하고, 그동안 그녀는 프랑시스 레의 〈13 jours en France〉에 맞춰 나직이 입술을 움직였다. 연한 립스틱을 바른 멋지고 섹시한 입술을. 어쨌든 그녀는 엘리베이터 음악 테이프를 만 개쯤은 갖고 있었다. 그리고 전 세계의 죄 없는 음악에 대해 방대한 지식을 갖고 있었다. '엘리베이터 음악 박물관'도 열 수 있을 만큼.

섹스할 때도 그랬다. 거기에는 언제나 엘리베이터 음악이 흘렀다. 그녀를 안으면서 퍼시 페이스의 〈A Summer Place〉를 몇 번이나 들었는지 모른다. 말하기 부끄럽지만, 나는 지금도 그 곡을 들으면 성적으로 흥분된다. 숨이 약간 거칠어지고 얼굴이 달아오른다. 퍼시 페이스의 〈A Summer Place〉 인트로를 들으며 성적으로 흥분하는 남자는 전 세계를 뒤져도 아마 나 하나뿐일 것이다. 아니, 그녀의 남편도 그럴지 모르겠다. 그 스페이스는 일단 남겨두자. 퍼시 페이스의 〈A Summer Place〉 인트로를 들으며 성적으로 흥분하는 남자는, 전 세계를 뒤져도 아마 (나를 포함해) 두 사람쯤일 것이다. 그렇게 바로잡자. 그러면 된다.

스페이스.

"내가 이런 음악을 좋아하는 건." 언젠가 엠이 말했다. "요컨대 스페이스의 문제야."

"스페이스의 문제?"

"그러니까, 이런 음악을 듣고 있으면 내가 아무것도 없는 드넓은 공간에 있는 기분이 들거든. 그곳은 정말로 넓고, 칸막이 같은 것도 없어. 벽도 없고 천장도 없어. 그리고 그곳에서 나는 아무 생각 안 해도 되고, 아무 말 안 해도 되고, 아무 일 안 해도 돼. 단지 그곳에 있기만 하면 돼. 그냥 눈을 감고 스트링스의 아름다운 음악 소리에 몸을 맡기면 돼. 두통도 없고 수족냉증도 없고 생리도 배란기도 없어. 그곳에서는 모든 것이 한결같이 아름답고 평안하고 막힘이 없어. 그 이상은 아무것도 요구하지 않아."

"천국에 있는 것처럼?"

"응." 엠은 말했다. "천국에선 분명 BGM으로 퍼시 페이스의 음악이 흐를 거야. 저기, 등 좀 쓰다듬어줄래?"

"그럼. 물론이지." 나는 말했다.

"당신은 등을 정말 잘 쓰다듬어."

나와 헨리 맨시니는 그녀 모르게 서로 마주본다. 입가에 슬그머니 웃음을 띠고.

물론 나는 엘리베이터 음악을 잃어버렸다. 혼자서 차를 몰 때마다 그렇게 생각한다. 신호를 기다리는 사이에 처음 보는 여자가 갑자기 문을 열고 조수석에 올라타, 아무 말 없이, 내 얼굴을 쳐다보지도 않고 〈13 jours en France〉가 들어 있는 카세트테이프를 카오디오에 억지로 밀어넣는 상상을 한다. 나는 그걸 꿈꾸기도 한다. 그러나 물론 그런 일은 일어나지 않는다. 애초에 카세트테이프가 들어가는 기기도 이제는 없다. 이제 나는 운전할 때 iPod을 USB 케이블로 연결해서 음악을 듣는다. 그리고 거기에는 프랑시스 레도 101스트링스도 물론 들어 있지 않다. 대신 고릴라즈나 블랙 아이드 피스 같은 것이 들어 있다.

한 여자를 잃는다는 것은 그런 것이다. 그리고 때로 한 여자를 잃는다는 것은 모든 여자를 잃는 것이기도 하다. 그렇게 우리는 여자 없는 남자들이 된다. 우리는 또한 퍼시 페이스와 프랑시스 레와 101스트링스를 잃는다. 암모나이트와 실러캔스를 잃는다. 물론 그녀의 차밍한 등도 잃고 말았다. 나는 헨리 맨시니가 지휘하는 〈Moon River〉를 들으며, 그 소프트한 삼박자에 맞춰 엠의 등을 손바닥으로 마냥 쓰다듬곤 했다. 나의 허클베리 프렌드. 굽이굽이 강 너머에서 기다리는 것…… 하지만 그것들 모두 어딘가로 사라져버렸다. 남겨진 것은 오래된 지우개 조각과 아득히 들려오는 선원들의 슬픈 노래뿐이다. 그리고 분수 옆에서 하늘을 향해 고독하게 뿔을 치켜든 일각수.

엠이 지금 천국—혹은 그에 비견되는 장소—에서 〈A Summer Place〉를 듣고 있으면 좋겠다고 생각한다. 칸막이 없는, 넓고 넓은 음악에 부드럽게 감싸여 있으면 좋겠다. 제퍼슨 에어플레인 같은 건 흘러나오지 않으면 좋겠다(하느님이 아마 그렇게까지 잔혹하지는 않을 것이다. 나는 그렇게 기대한다). 그리고 그녀가 〈A Summer Place〉의 바이올린 피치카토를 들으며 이따금 나를 떠올려주면 좋겠다고 생각한다. 하지만 그렇게까지 많이는 바라지 않는다. 설령 나는 접어두더라도, 엠이 그곳에서 영겁불후의 엘리베이터 음악과 함께 행복하게, 평안하게 지내기를 기도한다.

여자 없는 남자들의 일원으로서 나는 진심으로 그렇게 기도한다. 그것 말고 내가 할 수 있는 일은 아무것도 없는 것 같다. 현재로서는. 아마도.

지은이 **무라카미 하루키**
1979년 『바람의 노래를 들어라』로 군조신인문학상을 수상하며 데뷔했다. 1982년 『양을 쫓는 모험』으로 노마문예신인상, 1985년 『세계의 끝과 하드보일드 원더랜드』로 다니자키 준이치로 상을 수상했다. 2006년 프란츠 카프카 상, 2009년 예루살렘상, 2016년 한스 크리스티안 안데르센 문학상을 수상하며 문학적 성취를 인정받았다. 『도시와 그 불확실한 벽』 『1Q84』 『기사단장 죽이기』 『여자 없는 남자들』 『일인칭 단수』 외 수많은 소설과 에세이로 전 세계 독자들의 사랑을 받고 있다.

옮긴이 **양윤옥**
일본문학 전문번역가. 옮긴 책으로 『1Q84』 『중국행 슬로보트』 『일식』 『장송』 『센티멘털』 『소설 읽는 방법』 『가면의 고백』 『무지개여, 모독의 무지개여』 『납장미』 『철도원』 『칼에 지다』 『장미 도둑』 『나미야 잡화점의 기적』 『붉은 손가락』 『남쪽으로 튀어!』 『유성의 인연』 등이 있다. 『일식』으로 2005년 일본 고단샤가 수여하는 노마문예번역상을 수상했다.

문학동네 세계문학
여자 없는 남자들

1판 1쇄 2014년 8월 28일 | 1판 32쇄 2024년 11월 30일

지은이 무라카미 하루키 | 옮긴이 양윤옥
책임편집 양수현 | 편집 황문정 박아름 | 독자모니터 전혜진
디자인 김현우 이원경 | 저작권 박지영 형소진 최은진 오서영
마케팅 정민호 서지화 한민아 이민경 왕지경 정유진 정경주 김수인 김혜원 김예진
브랜딩 함유지 함근아 박민재 김희숙 이송이 김하연 박다솔 조다현 배진성
제작 강신은 김동욱 이순호 | 제작처 한영문화사(인쇄) 경일제책사(제본)

펴낸곳 (주)문학동네 | 펴낸이 김소영
출판등록 1993년 10월 22일 제2003-000045호
주소 10881 경기도 파주시 회동길 210
전자우편 editor@munhak.com | 대표전화 031) 955-8888 | 팩스 031) 955-8855
문의전화 031) 955-1927(마케팅) 031) 955-1917(편집)
문학동네카페 http://cafe.naver.com/mhdn
인스타그램 @munhakdongne | 트위터 @munhakdongne
북클럽문학동네 http://bookclubmunhak.com

ISBN 978-89-546-2558-6 03830

잘못된 책은 구입하신 서점에서 교환해드립니다.
기타 교환 문의 031) 955-2661, 3580

www.munhak.com